Ronso Kaigai MYSTERY 268

ネロ・ウルフの災難

外出編

Rex Stout

Nero Wolfe Mysteries

Unfortunate Cases of being "not at home"

レックス・スタウト

鬼頭玲子［編訳］

論創社

Nero Wolfe Mysteries : Unfortunate Cases of being “not at home”

2021

by Rex Stout

Edited by Reiko Kito

目次

主要登場人物

ネロ・ウルフ……………私立探偵。美食家で蘭の栽培にも傾倒している
アーチー・グッドウィン……ウルフの助手
フリッツ・ブレンナー………ウルフのお抱えシェフ兼家政担当
セオドア・ホルストマン……ウルフの蘭栽培係

クレイマー…………………ニューヨーク市警察殺人課の警視
パーリー・ステビンズ………クレイマーの部下。巡査部長
ロークリッフ………………クレイマーの部下。警部補

ソール・パンザー……………ウルフの手助けをする腕利きのフリーランス探偵
フレッド・ダーキン…………ウルフの手助けをするフリーランス探偵
オリー・キャザー……………ウルフの手助けをするフリーランス探偵

マルコ・ヴクチッチ…………ニューヨークの一流レストラン〈ラスターマン〉のオーナーシェフ。ウルフの幼なじみ

ロン・コーエン………………『ガゼット』紙の記者。アーチーの友人

リリー・ローワン……………アーチーの友人

死への扉

本編の主な登場人物

ジョセフ・G・ピトケアン……ウェストチェスター郡の有力者
ベル・ピトケアン……………ジョセフ・Gの妻
ドナルド・ピトケアン………ジョセフ・Gの息子
シビル・ピトケアン…………ジョセフ・Gの娘
アンディ・クラシツキ………ピトケアン家の庭師
ディニ・ラウアー……………ミセス・ピトケアンの看護係
ガス・トレブル………………アンディの助手
ニール・インブリー…………ピトケアン家の執事
ベラ・インブリー……………ピトケアン家の家政婦。ニールの妻

コン・ヌーナン………………州警察警部補
ベン・ダイクス………………ウェストチェスター郡検事局の捜査官

第一章

ネロ・ウルフは砂利敷きの私道の端にある汚い水たまりをよけようと、大きく一歩を踏み出した。その左足が芝生に着地したとたん、滑ってよろめき、両手で必死に空をかく。結局、肉と骨からなる六分の一トンは、無様にひっくり返ることなくバランスを取り戻した。

「レイ・ボルジャー（アメリカのダンサー）顔負けですね」ぼくは感心した。

ウルフは鬼の形相でこっちを睨み、ぼくは家にいるような気分を味わった。ただし、そこは家から遠く離れた場所だった。寒々しい雨の十二月、午前中の一時間以上を費やして、ぼくはウェストチェスター郡北部まで車を運転してきた。起こるに決まっている衝突事故の際には出血や骨折が少なくなるという独自のばかげた理論に基づいて、ウルフはその後部座席に乗ってきた。結果として、ぼくらはカトナ村近郊にある目的地、ジョセフ・G・ピトケアンなる人物の敷地内で不法侵入者となっていたのだ。『不法侵入者』の表現を使ったのは、古い石造りの大邸宅の正面に乗りつけ、紳士らしくテラスを通って玄関に向かう代わりに、ぼくが言いつけられたとおり通用路へ入って家の裏手に回り、車庫に近い砂利道の端で車を駐めたという事情による。そんな回り道をしたのには理由がある。ぼくらがそこにいたのは、ピトケアン氏に会うどころか、あるものを盗むためだったからだ。

「すばらしい立ち直りでしたね」ぼくは褒めた。「あなたはこんな原野縦断には慣れてないのに」

この褒め言葉にウルフが礼を言う暇もなく、油で汚れたつなぎ姿の男が車庫から出てきて、こちらに向かってきた。油染みたつなぎを見る限りでは、ぼくらが盗みにきたもののようには思えなかったが、喉から手が出るほどのウルフは安全策をとった。すぐさましかめ面を消し、男の機嫌をとるように愛想よく挨拶する。

「おはようございます」

男は頷いた。「だれか探してるのか?」

「そうです、アンドリュー・クラシツキさんを。あなたですか?」

「ちがう。わたしはインブリー、ニール・インブリーだ。執事で運転手で便利屋だよ。そっちはなにかのセールスマンみたいだな。保険か?」

裏口から訪問した場合、執事はまるで別人になるのだな、とぼくは結論づけた。ウルフはこの無礼な発言をどう思ったにせよ、怒りのかけらもみせずに、保険ではないが個人的な利益にかなう話だと応じた。すると、執事は車五台分の扉を備えた車庫の反対側の端へぼくらを連れていき、曲がりくねって低木林へと消えていく小道を指さした。

「この先に庭師小屋がある、テニスコートの向こう側だ。夏だと木の葉でここからは見えないが、今なら少しだけ見える。クラシツキはそこで昼寝をしてるよ、昨日は燻蒸(くんじょう)消毒で遅くまで起きていたからってね。こっちは車の運転で遅くまで起きていることもしょっちゅうなのに、昼寝ができるわけじゃない。次の機会があれば、庭師になるつもりだ」

ウルフは礼を言って、ぼくに背後を守らせながら小道へ入った。空はちょうど雨あがりを決めたところだったが、そこらじゅうびしょ濡れで、低木林へ入ったあとはぼくたち専用の雨が降らないように、下へ伸びた裸の小枝があるたびよけて進まなければならなかった。ぼくは若いし身軽で元気だからなんでもなかったが、控えめに見積もって体重三百ポンドのウルフは、厚いツイードのオーバーに帽子、ステッキといういでたちもあって、大仕事だった。低木林はテニスコートの向こう側で終わり、ぼくたちはその先の常緑樹の木立を抜けて開けた場所に出た。そこに庭師小屋があった。

ウルフがノックすると、ドアは開いた。目の前に立っていたのは、ぼくよりやや年上の運動選手みたいな男だった。金髪、輝く大きな青い目、顔全体から今にも笑みがこぼれてきそうだ。ぼくがいるときに女の子が別の方向を向く理由を完全に納得できたことはないが、この手のやつが視界にいたら、原因は考えるまでもない。ウルフはおはようございますと挨拶し、アンドリュー・クラシツキさんですかと確認した。

「そうですよ」クラシツキは軽く頭をさげた。「で、失礼だけど……ちょっと、ネロ・ウルフじゃないか！　ちがいますか？」

「そのとおりです」ウルフはあくまで腰が低かった。「少しお話があるので入ってもよろしいですか、クラシツキさん？　手紙を出しましたが返事はなく、昨日の電話では――」

金髪の王子が遮った。「それはいいんです」ときっぱり言う。「全部決まりました」

「ほほう。なにがです？」

「引き受けるって決めたんです。ちょうど手紙を書いたところで」

「いつから来られますか？」

「そっちの都合のいいときに。明日でも。腕のいい助手を雇ったんで、ここの仕事は引き継げるから」

ウルフは歓声をあげたりはしなかった。それどころか、唇を引き結んで、鼻から大きく息をした。そして、こう続けた。「けしからん。入ってかまいませんかな？　わたしは腰をおろしたい」

第二章

ウルフの反応は、ごくごく当然だった。たしかに、たった今すばらしい知らせが耳に届いたが、仮に自宅にいても明朝の郵便でまったく同じ知らせが届いただろうと、たった今わかりもしたわけだ。立ったままでは辛すぎる。ウルフは外出が大嫌いで、めったに出かけない。タイヤのついた機械に乗るより、命を狙う敵三、四人と同じ部屋にいて自分一人で対応するほうが、むしろ安全だと考えるだろう。

だが、ウルフは窮地に陥っていたのだ。西三十五丁目の古い褐色砂岩（ブラウンストーン）の家には、四人が住んでいる。一人目は、ウルフ。二人目は、探偵業から呼び鈴の応対までなんでもこなす助手、ぼく。三人目は、シェフ兼家政監督、フリッツ。そして四人目が、屋上の植物室にある一万株の蘭の世話係兼管理人、セオドア・ホルストマン。ただ、そこに問題が起きた。もう四人目がいないのだ。母親が危篤だからすぐ来いとの電報がイリノイ州から届き、セオドアは一番列車に乗っていってしまった。ウルフは一日四時間、植物室で作業にいそしむふりをしながら楽しく過ごす代わりに、しゃかりきになって働かなければならなくなった。フリッツもぼくも多少の手伝いはできたが、専門家ではない。ありとあらゆる方面に協力要請が出された。セオドアから、戻れるのは六日後か六か月後かわからないという連絡が来てからは、要請はひときわ切実になった。求職者はあったが、ウルフが世にも珍しい貴重な交配種を託せるほど信頼できる相手は一人もいなかった。問題のアンドリュー・クラシツキは、オドントグロッサム・シルホサムとオドントグロッサム・ノビレ・ヴェイチアヌムの交配に成功した人物として、ウルフは以前から名前を知っていた。そしてルイス・ヒューイットから、クラシツキが三年間ヒューイット家で働き、とびきり優秀だったと教えられたとき、話は決まったのだった。クラシツキを手に入れなければならない。手紙を書いた。返事はなかった。電話をかけた。断られた。もう一度電話をかけた。進展はなかった。というわけで、雨模様の十二月の朝、疲れて不機嫌で追い詰められたウルフは、ぼくにガレージまで車をとりにいかせ、その車が家の前に着いたときは、帽子にオーバーにステッキという装備と決死の覚悟をかためた険しい顔で歩道に立っていた。アフリカのジャングルで消息を絶った探検家リヴィングストンの捜索に出かけたスタンリーも、ウェストチェスターのクラシツキのもとへ出かけるウルフに比べれば、なんてこともなかった。

それが今、クラシツキはもうそちらへ行くという手紙を書いたと言っている！　肩すかしもいいところだ。

「わたしは腰をおろしたい」ウルフは断固として繰り返した。

が、このときはまだ、ウルフは腰をおろすにはいたらなかった。クラシツキは、もちろん結構だ、入ってくつろいでくれ、と言った。ただ、自分はちょうど温室へ向かうところだったので行ってこなくてはならない、とも言った。そこへぼくが割りこみ、ぼくらもニューヨークへ、自分の温室へ戻って、その日の仕事に着手したほうがいいのではないかと言ってみた。この意見を聞いて、ウルフはぼくの存在を思い出し、クラシツキとぼくをそれぞれに紹介した。ぼくらは握手をした。続けてクラシツキは、ファレノプシス・アフロディーテを咲かせたが見たいか、と訊いた。

ウルフはぶつぶつ答えた。「原種かね？　八株所有している」

「いや、ちがうよ」園芸の専門知識をひけらかす口調を散々聞いてきたぼくには、クラシツキがまさにその専門家だとすぐにわかった。「原種でも、ダイアナでもないです。サンデリアナ。十九輪咲いてます」

「それはそれは」ウルフは羨ましそうだった。「ぜひ見なければ」

というわけで、ぼくらは小屋に入って腰をおろしもせず、車に戻りもしなかった。が、かえってそのほうがよかった。どっちにしても、セオドアの代わりは確保できなかっただろうから。クラシツキはぼくらの来た道を先に立ってずっと進んでいったが、母屋と離れの近くで分かれ道を左にとり、背の低い木々やほぼ花のない今も手入れの行き届いた多年草の花壇の脇を通った。花壇にピートモスを蒔いていた虹色のシャツの若い男から、すれちがいざまに声をかけられた。「十セントの貸しだよ、アンディ。雪にはならなかった」クラシツキはにやりと笑って、答えた。「話は弁護士を通してくれ、ガス」

温室は母屋の南側にあって、ぼくらが車で来たときには視界に入らなかった。近づいていくと、こんな冬枯れの十二月でさえ、豪邸から主役の座を横取りしていた。母屋とお揃いの石でできた基礎に、曲線を描くガラス。高さも横幅もあって、いかにも洒落ている。母屋と反対側の端には、スレート葺きの屋根に石造りの平屋がくっついていた。クラシツキが進んだ小道はその平屋へ向かい、回りこんでドアへと通じていた。壁は一面ツタに覆われ、塗装された樫板のドアは黒い鉄の飾りつきで趣味がいい。そこに大きな枠つきの板がかかっていて、二十歩離れても読めるほど大きな赤い文字が書かれていた。

危険
立ち入り禁止
死への扉

この陽気な歓迎の言葉に、ぼくはぶつくさ言った。ウルフは板をじろりと見やり、心得顔で尋ねた。「シアノガスGかな?」

クラシツキはフックから警告をはずし、鍵を差しながら、首を振った。「サイフォジンです。大丈夫ですよ。通気孔は何時間も開けてあったし。この警告はちょっと芝居がかってるけど、おれがこの家に来たときにはあったんです。奥さまが自分で書いたんだと思います」

二人と一緒に室内に入ったぼくは、念入りに臭いを確認した。サイフォジンは消毒用の燻蒸剤で、ウルフも植物室で使用するため、その毒性の恐ろしさはよく知っている。まあ、ぼくの鼻ではほんのかすかにしか感じなかったので、そのまま呼吸を続けた。石造りの平屋の内部は物置兼作業場で、ウルフはすぐさま情報収集の目を向けはじめた。

アンディ・クラシツキは丁寧だがきっぱりとした口調で告げた。「すみませんが、燻蒸消毒後の朝はいつも作業の遅れがあって……」

ウルフはお行儀よくクラシツキに従い、ドアを通って温室に入った。ぼくもついていった。

「ここが低温室」クラシツキが説明した。「隣が熱帯室で、その先の母屋にくっついているのが中温室。通気孔をいくつか閉じて、自動制御装置を動かさなきゃいけないんで」

息をのむような光景だった。その点は間違いない。ただ、ぼくはほぼ全種類の蘭を配列するウルフなりの方法にすっかり慣れてしまっているせいか、雑然とした印象を受けた。ぼくが心から楽しめるような光景が待っていたのは、熱帯室まで進んだときだった。十九輪の花をつけたファレノプシス・アフロディーテ・サンデリアナをまじまじと見つめたときのウルフの顔。感嘆と妬みが入り交じって目が光ったが、そんなことはめったにない。花については、ぼくがはじめて見る種類で、特別だった。バラ色、茶色、紫、黄色。バラ色が花弁全体に広がり、唇弁が茶色と紫と黄色だった。

「これはあなたの花かな?」ウルフが尋ねた。

アンディは肩をすくめた。「持ち主はピトケアンさんだ」

「持ち主がだれでもいっこうにかまわない。栽培したのはだれです?」

「おれです。種から育てました」

ウルフは唸った。「クラシッキさん、握手させてもらいたい」

アンディは求めに応じ、それから奥にあるドアを抜けて中温室に入った。通気孔をもっと閉めるのだろう。ウルフは数分間ファレノプシスへの欲望をつのらせてから、ぼくと一緒に中温室へ入った。こちらもまたごった返していた。紫色のゲラニウムから白い小花が八百万ぐらい咲き誇るセリッサ・フォエチダの名札つきの平鉢まで、なんでも置いてある。小花を嗅いでみたが、なんの臭いもしない。指で一輪潰したうえで、もう一度嗅いでみた。そうしたら、悪臭(フォエチダ)のあるという名前を難なく理解できた。すっかり指に臭いがついてしまったので、作業場まで引き返して、流しで石けんを使って洗った。

中温室に戻ってみると、アンディがウルフに一見の価値のありそうな珍種を持っていると話しているところだった。「もちろん」アンディは言った。「チボウキナ・セミデカンドラは知ってるでしょうね、プレロマ・メカンスルムとかプレロマ・グランディフロラって目録に載ってることもありますけど」

「当然だ」ウルフはきっぱり答えた。

聞いたこともなかったはずだ、絶対。アンディは続けた。「で、ここには挿し木で育てて二年目の花があるんです。高さは二フィート足らず、枝は突然変異を起こしてる。葉はほぼ円形で卵形じゃなく、小さなへこみがあります。葉柄は……今見せるんで、待ってください。光があたらないように休ませてあって……」

アンディは花台の一区画へと移動していた。縦長の緑色のキャンバス布が幅一杯にかけられ、腰の高さの花台から地面までを覆っている。アンディはしゃがんで、垂れさがった布の下端を持ちあげると、頭と肩を花台の下に突っこんだ。そして、動かなくなった。身動き一つしない。いくらなんでも長すぎる。やがてアンディはさがり、コンクリートの花台に頭をぶつけながら、まっすぐに立ちあがった。そのまま自分もコンクリートになったみたいに身を固くしている。こちらに向けた顔はすっかり血の気をなくし、両目は閉じられていた。

ぼくが動きだした音を聞いて、アンディは目を開けた。そして、ぼくがキャンバス布に手を伸ばしているのを見て、小声で言った。「見ちゃだめだ。そうじゃない。そう、見たほうがいい」

ぼくはキャンバス布を持ちあげて、覗いてみた。アンディと同じくらい長く頭と肩を突っこんでから、頭をぶつけることなくさがって、ウルフに告げた。「女が死んでます」

「死んでるみたいなんだ」アンディが囁くように言った。

「そう」ぼくは相づちを打った。「間違いなく死んでる。息がなくて、冷たくなってるよ」

「けしからん」ウルフは怒鳴った。

第三章

一つ、告白しよう。私立探偵は、弁護士のように宣誓した法律の僕(しもべ)ではない。とはいえ、捜査はライセンスのもとで行われるし、それにはある一定の規則を守る必要がある。ぼくのポケットにはライセンスが入っていて、アーチー・グッドウィンに規則の遵守を課している。なのに、あの場に立ってウルフからアンディ・クラシツキにちらりと視線を移したとき、ぼくの念頭にあったのは、規則に従った次の適切な処置ではなく、ある思いだけだった。あんまりだ。死体の割りこみで計画をぶち壊しにされずに、ウルフは蘭の世話係を捕獲しようとウェストチェスターまでひとっ走り車で出かけることもできないのか。そのときのぼくは、ウルフが蘭の世話係を必要としたせいであの日あの場に死体があったとは知らなかった。ぼくが偶然だと思っていたことは、実は因果関係があったのだ。

アンディは身を固くしたままだった。ウルフがキャンバス布へ近づこうとして、ぼくは声をかけた。

「あなたはあんな奥まで身を屈められっこないですよ」

それでも、ウルフはやってみた。で、ぼくの意見が正しいと気づき、膝をついてキャンバス布を持ちあげた。ぼくは隣でしゃがんだ。あまり明るくなかったが、目に飛びこんできたものを考えれば充分だった。死因がなににせよ、死体の顔には大きな影響があったが、美人だった点までは変えなかったようだ。きれいな薄茶色の髪、形のいい手。青いレーヨンの柄ワンピースを着て、仰向けで横たわっている。目が開き、口も開いていた。死体以外に布の下で見てとれたのは、ひっくり返った八インチの鉢だけで、植木の枝が折れてとれかけていた。ウルフは身を引いて立ちあがり、ぼくも同じく立ちあがった。

「死んでる」今回、アンディは動いていなかったようだ。

ウルフは頷いた。「それに、きみの鉢植えはだめになった。突然変異の枝が折れた」

「なんだって？　鉢植え？」

「チボウキナだ」

アンディは眉をひそめ、音がするかどうか確かめるような勢いで頭を振り、またキャンバス布の近くに屈んでめくりあげた。頭と肩が見えなくなった。ぼくは規則を破った。ウルフもだ。手を触れるなとアンディに注意しなかったのだから。出てきたアンディは手を触れていただけじゃなく、証拠をくすねてきていた。その手には折れたチボウキナの枝が握られていた。中指で花台の土にくぼみをつけ、枝の下の部分を差し、土をかけなおして軽く押さえる。

「きみが殺したのか？」ウルフが鋭い口調で尋ねた。

ある面ではいい質問だったし、別の面では悪い質問だった。そのショックで、アンディは茫然自失の状態から覚めた。それは結構なことだ。ただ、同時にウルフを殴ってやりたいという気持ちになったのだ。アンディは決意をかためてすばやく前に出たが、花台の間は狭く、中間にぼくが立っていた。ぼくを殴るのはどうかといえば、こちらにも腕はある。アンディは胸と胸を合わせるように目の前に立ち、ぼくに圧力をかけた。

「そんなことをしても、なんの足しにもならない」ウルフは不機嫌そうだった。「きみは明日にはわたしのもとで働きはじめる予定だった。今はどうだ？　この状況でここに残していけるか？　だめだ。わたしが自宅に着く前に、きみは留置されているだろう。きみの意に染まなかった質問だが、今日が終わる前に何度も答えることになるはずだ」

「ありえない」アンディは後ずさった。

「確実だ。手始めにわたしでもかまわないだろう。殺したのか？」

「ちがう。ありえない。やってない！」

「あの女はだれなんだ？」

「あの娘は……ディニだ。ディニ・ラウアー。ミセス・ピトケアンの看護係だ。結婚するはずだったんだ。昨日、つい昨日、結婚するって言ってくれた。なのに、今おれはこんなとこに立ってる」アンディは両手をあげ、指を広げて、振った。「こんなとこに立ってる！　どうすればいいんだ？」

「やめろって」ぼくは言った。

「きみはわたしと一緒に来るんだ」ウルフはぼくを押しのけた。「作業場に電話があった。ただし、使う前に少しばかり話をする。アーチー、ここにいてくれ」

「おれがここにいる」アンディは言った。焦点の定まらない目は消えて、はっきりと自分の意志を取り戻していた。ただ、顔色は戻っていなかったし、額には汗の玉がいくつも浮かんでいた。もう一度言い張る。「おれがここにいる」

　その名誉をぼくに譲ってもらうのに、たっぷり二分かかった。ようやくアンディは出ていき、ウルフがあとに続いた。出ていったあとも、ガラスの仕切り越しに二人が熱帯室と低温室を抜けて作業場のドアを開ける様子が見えた。ドアは閉まり、ぼくは一人になった。とはいえ、温室で本当に一人になることはない。お仲間に植木や花がいるだけじゃなく、壁がガラス張りで外全体が丸見えだ。三方向、目で見える距離内にいる人はだれでも、事実上ぼくと一緒にいることになるのだ。それで、最初の結論が出た。ディニ・ラウアーは、生死にかかわらず、午前七時から午後五時の間にあのキャンバス布の陰へ転がされたのではない。生死の問題で二つ目の結論を出したくなり、調査のためぼくはもう一度しゃがんでキャンバス布を持ちあげた。四年ほど前、ウルフの植物室にシアノガスとニコチン煙に代えてサイフォジンのタンクが設置されたとき、ぼくは研究文献に目を通した。それには注意を怠るとどんな状態になるかの詳しい説明も出ていて、ディニの顔や喉を改めて念入りに調べたら、二つ目の結論が出た。花台の下に転がされたか、押しやられたとき、ディニは生きていた。始末をつけたのは、サイフォジンだ。意識がある状態でおとなしく花台の下に潜りこみ、じっと横になっていたとは考えにくいので、ぼくは観察を続け、こぶや傷がないかと手探りしたが、どちらもなかった。

ぼくがもう一度立ちあがったとき、物音がした。指関節で板を叩き、こちら側まで聞こえるような大声で男が呼びかけている。

「アンディ！」声はもう少し大きくなった。「アンディ！」

板とはつまり、温室の突きあたりにある大きなドアの一部で、お屋敷との連絡口だ。境界の壁の手前二十フィートくらいからは花台がなくなって敷物があり、その両脇に育ちすぎた植物の浅鉢や深鉢が並んでいた。また、ドアを叩く音がした。大きくなっている。声もまた大きくなった。ぼくはドアに近づいて、三つの細かい点を確認した。扉は反対側、母屋と思われるほうへ開く。がっちりした真鍮のスライド錠がこちら側でかけられている。ドア枠や敷居に接する扉の四方は、幅広のテープでふさいである。

声とノックは、偉そうだった。よそ者のぼくの声では、鍵のかかったドア越しに話そうとしても、いいことはないだろう。黙ったままなら、おそらく温室の反対側、作業場経由で攻め入られる結果になる。ウルフが話し合いの最中に邪魔されるのをどれだけ嫌っているかは、よくわかっている。だいたい、状況が状況だから、お客の侵入は遠慮したかった。

そこでぼくは錠をはずし、ドアを押してぎりぎりの隙間から通り抜けると、背中を押しつけてドアを閉め、そのまま寄りかかった。

声が問いただした。「おまえはどこのどいつだ?」

ジョセフ・G・ピトケアンだった。そして、ぼくがいたのは、廊下や出入口のホールではなく、ピトケアン邸のばかでかい居間だった。ピトケアンは見ればすぐわかるほどの有名人ではないが、郵便で庭師の引き抜きにとりかかったとき、少々調査をしてあった。アマチュア・ゴルファーで、利子で食っている第三世代の有閑階級で、怠け者だとわかったついでに、人相もわかった。右舷へ傾いた鼻だけで特徴としては充分だった。聞いた話だが、だれかが四番アイアンでたまたまバックスイングした結果だそうだ。

「アンディはどこだ?」ピトケアンは、ぼくにどこのどいつかを説明する暇さえ与えずに、追及した。

「ぼくの名前は――」ぼくは言いかけた。

「ミス・ラウアーはそこにいるのか?」ピトケアンは頭ごなしにたたみかける。

ぼくの役目はもちろん、ウルフのために時間を稼ぐことだ。やつの感じの悪い敵意に満ちた視線へのお返しに、ぼくは感じのいい第三世代の笑みを浮かべ、穏やかにこう告げた。「一ダースちょうどにしてくれれば、回答をはじめますよ」

「なにが一ダースだ？」

「質問です。嫌なら、攻守交代しましょうか。ネロ・ウルフの名前を聞いたことは？」

「あるとも。そいつがどうした？　蘭の栽培をしてる」

「まあ、そういう言いかたもできます。本人の言葉によれば、大事なのは持ち主ではなく、栽培した人ですから。ウルフさんの場合、セオドア・ホルストマンが一日十二時間、ことによってはもっと長い時間、植物室にいたわけですけど、母親が病気になったので、やむなく不在になったんですよ。それが一週間前の昨日でした。すったもんだのあげく、ウルフさんはアンディ・クラシツキをあなたから奪うことに決めたんです。ご存じでしょうが――」

ぼくを遮ったのは、ジョセフ・Gではなかった。二人きりじゃなかったのだ。ピトケアンの後ろには若い男女が一人ずつ立っていた。少し離れたところには、それほど若くはないが、まだ現実的な限界線を一つも越えていないメイド服の女性がいる。ぼくの右手にいるのは、つなぎ姿のままのニール・インブリーだ。ぼくが立て板に水とまくしたてるのを止めたのは若い娘で、いきなり前に出たかと思うと食ってかかってきた。

「そこに突っ立ってないで、ドアからどきなさい。なにかあったんでしょ、入らせてもらうから！」

娘はぼくの袖をつかんで、実力行使にでようとした。

若い男がその場から動かずに娘へ声をかけた。「気をつけろ、シビー！　そいつはアーチー・グッドウィンだ、女を殴るよりは――」

「黙ってろ、ドナルド！」ジョセフ・Gが命じた。「シビル、少し遠慮していてくれないか？」冷たい灰色の目が、またぼくへと向けられる。「名前はアーチー・グッドウィンで、ネロ・ウルフの助手か?」

「そのとおり」

「クラシッキに会いにきたと言ったな?」

ぼくは頷いた。「ここから引き抜くためにね」長い活発な議論がはじまればいいなと、わざと繰り返したが、ピトケアンは食いつかなかった。

「それがわたしの家に押し入って、ドアをふさぐ言い訳になると?」

「いえ」ぼくは認めた。「アンディがぼくを温室へ入れてくれたんです。そこで立っていたら、ノックとアンディを呼ぶ声が聞こえました。アンディはウルフさんと一緒で手が離せませんでしたし、ドアにはスライド錠がかかっているのが見えたわけですが、声の主はご主人にちがいないから、自分の温室のドアを開けさせる権利は確実にあると思って、開けました。ドアをふさいでいる点については、そこが問題の核心でして。たしかに、ぼくは普通ではない行動をしています。その理由が問題のミス・ラウアーになんらかの関わりがあると仮定した場合、ぼくとしてはその人に会ったことは一度もないとはいえ、温室内にいるかと尋ねた理由を当然教えてもらいたいわけです。なぜそんな質問を?」

ジョセフ・Gは大きく一歩踏み出した。それだけでぼくの目の前に来るのには充分だった。「どけ」本気のようだ。

ぼくが感じのいい笑顔のまま首を振って口を開いたところで、ピトケアンがこちらへ手を伸ばしてきた。冷戦を実戦にするのは得策ではないだろう、ぼくはすでにそう判断を下していた。ドナルドとニール・インブリーが予備軍でいるのだから、なおさらだ。最後の手段として、ぼくは少しばかり事実を教えるつもりだったが、そこまでいかなかった。ピトケアンの手が触れてぼくの筋肉に緊張が走ったとき、車のエンジン音が外から聞こえてきた。インブリーの立っている位置からは、二歩動くだけで窓から様子がよく見える。で、インブリーは移動して、外を見た。そして、主人に向き直った。

「旦那さま、州警察です」インブリーが告げた。「二台来ています」

ウルフとアンディの話し合いは短く、不調だったようだ。ろくな時間をかけずに、可能な限りウルフが絶対に頼るはずのない方法、警察への通報が実行されたのだから。

第四章

五時間後の午後三時、温室の作業場でまずまずの椅子に腰をおろしたネロ・ウルフは、半狂乱で最後の無謀な抗戦をしていた。

「罪名は」ウルフは力説した。「あなたが決めたもので結構。ただし、第一級殺人以外です。保釈金はいくらにでも設定できるし、納付されるのです。危険は最小限なうえ、最終的にはわたしに感謝することになりますよ。わたしが事実を手に入れて、そちらが受け入れなければならなくなった際には」

三人の男はきっぱりと首を振った。

一人が言った。「あきらめて、殺人犯じゃない庭師を見つけるんだな」これはベン・ダイクス、地方検事局の捜査員の親玉だ。

もう一人が意地悪そうに続けた。「おれが責任者なら、あんた自身が重要参考人として保釈を求めてただろうさ」これは州警察のコン・ヌーナン警部補。最初から嫌なやつで、ウルフとぼくを人間として受け入れたのは、ファシャルト事件を肝に銘じる当然の理由を持つ地方検事が到着してからだった。

三人目が言った。「無駄だ、ウルフ。もちろん、そちらが手に入れた事実はなんでも歓迎するが」

これがクリーヴランド・アーチャー、ウェストチェスター郡の地方検事だ。普通の殺人事件なら検事補たちに任せただろうが、どんな形であれ、ジョセフ・G・ピトケアンに関係があればそうはいかないのだ。アーチャーは続けた。「第一級殺人以外にどんな罪名があると？　だからといって、捜査が終了して裁判の準備が整ったわけじゃないがね。明日という日もあるし、二、三の点には少々対応が必要だろう。そこはちゃんとやるが、クラシツキの有罪の可能性は高そうだ」

最終的にぼくらは五人だけになっていた。ウルフは入手可能ななかで一番いい椅子に座り、ぼくは鉢植え台の端に軽く腰かけ、他の三人は立っていた。死体はとっくの昔に運び出されていたし、鑑識軍団は仕事を終えていなくなった。アンディ・クラシツキは、刑事に手錠でつながれ、パトカーの後部座席に乗ってホワイト・プレインズへ行ってしまった。法律家たちは手早く徹底的に捜査を進めていた。供述書のサインもすんだ。家の住人全員は一万個くらいの質問をされて、答えた。

そしてウルフは、朝食後にサンドイッチ四切れとコーヒー三杯しか口にしておらず、暗い十二月の朝ぼくに車をとりにいかせたときより、なおいっそう死にものぐるいになっていた。せっかくアンディを手に入れたのに、なくしてしまったのだ。

事件はまああアンディに不利だった。ディニ・ラウアーは、階段から落ちて背中にけがをしたミセス・ピトケアンを看護するため、二か月前にやってきた。一目見た瞬間にアンディが骨抜きになったのは、だいたいみんなが認めていた。その点はアンディを心から慕っている助手で、虹色のシャツを着た若者のガス・トレブルでさえ証言した。ガスによれば、ディニがアンディを煙に巻く手練手管のすばらしさときたら見たこともないほどだったらしい。ガスがアンディに本気で同情しているのなら、そんな証言はあまり褒められたものじゃなかった。

結婚を承知した当日にアンディがディニを始末したがったのはなぜか、との疑問への答えはこうだ。ディニが承知したと言ったのはだれだ？　アンディだけだ。他にだれもそんな話を聞いていないし、アンディ自身もその吉報をウルフとぼくにしか教えていなかった。では、自分のものにできないという理由だけで、アンディは毒ガスでディニを死に追いやったのか？　そこはたぶん、地方検事が対応を必要とした点の一つなのだろう。判事や陪審員には、第一級クラスの嫉妬があれば効果的なはずだ。ただ、少々扱いが面倒だから、やっぱり地方検事は一晩寝て考えたかったんだろう。嫉妬の三角関係の第三の頂点はだれだったのか？　この場にいるなかでは、ニール・インブリーはそんな柄じゃないし、ガス・トレブルはそんな態度じゃないし、ピトケアンと息子はぎりぎりまで地方検事が矛先を向けるような人種じゃない。だから検事が周囲を洗ってみたいと思ったとしても、無理はなかった。だいたい全員にたっぷり質問をしたものの、要するに手がかりはなに一つつかめなかったのだ。

ヌーナンとダイクスは全員の個人的行動表を捜査の初期段階で入手していたが、モルヒネの記述がある検死の速報がホワイト・プレインズから到着し、地方検事は全員を洗いなおすことにした。報告書によれば、モルヒネは検出されたが致死量ではなく、ディニの死因はサイフォジン中毒と考えて差し支えなかった。モルヒネは一つの疑問に答えを出したのだ。サイフォジンが充満するまで花台の下で動かないように、どうやってディニを意識不明にしておいたか？　ただ、これでもう一つ疑問が生まれた。アンディがモルヒネを買ったことを捜査陣は証明しなくてはならなくなるのか？　ところが、あっさりけりがついた。瞬く間に説明がついてしまったのだ。ニールの妻で料理人のベラ・インブリー、ぼくが居間に侵入したとき奥にいたお仕着せ姿の女性は、顔面神経痛に悩んでいて、モルヒネの丸薬の箱を台所の戸棚で保管していた。一か月ほど使う必要はなかったのだが、その箱がなくなっていた。アンディは他のみんなと同じく、モルヒネのことと保管場所を知っていた。このため、捜査陣には家全体を捜索する立派な口実ができた。で、一ダースほどの人数で一時間かけて探したが、モルヒネも、箱も見つからなかった。もちろんアンディの庭師小屋はとっくに簡単な捜索をされていたが、もう一度改められた。

そして、地方検事は家人の行動表を当人たちと再確認したが、新事実は一つも出てこなかった。当然、アンディは集中砲火を浴びた。アンディによれば、夕方に二人きりで温室で話していたとき、ディニはついに根負けして、近いうちに結婚することを承知しただけでなく、ネロ・ウルフの誘いに乗り気だったアンディのために、ピトケアン家の仕事を辞めてニューヨークで働き口につくことも受け入れた。ディニは自分からミセス・ピトケアンに知らせるまでは内緒にしておいてくれと頼んだ。それが、五時頃。次にアンディがディニを見たのは、四時間ほど経った夜の九時過ぎだった。温室で夜の巡回をしているときに、ディニが居間に通じるドアから入ってきたのだ。二人は花を見ておしゃべりをし、作業場へ移動して腰をおろし、さらにおしゃべりをしながらディニが台所から持ってきたビールを飲んだ。十一時にディニはおやすみなさいと言って居間へのドアから出ていった。アンディがディニを見たのは、それで最後だった。これがアンディの言い分だ。

アンディも外に通じるドアから出ていき、小屋に戻ってウルフへの手紙を書いた。ベッドには入らないことに決めた。その一、あまりの幸せにすっかりわくわくしていたから。その二、どっちみち三時には起きなくてはいけなかったから。アンディは繁殖記録をつけ、荷造りに備えて持ち物を整理した。三時には温室へ行き、そこでガス・トレブルと落ち合った。燻蒸消毒の準備をする手順について、最後の指導をすることになっていたのだ。居間へのドアに鍵をかけて目張りするなど、一時間ほど作業したあとで、作業場にあるサイフォジンの元栓を開け、八分後に閉めてから、外に通じるドアに施錠して、『死への扉』の警告をかけた。ガスは家に帰り、アンディは小屋に戻った。今回もベッドには入らなかったことを、アンディは認めた。七時に温室へ行き、外からの操作で通気孔を開けて小屋に戻り、今度こそ疲れを感じて眠った。八時半に目を覚まして、朝食とコーヒーをかっこみ、その日の作業のために小屋を出ようとしたところで、ドアにノックの音がして、開けたらネロ・ウルフとぼくがいた。

他の人たちから提出された行動表は、ここまで複雑ではなかった。ガス・トレブルは夜遅くまで女の子とベドフォード・ヒルズで過ごしてから、三時のアンディとの待ち合わせのために温室に向かった。ニールとベラ・インブリーは十時少し前に部屋へさがり、三十分ほどラジオを聴いて、ベッドに入って眠った。ジョセフ・G・ピトケアンは夕食後すぐに、北ウェストチェスター納税者協会の執行委員会のために家を出て、ノース・セーラムのとある家に行き、日付が変わる少し前に帰宅して、就寝した。ドナルドは父親とディニ・ラウアーと一緒に夕食をとったあとは、自室で書き物をしていた。なにを書いていたかと訊かれると、小説だと答えた。提出は求められなかった。シビルは二階で母親と一緒に夕食をとった。母親はもう立ちあがって、少し歩くこともできたが、食事のため階下に行くのは控えていた。食後、シビルは二時間ほど母親に本を読み、就寝の介助をして、夜は自分の部屋に戻った。

夕食の直後から、だれもディニを見かけてはいなかった。夜、ディニが看護している患者の様子を見にいかないのはおかしくないかと訊かれると、みんなは口を揃えてそうではないと言った。シビルは、自分だって母親のために布団をめくるくらいはできる、と説明した。ミセス・インブリーのモルヒネの丸薬や箱の保管場所を知っていたかとの質問には、全員が知っていたと答えた。午後十一時から午前三時の間に、ディニに意識を失わせる量のモルヒネを入れたビールを一杯飲ませ、効いたあとで温室へ運んで花台の下に転がした可能性を排除できるだけの確たる事実がないことも、みなが認めた。が、容疑者となる可能性に動揺した様子を見せたのは、ベラ・インブリーだけだった。ベラは、アンディが事件当夜燻蒸消毒をする予定だとは知らなかったとばかなことを言い張ったが、他の全員がいつもどおりみんなに注意があったと認めたことを指摘されて、取り消した。捜査陣はそれをベラに対する不利な証拠とはみなさなかった。ぼくも同意見だったことは認める。

朝の様子についても矛盾はなかった。夜遅くまで活動している家なので、朝食は各自自由だった。シビルは母親と一緒に二階で食べた。ディニの姿がないことを二人は不審に思わず、探しはじめたのは九時過ぎだった。尋ねまわった結果、家人が居間に集まり、ピトケアンが温室のドアをノックして、アンディを呼んだ。

すべて筋が通っている。アンディ以外を指し示すはっきりした証拠は見あたらない。

「だれかが嘘をついている」ウルフは譲らなかった。

捜査陣は知りたがった。「だれが？　どの点で？」

「わたしにわかるはずがないだろう」ウルフは完全に向かっ腹を立てていた。「それはそちらの仕事だ！　探し出せ！」

「自分でやれよ」ヌーナン警部補が鼻で笑った。

ウルフは疑問を投げかけた。例えば、アンディがディニを殺したいと思っていたのなら、よりによって必然的に自分に疑いがかかる場所と方法を選んだのはなぜか？　もちろん、連中はこう答えた。そこまでのばかだと考える陪審員はいないだろうと計算して、その場所と方法を選んだのだ。ただ、地方検事はその点も対応を要すると考えたようだ。絶対にここだけの話だが、ウルフの疑問に残らず答えが返ってきたことは、ぼくも認めるしかなかった。ウルフの最大の論点、議論の本当の基礎は、一種独特だった。今まで挙げた疑問以外の点がアンディの有罪を疑わしくしている、とウルフは強く主張したのだ。その点こそがアンディの潔白を証明している。薬は盛られたがまだ息のあるディニ・ラウアーが花台の下に転がされたとき、そこにあった植木鉢がひっくり返された、と捜査陣は考えていた。そこまではウルフも同じだ。しかし、アンディ・クラシツキが時間に追われてもいないのに、そんなへまをしたとは考えられない。そもそも、鉢を安全な場所へ移しておいただろう。さらに、恐慌状態で移すのを忘れてひっくり返したとしたら、間違いなく鉢を起こし、あの貴重な突然変異の枝が折れているのに気づいて、再生させようとしたはずだ。アンディ・クラシツキのような園芸家にとって、鉢を起こして枝をなんとかしようとするのは本能的な行動で、なにがあっても止められなかっただろう。だいたい、捜査陣の想定よりよほど大きな衝撃を受けたとき、死体を発見したショックで茫然としたままのときでさえ、アンディは鉢を直した。

「なにがショックだ」ヌーナンは鼻で笑った。「自分でそこに置いたんだぞ？　あんたのおかしな話はあれこれ聞いてるんだよ、ウルフ。これがそのおかしの一つだとしたら、おれはデザートにいちごを選ぶことにするね」

この頃にはもう、ぼくはウルフの論点を客観的に判断できるような心持ちではなくなっていた。ヌーナンの耳の後ろの適切な位置に親指をあてがい、押さえつけたくてしかたがなかったのだ。それが事実上不可能なので、代わりにアンディの脱獄を助けるのに全力を尽くすつもりだった。ついでながらら、ぼくはアンディが気に入っていた。最後まで両手が自由なようにふるまっていたのだ。二本のうちの一本、刑事につながれていないほうの手を使って、パトカーに連れこまれる直前に、ウルフともう一度握手をした。

「大丈夫です」アンディは言っていた。「お任せしますから。自分のことはちっともかまわないんだ、今はね。ただ、あんなことをした悪党が――」

ウルフは頷いた。「何時間かの辛抱だ、そう望んでいる。今夜はわたしの家のベッドで眠れるかもしれない」

が、そうは問屋が卸さなかった。さっきも言ったとおり、三時には捜査陣は仕事を終え、引きあげようとしていた。ヌーナンは別れ際の皮肉をウルフに放った。

「おれが責任者なら、あんた自身が重要参考人として保釈を求めてただろうさ」

それでもいつかは、やつに親指をあてがう機会に巡り合えるかもしれない。

第五章

地方検事たちが引きあげたあと、ぼくはウルフに言った。「これまでのあれこれに加えて、楽しい予想がありますよ。あなたはアンディを手に入れられず、家に帰ったらすぐに一万株の蘭に水をやりはじめなきゃならない。それだけじゃなく、ある程度したら、たぶん一か月かもっと早いと思いますけど、ホワイト・プレインズまで来て証人席に座れという召喚状を受けとるでしょうね」ぼくは肩をすくめた。「まあ、雪が降って、みぞれが降って、氷が張っていたら、タイヤにチェーンをつければちゃんと到着できる見こみは充分にありますから」

「うるさい」ウルフは怒鳴った。「考えようとしているところだぞ」目が閉じられた。

ぼくは花台に軽く腰かけた。数分後、ウルフはまた怒鳴った。「だめだ。この椅子はけしからん」

「そうですか。ぼくが知っているなかで必要条件を満たす唯一の椅子は、五十マイル離れた場所にありますよ。ところで、ぼくらはだれの客なんでしょう、ここに招き入れてくれたアンディは拘置所に押しこめられていますけど?」

ある意味で返事があった。ただし、ウルフからではない。温室のドアが開いて、ジョセフ・G・ピトケアンが入ってきたのだ。娘のシビルも一緒だった。この頃には、ピトケアンの傾いた鼻も、シビルの鋭い緑色の目と尖った顎も、すっかり見慣れていた。

ピトケアンは部屋の中央で立ちどまると、氷のような声で尋ねた。「だれかを待っていたのかね？」

ウルフは半分まで目を開けて、不機嫌そうにピトケアンを見やった。「そうです」と答える。

「そうです、とは？　相手は？」

「だれでも。あなたでも。だれでもいい」

「この人、変なのよ」シビルが注釈を加えた。「変人ぶってるのよ」

「黙っていなさい、シビル」父親はウルフから視線をはずさず、娘に命じた。「ヌーナン警部補は引きあげる前に、当家の敷地内への侵入を防ぐために見張りを入口に残していく、と言っていた。新聞記者だの、不見識な野次馬に悩まされる可能性を配慮したんだ。しかし、出ていくぶんにはなんの問題もない。だれがこの家から出ていこうと邪魔はするなと、見張りは命令されている」

「理にかなった措置だ」ウルフは認めた。「ヌーナン氏は評価に値しますな」大きくため息をつく。

「それで、あなたはわたしにこの家から出ていけと命じている。それもあなたの立場からすれば、理にかなっている」ウルフは動かなかった。

ピトケアンは眉をひそめた。「理にかなう、かなわないの話じゃない。単純にそれが適切だと言っている。必要な間は当然ここにいなければならなかった。だが、もうその必要はない。この不幸で浅ましい事件は幕を閉じたのだから、わたしとしてはむろん要求する――」

「ちがう」ウルフの口調は鋭かった。「とんでもない」

「なにがちがうんだ？」

「事件は幕を閉じてなどいない。ヌーナン氏が評価に値すると言ったのは、あなたにとってだけで、わたしにとってではない。それどころか、この家の住人を好き勝手に出ていける状態にするなど、ヌーナン氏はとんでもないばかだ。住人の一人が殺人犯なのだから。あなたがたのだれ一人として、見張りもなく、記録もなく、一歩でも動くことを許されるべきではない。ついては――」

シビルがいきなり声をあげて笑いだした。少しぎょっとするような声で、耳にしたぼくらだけでなく、本人も同じくらい驚いたようだった。すばやく口に手をあてがって、声を殺す。

「つまりそういうことです」ウルフはシビルに言った。「あなたはヒステリーを起こしている」視線をすばやくピトケアンに戻した。「なぜお嬢さんはヒステリーを起こしているんです?」

「ヒステリーなんて起こしてない」シビルは鼻であしらった。「だれだって笑うわよ。メロドラマじゃあるまいし、古くさい言いかた」見下すように、頭を振る。「がっかりね、ネロ。もっとましな人だと思ってたのに」

最終的にウルフをこの無謀な賭けに駆りたてたのは、シビルにネロと呼ばれたせいだったと思う。それまでは、ウルフの心は二つに割れていた。たしかに、数時間ですむことを望んでいるとアンディに告げたのは一種の約束だし、アンディが必要だったのも間違いない。おまけに捜査陣、とりわけヌーナン警部補から踏みつけにされて傷をつけられた。それでも、この時点までは家に帰りたいという欲求が、本気で事件に飛びこむのを思いとどまらせていたのだ。ぼくはウルフをよく知っている、その様子が見てとれた。が、この生意気な見知らぬ小娘にネロ呼ばわりされたのは、あんまりだった。で、ウルフは飛びこんだ。

ウルフは椅子から立ちあがった。「居心地はよくない」ジョセフ・G・ピトケアンに四角張った口調で宣言する。「あなたの家で、目の前にあなたが立った状態でここに座っているのは。クラシツキさんは容疑を晴らすためにわたしを雇った。ですから、晴らすつもりです。正義とか真実などという抽象的概念のためにあなたが不快の種を進んで受け入れると考えるのは、無茶というものでしょう。受け入れるなら、あなたはほぼ未発見に近い奇特な人物だ。とはいえ、まずは質問される権利がありますな。クラシツキさんの有罪をわたしが納得するか、もしくは無罪を他人に納得させる証拠を集めるまで、グッドウィン君と共にこの家にとどまり、あなたやご家族や召し使いたちと話をしてもかまいませんか?」

シビルはやっぱり小馬鹿にした態度だったが、お許しを出すように頷いた。「ましになったじゃない」と言い放つ。「そこからはじまるわけね」

「だめだ」ピトケアンが怒りをこらえながら答えた。「警察が納得したなら、そちらが納得しなくてもわたしの知ったことじゃない」そして、片手を上着の脇ポケットに突っこんだ。「今まで辛抱してきたし、これ以上我慢するつもりはない。車を駐めた場所はわかっているな」

手がポケットから出てきた。案の定、銃を握っている。コルトの三八口径だ。古いが状態はいい。

「許可証を拝見します」ぼくは厳しく見咎めた。

「くだらん」ウルフの肩が一ミリ上下した。「結構。それでは、こちらでなんとかしなければならない」ウルフは自分の脇ポケットへ手を入れた。おやおや、銃撃戦をするつもりかな。が、その手が出てきたとき、握っていたのは一本の鍵だけだった。「これはクラシツキさんの庭師小屋の鍵です。入って荷物をまとめられるようにと、渡されたのです。警察の不法侵入のあとで残っているものをね。グッドウィン君とわたしは、立会人抜きでそちらへ行きます。車に戻ったら、あなたか、あなたの代理人が荷物を検査するのを待つつもりです。なにか言いたいことはありますか?」

「わたしは……」ピトケアンは眉を寄せ、ためらった。そして、言葉を継いだ。「ない」

「結構」ウルフは向きを変えて、テーブルにオーバーと帽子とステッキをとりにいった。「来なさい、アーチー」そのまま、ずんずん歩いていく。

扉の前まで来たとき、シビルがぼくらの背中に声をかけた。「モルヒネの箱を見つけたら、内緒にしておきなさいよ」

外に出て、ぼくはウルフにオーバーを着せかけ、自分のを身につけた。一日中薄暗い日で、冷たい風が雲を地平線やその先へと追いやっていたのに、今はさらに暗くなっている。屋敷の裏手まで出たとき、ぼくは左に曲がって懐中電灯をとりに車へ寄り、小道でウルフに追いついた。枝は乾いていて、もう頭に気をつける必要はなかった。テニスコートを通過し、常緑樹の木立に入ると、そこはもう夜のようだった。

ぼくは腕時計にちらっと目を向けた。「四時です」と前を行くウルフに明るく声をかける。「家にいて、セオドアがまだいるかアンディが来ていたら、あなたはちょっかいを出すためにちょうど植物室へあがっていくところですよ」

ウルフはうるさいとも言わなかった。もう、それどころではなかったのだ。

小屋のなかも明かりが必要なほど暗かったので、ぼくがスイッチを入れた。ウルフは周囲をざっと見て、なんとか大きさ的に充分な椅子に目をつけ、帽子とオーバーを脱いで腰をおろした。その間に、ぼくは室内を一巡りしはじめた。刑事たちはきちんと片づけていた。この部屋はほどほどの広さがあって悪くはないが、敷物や家具は古くなってがたがきていた。右手は寝室で、左手にもう一部屋、奥には浴室と台所があった。

通り一遍の確認をしただけで、ぼくはウルフのところへ戻った。「特に目につくものはありませんね。荷物をまとめましょうか？」

「なんのために？」ウルフはすっかり意気消沈していた。「警察がなにか重要な手がかりを見落としていないか、確認しましょうか？」

ウルフは唸っただけだった。座ってウルフを見ていたい気分ではなかったので、もう一度確認にとりかかった。机と書類用の戸棚からは、園芸用の細々したものとどうでもいい個人的な品以外に収穫はなく、他はまったくの空振りだった。左手の部屋はさらになにもなかった。右手はアンディが使っていた寝室で念入りに調べたが、ヌーナン警部補の鼻を明かすのに使えるものがあったとしても、見つけるのには失敗した。浴室も同じ。台所も同じだったが、一つだけ収穫があって、棚の奥にあるプルーンとシリアルの袋の陰から小さなボール箱を発掘した。モルヒネは入っていなかったし、入っていたと考える理由もなかったが、ウルフとの会話のきっかけにしたいばかりに、ぼくはその中身を報告した。

「鍵です」ぼくは箱を軽く揺すった。「一本にはd、u、p、ピリオド、g、r、n、h、s、ピリオド、の札がついてます。たぶん温室（Greenhouse）への鍵の複製（Duplicate）ってことでしょう。いずれ闇にまぎれて、例のファレノプシスをかっぱらってくる気になったら役に立ちますよ」

返事はなかった。ぼくは鍵をポケットに入れて、腰をおろした。

あまり間を置かずにぼくは口を開き、「はっきりさせておきたいんですが」と宣言した。「あなたの今の行動が気に入らないんです。あなたは事務所で腰をおろしたまま、何度もぼくに言ったことがありますね、『アーチー、だれそれとかれそれをつかまえにいって、ここに連れてきなさい』。だいたい、ぼくは配達してきました。だからって、今から車で家に連れて帰れと命じておいて、着いたとたんにピトケアン一家とインブリー夫妻とガス・トレブルを連れてこいと言うのなら、言うだけ無駄ですよ。あなたならやりかねないと思っているんですけどね。かわいい女の子があなたをネロと呼んだだけで、あんなざまを見せられたあとじゃ、返事をする気にもなれませんから」

「あの女はかわいくない」ウルフは怒鳴った。

「なにを言ってるんですか。もちろん、かわいいですよ。ま、好きじゃないのは、ぼくも同じですけどね。ぼくはただ、家に帰ったとしたらどんな状況になるのかについて、あなたの了解をちゃんと得たかっただけです」

ウルフはぼくをじろじろと見た。ややあって、頷く。醜悪な現実をついに受け入れたかのように、唇を引き結んでいた。

「電話があるな」ウルフは言った。「フリッツを頼む」

「ええ、たしかにありますけど、母屋につながってたらどうするんです?」

「試してみろ」

ぼくは机に移動して受話器をとりあげ、交換手の番号を回した。邪魔をするような音は聞こえず、そのままつながったので番号を告げたところ、フリッツの声がした。ウルフは立ちあがり、こちらまで来て受話器を受けとった。

「フリッツか? 帰宅が遅くなる。いや、なんともない。わからん。帰りは見当もつかない。いや、けしからんが、クラシツキさんは拘置所だ。今は答えられないが、夕食の時間前に余裕を持ってまた連絡する。蘭はどんな具合だ? そうか。いや、それは大丈夫だ。害はない。そうか。だめだだめだ、北側のじゃない! 一つもだ! たしかに、そうしたが……」

ぼくは聞くのをやめた。薄情なわけではなく、他のことに注意をひかれたからだ。特に理由もなく振り返ると、視線の先に窓があった。その向こう、窓枠近くで、背の低い木の枝が上下し、小刻みに揺れて止まった。ぼくは森に詳しいわけじゃないが、風が葉のない枝をあんなふうに動かすなんておかしい。で、もう一度ウルフに顔を向け、一分ほど会話を聞いてから、ぶらぶらと部屋を横切って台所に入った。そこで明かりを消し、音を立てないよう慎重に、ゆっくりと裏口のドアを開け、外へすり抜けて閉めた。

真っ暗だったが、三十秒ほど立っているうちに少し目が慣れてきた。ぼくはベストの内側にあるショルダー・ホルスターへ手を滑らせたが、空手のまま外へ出した。癖で確認しただけなのだ。今自分が立っているのが、地面からのごく低い階段になっているコンクリートの厚板なのがわかった。左に向かって板からおり、ゆっくりと家の角へ移動していく。風の音がうるさすぎて、耳はあまり役に立たない。ちょうど角まで来たとき、どこからともなく動くものが現れて、ぼくにぶつかった。つかまえようとしたが、相手はつかむ代わりに拳を振りおろしてきた。硬い拳が首の脇にあたって、ぼくは向かっ腹を立てた。横に動いて向きを変え、腎臓を狙ったが、明かりが足りなくて正確に見定められず、一マイルもはずれて、相手の尻で指関節を砕いてしまうところだった。男は大きく弧を描くように拳を振りあげ、おかげで壁のなくなった家みたいにがら空きになった。ぼくがかわすと、相手は空振りして、もう一度やろうと振り向いた。そのとき、だれだかわかった。アンディの助手、ガス・トレブルだ。

ぼくはさがり、防戦専用の構えをとった。

「おい」ぼくは声をかけた。「本当にやる気なら、こっちも望むところだが、なぜぼくとやりたいんだ？　理由がわかったら、もっとおもしろくなる」

「この汚い裏切り者が」息は切れていなかった。

「そうか。ただ、まだはっきりしないな。だれを裏切ったんだ？　ピトケアンか？　娘か？　相手はだれだ？」

「味方だと思わせておいて、罪を着せる手伝いをしただろ」

「はは、ぼくらがアンディを裏切ったと思ってるのか？」

「こっちにはちゃんとわかってるんだ」

「まあ聞けよ」ぼくは防御を解いた。「自分がなんなのか、わかってるか？　神さまからの贈り物だよ。ぼくがクリスマスにお願いしたいと思ってたものだ。大間違いをしていても、きみはぼくらの希望の星さ。入って、ネロ・ウルフと話をしてくれ」

「あの悪党と話をするつもりはない」

「窓から覗いていただろ。目的は？」

「おまえらがなにをしてるのか、知りたかったんだ」

「じゃ、話は簡単だ。訊けばよかったんだよ。まったく、なにもしていなかった。身動きがとれなくてね。八方ふさがりさ。ぼくらはアンディをぜひ手に入れたかったし、今だって同じだ。一緒に家に連れていって、大歓迎したかったんだが、捜査陣が許してくれなかった」

「真っ赤な嘘だ」

「そうか。だったら小屋に入って、あんたは裏切り者で悪党で嘘つきだって、ウルフさんに面と向かって言うんだな。そんな機会はめったにないぞ。怖くなければの話だけどな。なにか怖がってるのか？」

「なにも」ガスは方向転換して台所のドアに向かい、開けて入っていった。すぐにぼくも入った。

別の部屋からウルフの声が轟いてきた。「アーチー！　いったいどこへ――」

ぼくらはウルフのそばへ行った。電話はもう切られていた。ウルフはガスにちらっと目を向け、ぼくを見た。

「どこでつかまえた？」

ぼくは片手を振った。「ああ、すぐそこです。配達を開始しました」

第六章

　ぼくらが味方として行動していることをガス・トレブルにわからせるのには、たっぷり十分かかった。ウルフはとっておきの言葉と口調を惜しみなく費やしたけれど、ガスを納得させたのは言葉ではなく、論理だった。大前提は、ウルフが今すぐ自分の植物室にアンディを必要としていること。小前提は、アンディはウルフの植物室とホワイト・プレインズの檻のなか、もしくはシンシン刑務所の死刑囚檻房に同時にはいられないこと。結論を紙に書き出してやる必要はなかったが、それでも腑に落ちるまでに十分かかった。最後の二分は、温室を出る直前のジョセフ・Gやシビルとの会話をぼくが逐語的に引用するのに使われた。

　ガスは机の椅子に腰かけてウルフと向き合い、ぼくは背のまっすぐな椅子にまたがっていた。

「今年の七月」ガスは口を開いた。「ヌーナンはおれの友達をぼこぼこにしたんだ、理由もないのに」

　ウルフは頷いた。「やはりな。典型的なごろつき警官です。クラシツキさんはあの女性を殺さなかったというのがわたしの意見ですが、あなたも同意見だとみなしますよ、トレブルさん。あなた自身も殺していないと警察に話すのを聞きましたので、その点について追及するつもりはありません。とはいえ、あなたはご自身に関するすべての質問に率直かつ余すところなく答えていたが、他の人に関しては明らかに自主規制していた。理解はできます。あなたはここで働いているのだし、供述は記録されていたのだから。しかし、それでは、わたしの役には立たない。わたしはクラシツキさんを牢獄から解放したい、すなわち身代わりを突き出すしかないのです。協力したいのであれば、あなたは遠慮を捨てて、この家の人々について知っていることをすべて教えなければならない。ただし、仕事を忘れなければ無理です。よろしいですか？」

ガスは顔をしかめていた。そうすると、投票できるくらいの大人にみえた。照明の下では、朝に屋外で見かけたときよりも顔は青白く、虹色のシャツは鮮やかさを増して見えた。

「いい仕事なんだ」と小声で答える。「とっても気に入ってる」

「そうでしょうな」ウルフは思いやりをこめて、相づちを打った。「クラシツキさんは、あなたのことを優秀で頭がよく非凡な才能がある、と話していましたよ」

「本当に？」

「はい。本当です」

「最悪だ」ガスのしかめ面がますますひどくなった。「なにを知りたいんだ？」

「この家の人たちについてです。まずは、ミス・ラウアー。あなた自身は彼女に魅力を感じていなかったようですね」

「おれ？　あの女は好きじゃないよ。警察への話を聞いただろ。ディニはカモをつかまえるつもりだったんだ」

「金目あてだったということですか？」

「いや、金じゃない。そうは思わないよ。参ったな、あんたもあの手の女は知ってるだろ。男をその気にさせるのが好きで、やみつきになってたんだ。女の反応を見るのも好きだった。父親くらい年上のニール・インブリーまでだ、奥さんがその場にいるときにディニがインブリーに気を持たせるところを見せたかったよ。見え見えだったわけじゃない。ちらっとにおわせて、すぐに隠す。それに声だよ、あの声！　おれだって離れなきゃならないときもあったんだ。だいたい、おれにはベドフォード・ヒルズに彼女がいるんだけど」

「クラシツキさんはそのことにまったく気づいていなかったんですか？」

「アンディかい？」ガスは身を乗り出した。「聞いてくれよ。どうにもならないことだったんだ。ディニを一目見て、あの声を聞いた最初の日から、アンディは溺れちまったんだ。浮きあがりさえしないで、底にずっぽり沈んだまま。アンディはばかじゃない、そういうことじゃないんだ。ただ、一瞬で強烈な一撃を食らったんで、よくよく考えてみる暇もなかった。一度ちょっとだけ、ものすごく気をつけながら話してみようとしたけど、あのときのアンディの顔ときたら。情けなかったな」ガスは首を振った。「おれにはわからない。アンディがディニに結婚を承知させたと知ってたら、おれがディニを毒ガスで始末していたかもな。アンディへのせめてもの恩返しに」

「そうですな」ウルフは認めた。「充分な動機だったでしょう。あなたのことは、ひとまず終わりです。さっき、インブリー氏の名前が出ましたね。あの人はどうです？　奥さんがいないときにもミス・ラウアーが思わせぶりをして、あなたの言葉を借りれば、その気になったとします。そういった展開により、インブリー氏はすっかり有頂天になった。そして昨夜、ミス・ラウアーがここを辞めてクラシツキさんと結婚するつもりだと告げたとします。ミス・ラウアーは死ななければならないと、インブリー氏は決意した。このような推論はありえますか？」

「わからない。その考えはおれのじゃなく、あんたのだから」

「いやいや」ウルフは切り返した。「ありがたいことに、わたしはヌーナン氏ではないのですよ。遠慮していれば、結論は出ません。インブリー氏はそういう考えを抱いていましたか？」

「かもしれないね、たしかに。ディニがしっかりと釣り針をのみこませていたら」

「この推論に矛盾する事実はなにかありますか？」

「いや」

「では、捨てないでおきましょう。アリバイがなかったことも、もちろんご存じですね。犯行が可能だったのは四時間でした。ミス・ラウアーがクラシツキさんにおやすみと言って別れた十一時から、あなたとクラシツキさんが燻蒸消毒のため温室に入った三時までです。全員が個室で就寝中だった、インブリー夫妻を除いて。二人はアリバイを相互に証明できますが、夫婦でもありますので無意味です。夫の動機は、先ほど推測しました。奥さんの動機は言うまでもなく、あなたの説明した状況に潜在しています。そもそも、女性は知的な思考過程で理解可能な動機を必要としませんのでね」

「そのとおりだよ」ガスは実感をこめて、不服そうに賛成した。「女には本人だけの理屈があるんだ」

ベドフォード・ヒルズの女の子はいったいなにをしたのだろうか、とぼくは思った。ウルフは続けた。

「女性陣を片づけてしまいましょう。ミス・ピトケアンはどうです？」

「ええと……」ガスは口を大きく開けて唇を伸ばし、舌の先で上唇をちょっと触ると、また閉じてしまった。「あの人はわからないんだ。おれとしちゃ虫が好かない気がするんだけど、実は理由がわからなくてさ。だから、あの人のことをわかっていないと思う」

「わたしが助け船を出せるのでは？」

「無理じゃないか。お嬢さんはえらく澄ましてるけど、去年の夏、茂みに隠れてわんわん泣いてるのに出くわしたよ。なんか痛いところがあるんだろうけど、ありゃ一つじゃないな。前にはテラスで父親と大喧嘩しててさ、おれはそこの茂みのなかで作業してたんだけど、二人ともちゃんと気づいてた。奥さまの事故のあと、二週間くらいした頃で、旦那さまは正看護師を首にして、付き添いをする准看護師に来てもらおうとしてたけど、それがディニ・ラウアーだった。で、お嬢さんは母親の世話を自分がするべきだって、怒鳴り散らしてた。すごく怒ってわめいていたんで、しまいには二階の窓から看護師が静かにしてくれって声をかけてたよ。もう一つ、お嬢さんは男を嫌ってるようにみえるだけじゃなくて、実際そうなんだってはっきり口に出してたよ。たぶん虫が好かない気がするのもそのせいだろうな、お互いさまってだけのことでさ」

ウルフは顔をしかめた。「ミス・ピトケアンはしょっちゅうヒステリーを起こすのですか？」

「しょっちゅうとは言わないけど。だいたい、おれはろくに母屋にはいないから」ガスは首を振った。「お嬢さんのことは、わかってないんだと思う」

「手間をかけるだけの価値はなさそうですな。理解しようとするのはやめておきなさい。あなたから聞きたいのは、解釈ではなくて事実です、持ち合わせがあればの話ですが。ミス・ピトケアンに関する醜聞が必要です。なにか知っていますか？」

ガスは戸惑っている様子だった。「お嬢さんとディニのことかい？」

「ミス・ピトケアンとだれか、もしくは、なんでも。よくない話ほど結構。盗癖があったり、麻薬中毒患者では？　賭け事をしたり、他の女性の夫を誘惑したり、トランプでいかさまをしたりしますか？」

「知ってる限りじゃ、そんな話はないけど」ガスはしばらく頭を絞っていた。「しょっちゅう喧嘩をするよ。それで役に立つかな？」

「どうですかな。武器はなんです？」

「武器を使うってことじゃないよ。ただ、喧嘩するだけだ。家族、友達、だれとでも。いつでも自分が一番よくわかってるって理屈なんだ。兄さんとしょっちゅう喧嘩してるな。ま、あの人なら、だれかが物事をよくわかってるってのはいいことさ。本人はてんでだめだから」

「なぜです？　お兄さんも触られると痛いところがあるのですか？」

ガスは鼻を鳴らした。「なにかはあるはずさ。感じやすいんだって家族は言ってるよ。そうやって、お互いや友達や本人に話してる。くだらねえ、だったらおれも感じやすいさ。けど、それを触れ回ったりはしないね。毎日、一時間ごとに気分があってさ、日曜や休みも関係なし。なに一つしない、花を摘むことだってね。大学に四つ行ってて……イエール大、ウィリアムズ大、コーネル大と退学になって、それからオハイオのなんとかいう大学だよ」

「退学の原因は？」ウルフは追及した。「それは役に立つかもしれない」

「さあね」

「いい加減にしないか」ウルフは文句を言った。「きみには好奇心がないのかね？　息子に関する立派な醜聞があれば、娘に関することよりもさらに役立つかもしれない。なにも耳にしていないのかな？」

ガスはまた頭を絞った。心あたりが見つかった気配が顔に出ないまま一分経過したとき、ウルフは詰め寄った。「大学を退学させられた理由は、女性問題だったとは考えられるかね？」

「あの人が?」ガスはまた鼻を鳴らした。「あの人はヌーディストの集まりに行って、片側に男、反対側に女と並んでても、どっちがどっちかわかんないだろうさ。服を着てればわかるとは思うけど。抜けてるってわけじゃない。ちょっとも抜けてないと思うけど、心が別の場所にあるんだよ。痛いところがあるのかって話だったけど――」

ドアにノックの音がした。ぼくが開けにいって、確認したうえで言った。「どうぞ」

ドナルド・ピトケアンが入ってきた。

これまでにざっと観察したことはあるが、今となってはもっとよく観察するべきだし、隅々まで見た。ドナルドが今どんな気分なのかは、もちろんわからなかったが、特に感じやすい様子にはみえない。ぼくと同じくらいの体重と体格だが、体の動かしかたは同じではなかった。褒め言葉ではない。調整が必要だ。彫りの深い黒っぽい目、自信さえ持てば顔立ちは全然悪くない。

「ああ、ここにいたのか、ガス?」ドナルドは言ったが、あまり明るい声ではなかった。

「はい、ここにいました」ガスは答えて、その問題にけりをつけた。

ドナルドは照明に目をしばたたきながら、ウルフに向き直った。そっけない態度をとるつもりらしい。「アンディの荷物をまとめるのに、どうしてこんなに時間がかかるんでしょうか。荷造りしたいとのお話だったのに、そんな様子はありませんが」

「中断しています」ウルフは答えた。

「見ればわかります。作業を進めて出ていくのがいいとは思いませんか?」

「そう思いますよ。まもなくとりかかります。来ていただいてよかった、ピトケアンさん。少しお話をするちょうどいい機会です。もちろん、あなたは――」

「お話をする気分ではありませんので」ドナルドは弁解がましく言うと、背を向けて出ていった。ドアは閉まり、ポーチを歩き去る足音が聞こえた。

「わかったかい？」ガスが訊いた。「まさにあれがドナルドさんなのさ。パパにここへ行って追い払えって言われたんだよ。あの言いかた、聞いただろう？」

「聞きましたよ。感じやすい人とは、わからないものですな」ウルフはため息をついた。「急いだほうがよさそうだ、ピトケアン氏が自らここへ乗りこむと決心する前に、母屋に戻りたいのでね。そう、ご主人はどんな感じです？　見た目を訊いているのではありませんよ、先ほど顔を見て、言葉を交わしたので。身の上についての、あなたの情報です。今日の午後の印象では、息子は性別について混同があっても父親はちがうようでしたな。男女の区別はつくのですか？」

「つくよ」ガスはちょっと笑った。「目を閉じたままでも、一マイル離れた場所からでも」

「証拠があるような口ぶりですが」

ガスは続けようと口を開いたが、そのまま閉じてしまった。ウルフを上目遣いで見やり、ぼくにちらっと視線を投げて、ウルフに戻す。

「ふうん」ガスは言った。「今度は証拠を出せって言うんだな」

「それはちがう。事実を話せと言い張るつもりもありません。推測でもかまわない……知っていることはなんでも」

ガスは両手の親指と人差し指の先をこすり合わせ、また顔をしかめて考えこんでいた。やがて、荒っぽく体を動かした。「知ったこっちゃないや」心が決まったようだ。「アンディを裏切ったってあんたに腹を立ててたし、あんたはアンディに借りがあるわけじゃない。で、ここでおれを調べてるわけだしな。仕事口なら他にもあるさ。ピトケアンさんは前に女の子の首を絞めたことがあった」

「ピトケアン氏が?」

「そう」

「絞め殺したんですか?」

「いや、ちがう。首を絞めただけだよ。フローレンス・ヘファランって娘なんだ。家族はグリージー・ヒルのぼろ屋に住んでたんだけど、今じゃハドソン・バレーで立派な家と三十エーカーの土地を持ってる。ピトケアンさんを強請ったのはフローレンスじゃないと思う。もしフローレンスがやったなら、父親の差し金だよ。その三十エーカーの土地を手に入れるのにまじで二万一千ドルかかってるし、フローレンスがニューヨークに逃げてってたときも文無しだったわけじゃなかった。金がピトケアンさんからじゃないとしたら、どこから出てきたんだ? 首を絞めた事件には話が二通りあってさ。一つは、ピトケアンさんがフローレンスにのぼせあがって、生まれてくる赤ん坊が自分の子供じゃないと思ったから妬いたって話。フローレンスが親友にそう話したんだけど、そいつがおれの友達なんだ。二つ目は、大金をせびりとられたんで怒ったって話。やっぱりフローレンスから出てきた話なんだけど、こっちはニューヨークに行ったあとのことでさ、聞こえがいいとでも思ったんじゃないかな。どっちみち、あざが残るほど絞めたのは間違いないんだ。実際に見たから」

「そうですか」ウルフはだれかから三十エーカー分の蘭をもらったみたいに、ご満悦だった。「いつの話です?」

「二年くらい前かな」

「ミス・ヘファランが今どこにいるか、知っていますか?」

「ああ。ニューヨークの住所を手に入れられるよ」

「結構」ウルフは指を一本軽く動かした。「証拠を要求したりはしないだろうとさっき言いましたし、そのつもりもありません。ただ、この話のどこまでが事実で、どこまでが噂なんです？」

「噂じゃないよ。全部、正真正銘の事実だ」

「その話がこれまでに公表されたことはありますか？　例えば、裁判の経過が新聞に載ったとか？」

ガスは首を振った。「裁判にはなってないよ。表沙汰にしないように四、五万ドル払ったのに、どうやって裁判になるんだ？」

「そのとおりだが、確認しておきたかったのでね。そういった事実は近所に知られて、あれこれ言われていましたか？」

「そうだな……知られてはいないよ」ガスは手を振った。「もちろん、多少噂になったけど、なにがあったのか本当に知ってるのはほんの一握りで、おれはたまたまその一人だったんだ。友達がフローレンスの親友だからね。それに、おれだって噂をたきつけるようなことはしてない。今まで一切しゃべったことはないよ。アンディの助けになればって、あんたに話しただけなんだ。まあ、どう助けになるのか見当もつかないけど」

「わたしはついてます」ウルフは言い切った。「ピトケアン氏は他の不動産取引でも援助をしたことがあるのですか？」

「おれは知らない。フローレンスのときはのぼせあがってたんだろ。ただ、どっちかっていえば男としての一般的な口説きかたの問題なんだろうけど。ここの家のお客にピトケアンさんがちょっかいを出すのを、おれは見てきた。間違いなく言えるのは、その点ドナルドは父親似じゃないってことさ。

わからないな……白髪が出てきたら試合終了のホイッスルだなって納得して、なんで他のことに集中しないいんだ？　例えば、あんたも多少白髪があるよな。まさか雄鶏みたいに鳴いたり、両手をばたばたさせたりしながら駆けずり回ったりしないだろ」

ぼくは思わずくすくす笑ってしまった。ウルフはぼくを縮みあがらせるような目で睨み、またガスに向き直った。

「しません、トレブルさん。わたしはやりません。しかし、あなたの全般的な所見は興味深く、健全であるものの、わたしにとってはなんの役にも立ちません。特定の事項しか利用できないのです。手に入れられるだけの醜聞が必要です。ピトケアン氏について、もっとあるのでは？」

が、ガスは大きなネタを使い果たしてしまったようだ。ジョセフ・Gに関する細かい話はさらに持ち合わせがあったし、今では話の種が尽きるまでぶちまける気満々だったが、ぼくにはピトケアンを殺人の容疑者クラスまで昇格させるほどの話には思えなかった。そもそも、ピトケアンとディニ・ラウアーについては、噂話の種さえなかった。ただし、本人が指摘したことだが、ガスは外にいるので家でなにが起こっているのかほとんど知らない。

ようやくウルフは手を振ってピトケアンに見切りをつけ、別の質問をした。「奥さんはどうです？今日一日でせいぜい二回しか名前が出ていません。どんな人です？」

「奥さまは大丈夫だ」ガスは短く答えた。「考えなくていい」

「なぜです？　非の打ち所のない女性なのですか？」

「いい人だよ。大丈夫だ」

「事故に遭ったとのことですが、本当に事故でしたか？」

「もちろん。一人でバラ園に入る石段をおりてて、躓いた。それだけだよ」

「けがはどの程度でした？」

「かなりひどかったと思うけど、今はよくなってきて、椅子に座ったり、ちょっと歩いたりできるようになった。アンディは毎日部屋まで指示をもらいにいってた。ただ、奥さまは指示なんか出さない。話し合いをするんだ」

ウルフは頷いた。「奥さんに好意を持っているのはわかりましたが、それでも質問があります。重さ百十ポンドの死体を持って一階分の階段をおり、温室に入るのは不可能だったことを示すたしかな証拠とは、どのようなものですか？」

「ああ、考えるまでもないさ」ガスは鼻も引っかけなかった。「いいか、背中を骨折したんだぞ！」

「結構」ウルフは引き下がった。「ただ、ミス・ラウアーに薬を盛って家のなかを運んでいった人物はだれであれ、超人的な努力が必要な重圧を受けていた点を考慮すべきです。探偵業には絶対に手を出してはいけませんな、トレブルさん。せめて、ミセス・ピトケアンの部屋の位置を教えてもらえれば……いや」ウルフは指を一本動かした。「その机に紙はありますか？　鉛筆は？」

「もちろん、あるさ」

「では、家の間取り図をざっと書いてもらえませんか？　一、二階の平面図を。今日の午後に説明を聞きましたが、正しく理解しているか確認しておきたい。ざっとでかまいません。ただ、全部の部屋に名前をお願いします」

ガスは言われたとおりにした。紙の綴りと鉛筆を引き出しからとって、仕事にかかる。鉛筆の動きは速かった。まもなく、ガスは二枚の用紙を綴りから破りとり、ウルフに近づいて手渡そうとした。

「インブリーさんたちの寝室に通じる裏階段は書かなかった。けど、二階の狭い廊下もそこに通じてる」

ウルフは紙をちらっと見て畳み、ポケットに入れた。「ありがとうございます」と丁寧に言う。「あなたは——」

その言葉を遮ったのは、ポーチからの重い足音だった。ぼくはノックを待たずにドアを開けようと立ちあがったが、ノックはなかった。代わりに鍵が差しこまれて回る音がして、ドアが勢いよく開き、男が二人入ってきた。

ヌーナン警部補と平警官だった。

「いったい」ヌーナンが問いただした。「おまえは何さまのつもりだ?」

第七章

ガスは立っていた。ぼくは振り向いて、立っていた。ウルフは座ったまま答えた。

「ヌーナンさん。むろん、それが修辞学上の――」

「うるさい。おまえが何さまかはよくわかってる。ブロードウェイの詐欺師で、ウェストチェスターまで来て、おれたちに規則ってものを教えられると思ってるんだろうよ。出ていけ！　こっちへ来るんだ！　動け！」

「わたしにはピトケアン氏の許可が――」

「あるわけないだろうが。たった今、本人から電話があったんだぞ。それに、この小屋からはなにも持ち出すな。ニューヨークじゃ、地方検事や役人たちもだませるのかもな。だが、おれはちがう。手伝いなしに出ていきたいか？」

ウルフは両手を椅子の肘掛けについて、巨体を持ちあげた。「来なさい、アーチー」帽子とオーバーとステッキをとりあげて、ドアに向かう。戸口で振り返り、厳めしい口調で挨拶した。「またお会いしましょう、トレブルさん」ぼくがいてドアを開けたので、ウルフは自分でドアノブに手を伸ばす不体裁は避けられた。外に出て、ぼくは尻ポケットから懐中電灯を出してつけ、先に立って歩きだした。

四回目となる小道の通行の間、ぼくには言いたいことが七つ、八つあったが、のみこんだ。ヌーナンと相棒はすぐ後ろにくっついてきていた。敵のほうが優勢だとウルフがはっきり認めている以上、ぼくとしては受け入れるしかなかった。常緑樹の木立をすぎたところで、電灯を上向きにしてちらっとテニスコートを見たら、背後のウルフから雷のような唸り声が聞こえたので、そこから先はずっと小道を照らした。

砂利を踏みながら、車を駐めた場所に向かった。ぼくがウルフのために後部座席のドアを開けると、すぐ横にいたヌーナンが口を出した。

「おれは寛大なんだ。地方検事に電話しておまえらを重要参考人として引っ張る許可をとれたのに、そうしてないだろ。おれたちの車は家の正面に駐まってる。敷地の入口で停車して、おれたちが後ろに来るまで待て。おまえたちがウェストチェスター郡を出るまで送っていってやろう。今晩、いや、いつでもここに戻ってきてもらう必要はない。わかったか?」

答えはなかった。ぼくは勢いよくドアを閉め、前のドアを開けて運転席に滑りこみ、スターターボタンを押した。

「わかったか?」ヌーナンが怒鳴った。

「はい」ウルフが答えた。

二人は威張って歩き去り、ぼくたちは車を前に進めた。ピトケアン家への入口まで移動して停車したところ、ヌーナンの連れが見張っていて、ぼくらに懐中電灯の光を向けたが、なにも言わなかった。

ぼくは肩越しにウルフに声をかけた。「右に曲がって、北に行きますよ。ブルースターまではたった十マイルですし、あそこはパトナム郡ですからね。ウェストチェスター郡から出ていけと言っただけで、どっちに行けとは言われませんでしたから」

「左に曲がって、ニューヨークへ向かえ」

「ですが――」

「問答無用だ」

というわけで、パトカーのライトが後ろに来ると、ぼくは車を進めて本道に入り、左へ曲がった。二マイルほど進んだところで、ウルフがもう一度口を開いた。

「小細工をしようとするな。脇道に入るのも、速度を急に変えるのも、加速するのもなしだ。それは無鉄砲というものだ。あの男は責任能力のない異常者で、なんでもできる」

ぼくは答えなかった。賛成するしかなかったからだ。完全にぼくらの負けだった。ホーソーン環状交差路(サークル)へ向かう最適な経路をとり、そこから敵を従えたまま、ソウミル・リバー・パークウェイへ入った。ダッシュボードの時計では、六時四十五分だった。ぼくにとって最大の難点は、ウルフの顔が見えないことだった。ウルフが頑張って頭を働かせているなら、大丈夫。日暮れ後の車の走行というさらなる恐怖に満ちた危険行為に、不安と緊張に苛まれているだけなら、なんとか大丈夫。ただ、家に戻ることに決め、それだけしか考えていないなら、一刻も早くしゃべりかける必要があるし、そうしたかった。判断がつかない。自分がウルフのしわのある巨大な顔をどれだけ判断材料として活用しているか、今まで気づいていなかった。

ホーソーン・サークルから十一分で最初の信号に着いた。平均的だ。青だったので、すんなり通過した。四分後、二つ目の信号は赤で停止したが、ヌーナンのパトカーは危うくぼくらの車に追突するところだった。また動きだし、丘をのぼってヨンカーズを越え、徐々にハドソン・バレーへおりていった。料金所へ近づく直線区間に入り、十セントとお別れし、もう一マイル進んだ地点でニューヨーク市と書かれた標識を通過した。

ぼくは右側の車線から離れず、少し速度を落とした。いったん家に入れば、どんな道具を使ってもウルフを今一度引きはがすのは無理に決まってる。なのに、もうほんの二十五分の距離だ。運転席にいるぼくには絶望的に思えた。

それでも、時速三十マイルに速度を落として、声をかけた。「ウェストチェスターを出たところです。ヌーナンはいなくなりました。後ろのあそこで、脇道に入りましたよ。ぼくの受けた指示は完了しました。次は?」

「今どこだ?」

「リバーデール」

「どのくらいで家に着く?」

いや、これはぼくの冗談だ。ぼくはてっきりウルフがそう言うだろうと思っていたのだが、ちがった。ウルフはこう言ったのだ。「どうやったらこのレーシングコースから抜けられるんだ?」

「簡単ですよ。そのためにハンドルはあるんですから」

「では、抜けて、電話を見つけてくれ」

こんな発言を聞くのははじめてだった。次の出口で主要道路からおり、側道を二ブロック走って右に曲がり、丘をのぼっておりた。リバーデール近辺には詳しくないが、ドラッグストアならどこでも、だれにでも見つけられる。ぼくはすぐに、店の正面の歩道際に停車した。

ウルフに電話まで歩いていくのかと訊いたら、そうではなくてぼくが行くんだと言われた。ぼくは運転席で体の向きを変えて、ウルフを見た。

「アーチー」ウルフは言った。「わたしの心が完全にただ一つの目的に占められているのを、見たことがあったか」

「ありますとも。そうでないときなんて、ろくに見たことがありませんよ。快適なままでいること、いつだってそれが目的だったじゃないですか」

「今はちがう。それは……いや、いい。目的とは、達成すべきことで、しゃべり散らすことではないからな。可能であれば、ソールをつかまえてくれ。フレッドかオリーでも大丈夫だろうが、できればソールがいい。すぐに来て、落ち合うように言ってくれ……場所はどこがいい？」

「このあたりで？」

「そうだ。ここと〈ホワイト・プレインズ〉の間で」

「車に乗ってきてもらうんですね？」

「そうだ」

「スカーズデール近くの〈カバード・ポーチ〉なら大丈夫でしょう」

「そう話してくれ。フリッツに電話をかけてまだ帰れそうもないと伝えて、どんな具合か訊くように。それだけだ」

ぼくは車から降りたが、藪蛇かなと思いながらもちゃんと話をつけておきたかったので、頭を突っこんで尋ねた。「夕飯はどうします？　フリッツに訊かれると思うんですが」

「戻れないと言ってくれ。その点はもう覚悟を決めた。わたしの目的は帰宅をあきらめさせる力はあるが、いったん家に入ってしまえばもう一度自分を外に出せるかどうか、自信がない」

どうやらウルフはぼくと同じくらい自分のことをわかっているようだ。ぼくはドラッグストアに入り、電話ボックスを見つけた。

最初にフリッツにかけた。ぼくが悪ふざけをしていると、フリッツは思ったようだ。まじめな話だとはっきりわからせたら、今度は悪いことが起きたのを隠しているのではないかと疑われた。ウルフが自由の身で、精神も肉体も健全な状態でありながら、夕食のために帰宅しないなんて、とにかく信じられなかったのだ。車に戻ってウルフを電話口まで連れてこなければいけないような雲行きがしばらく続いたが、やっとのことで納得させ、次にソールをつかまえることにした。

ウルフが言ったとおりフレッドかオリーでも間に合うが、ソール・パンザーはどちらかの、いや、ほとんどだれが相手でも、その十人分に値する。心を占めている目的を達成するためにウルフがどんな出し物を準備しているのであれ、ぼくは手に入れられるなかで一番の腕利きが必要になる気がしていた。というわけで、ソールは不在だがそろそろ帰ってくると奥さんから聞かされて、ぼくは電話番号を教えて連絡を待っていると言った。電話が来るまでかなりかかったので、車に戻ったときにはとげのある言葉を聞かされると覚悟していたが、ウルフは唸っただけだった。たしかにウルフの心は目的で一杯らしい。ソールのブルックリンの家からは、車で待ち合わせ場所に来るのにたっぷり一時間十五分かかること、一方ぼくらは三十分もあれば到着できることを説明した。余った時間をなにかに使いますか？　いや、とウルフは答えた。そちらへ行って、待つ。そこで、ぼくは車を出し、主要道路を目指した。

九時少し前、ソール・パンザーが〈カバード・ポーチ〉で合流したとき、ぼくらは楽団からできるだけ離れた後ろの隅のテーブルについていた。ウルフは大きな牡蠣を二ダース平らげ、クラムチヤウダーを試してスプーン五杯分飲みこみ、野菜抜きでローストビーフのレアを片づけ、一山のドイツふうラスク(ツヴィーバック)とブドウのゼリーの皿にとりかかったところだった。一連の食い物については、皮肉の一つも言わなかった。

ウルフがツヴィーバックとゼリーを食べおえてコーヒーをもらった頃、ソールは仔牛のカツレツに調子よくとりかかったところだった。食べおわるまで待つとウルフは言ったが、ソールは、いや、進めてください、自分は食べながら話を聞くのが好きだからと答えた。で、ウルフは進めた。まず、事態を把握できる程度にこれまでの経緯を話し、見通せる範囲内でこれからの予定のあらましを詳しく説明した。結構な時間がかかった。予測できる限りの偶発的な事態に対して指示を与える必要があったからだ。そんな事態の一つが、ぼくのポケットに入っている『Dup Grnhs』の札のついた鍵が合わなかった場合だった。鍵に続く小道具は、ガス・トレブルが書いた屋敷の平面図。さらに別の小道具は、〈カバード・ポーチ〉の店主からもらったただの白紙だった。そこにウルフが二段落ほどの文章をぼくの万年筆で書いた。その紙もソール用だったので、ソールがポケットにしまった。

ぼくにはウルフの計画全般がどこもかしこもノミだらけのように聞こえたが、目をつぶることにした。なにしろ、ウルフは自宅の夕食のテーブルから離れたままなのだ。そこまで男らしい覚悟を決めているのなら、夜中前に拘置所のアンディの仲間入りをする可能性がたっぷりあるように思えるという理由だけで、ぼくが邪魔をするわけにはいかない。ただ一つぼくが問いただしたのは、銃撃戦のことだった。

「その点については」ぼくは告げた。「基礎の基礎から指導してもらう必要があります。隣の独房に五年の入場券を持って入っているあなたに、ぼくが銃で計画を台無しにしたとぶうぶう言われ続けるのはごめんです。最終的に、ぼくは撃つんですか？　もし撃つなら、どのタイミングで？」

「わからん」ウルフは我慢して答えた。「偶発的要素が多すぎる。判断力を使いなさい」

「だれかが電話に向かって飛び出したら、どうなんです？」

「立ちふさがるんだ。阻止しろ。殴れ」

「だれかが悲鳴をあげはじめたら？」

「やめさせろ」

ぼくはさじを投げた。頼りにされるのは嬉しいが、ぼくには二本しか手はないし、二つの場所に同時にいることもできない。

取り決めでは、ソールが自分の車に乗って、ぼくらについてくることになった。そのほうが、予備的な接近には都合がいいだろう。ぼくらが〈カバード・ポーチ〉の駐車場を出て、北に向かったのは、十時過ぎだった。敵の領地内の広い場所で車を道路脇につけたとき、ダッシュボードの時計は十時四十八分を示し、雪が少し降りはじめていた。ソールの車はぼくらの後ろで停まっていた。

ぼくはヘッドライトを消し、車を降りて後ろへ向かった。「このまま半マイル行ったところ、もうちょっと先かもしれない。左側だ。大きな石の柱があるから、見落としようがないよ」

ソールはハンドルを切って道路へ戻り、走り去った。ぼくは自分の車に戻って乗りこみ、ちょっとばかり楽しい会話が必要だろうと思って後ろを向いた。が、ウルフは協力しようとしなかった。理由はよくわかっていた。ソールがもたらすのは、よい知らせか、悪い知らせか。それがわかるまで、固唾をのんで待っているのだ。車で入っていって、気楽な気分でいられるのか？　それとも……？

ほどなく、知らせはもたらされた。悪い知らせだった。ソールの車が戻ってきて方向転換し、ぼくらのすぐ後ろで停まった。周囲に雪が舞うなか、ソールはこちらにやってきて、告げた。「まだいます」

「どんな様子だったんだ？」ウルフは苦虫を噛みつぶしたような顔だった。

「入口でさっと曲がって入ったんですが、警官が車に懐中電灯を向けて、わめきました。ニューヨークから来た新聞記者だと説明したところ、雪が降ってるからとっとと元いた場所へ戻ったほうがいいという返事でした。記者らしくみせかけるために、ちょっと理屈をこねようとしたんですが、警官はかりかりしてまして。というわけで、引きあげてきました」

「けしからん」ウルフの顔は険しかった。「長靴がないのだぞ」

第八章

ピトケアンの温室にたどり着く前に、ウルフは二回、ぼくは四回、ソールは一回転んだ。ぼくが過半数超の好成績をあげたのは、先頭を歩いていたせいだ。

もちろん、懐中電灯をつけるわけにはいかなかった。雪は助けになった一方、通行をさらに難しくもした。地面を覆うくらい降ってしまったので、道の上り下りが見えなくなったのだ。大きな音を立てずに暗闇を歩くには、道が平らだと大いに助かる。なのに、そのあたりに平らなところはまるでなかった。少なくとも、ぼくらが選んだ経路にはなかった。

経路は全部勘が頼りだった。かりかりした警官を大きく迂回するために、道路からはずれて、入口からたっぷり三百ヤード離れた密林へ入った。ほとんどすぐに山登りがはじまり、だれかがワックスを塗った石でぼくは足を滑らせ、木につかまるのに失敗して倒れた。

「気をつけてください、石がありますよ」ぼくは囁いた。

「うるさい」ウルフが小声で言い返した。

上り坂に慣れてきたちょうどその頃、地面が突然混乱して、のたくったり、ちょこちょこ上下したりしはじめた。その区間が終わると平らになったが、同時に大きな木がなくなって、藪に突きあたった。ぼくなら押し分けて通れるような気がしたが、ウルフには絶対に無理だ。なので、やむをえず遠回りした。その藪のせいで急な下り勾配の縁を歩くしかなかったが、足が三回それを教えてくれるまで、ぼくは気づかなかった。その下り勾配をおりきったところで、今度は小川にあたった。下り坂の端まで滑ってからようやく、その黒い線がなんなのかに気づいて、ぼくは虎のように飛んだ。かろうじて対岸に届いて、着地の際に膝をついたが、これは転んだ回数には入れていない。立ちあがって、一体全体どうやったらウルフを渡らせられるかと考えていたが、もうこちらへ向かっているのが目に入った。片手でオーバーの裾を持とうとしながら、反対の手で前方にステッキをつき、小川を歩いて渡っている。

さっきも認めたとおり、ぼくは森に詳しいわけじゃない。あの真っ暗な夜、それをきっちり証明した。ぼくは入口から玄関前までの曲線をちゃんと引き算していなかったらしい。計算では家とほぼ同じ高さの開けた場所、温室のある側に出る予定だった。が、さらにいくつか山を越え、一ダース以上の小枝に目を刺されて、残りの転倒をすべてこなし、ウルフが崖から転がってソールの足下で停止したあとで、常緑樹の木立がこんなに密集していなければ家の明かりが見えるのにと思っていたら、突然小道に出ていることに気づいた。左に曲がって三十歩歩いたところで、見覚えがあるような気がした。常緑樹の木立の端まで進んで、屋敷の明かりを見たとき、疑問の余地はなくなった。これはぼくたちの知っている小道だ。

そこから先は楽勝だった。雪が積もりだしていたので、家に近づく際も匍匐(ほふく)前進の必要はなかった。小道が左へ、屋敷の南側へ枝分かれする地点まで来たとき、ぼくは振り返ってウルフに声をかけた。

「大丈夫ですか?」

「うるさい、進め!」ウルフは怒った。

で、言われたとおりにした。ぼくらは温室の外側の戸口へとたどり着いた。ポケットから鍵を出して差しこんだところ、天使みたいにうまく働いた。ぼくは慎重にドアを押し開け、全員が室内に入ってから、静かに閉めた。ここまでは上出来だ。ぼくらがいるのは作業場だった。が、暗いのなんの。

計画に沿って、ぼくらは雪をかぶったオーバーを脱ぎ、床の上に置いた。帽子も。ウルフがステッキを手放さずにいたことに、ぼくはあとになるまで気づかなかった。たぶん、悲鳴をあげたり、電話に駆けよろうとしたやつに使うつもりだったんだろう。ぼくはまた先頭に立って進み出した。ぼくの後ろがウルフで、その後ろがソールだ。低温室に入ったが、低温ではなく暑かった。花台の間の通路を進むのには神経を使った。そして、一つ新しいことを学んだ。雪の夜、明かりがすべて消えたガラス張りの温室では、ガラスは墨を流したように真っ黒なのだ。

植物を倒すことなく進み、もっと暑い熱帯室を抜けて、中温室に入った。ちょうど真ん中ぐらいに来た頃合いで、ぼくはさらに進む速度を落とし、二フィートごとに停止して左側の花台の下を探ってみた。すぐにキャンバス布の端を見つけた。ウルフの手をとって、布へと導いていく。しばらく案内に従ったあと、ウルフはぼくと一緒にキャンバス布を引っ張りあげた。ソールはその下に這いこみ、ディニ・ラウアーの死体があった場所で横になった。様子が見えないので、ちゃんと下に入っているか手探りで確認し、ぼくは布をおろした。それから、ウルフと花台の先の広い場所まで移動した。

そのときには、暗い温室にだれもいないのははっきりわかっていたし、小声で話をしてもまったく問題はなかっただろうが、話すことがなかった。ぼくはホルスターから銃を出して脇ポケットへ入れ、母屋の居間へ通じるドアに近づいた。ウルフはぼくの横にいた。ドアはぴったり枠にはまっていたが、下から細い糸のような光が漏れていた。さあ、ぼくらの一番基本的な疑問に答えが出るときが来た。ドアには内側から鍵がかかっているのか？　厚いドアの向こうから声が聞こえた。これは判断の物差しになる。ドアノブをしっかり、時計の分針くらいの速度で回していく。やがて止まり、ぼくはゆっくり、そっと押してみた。鍵はかかっていなかった。

「行きますよ」ぼくはウルフに囁いた。そして一気にドアを開けて室内へ踏みこんだ。

最初に一瞥しただけで、ツキがぼくらにあることがわかった。三人とも、その居間にいたのだ。ジョセフ・G、娘、息子。本当についていた。もう一つのツキは、ぼくの手に握られた銃を見たときの連中の反応だった。一人、もしくはそれ以上が叫び声をあげるくらいは簡単だったが、ちがった。三人揃って凍りついたように黙っていたのだ。シビルはハイボールのグラスを手に長椅子のクッションにもたれかかっていた。ドナルドは近くの椅子に座っていて、やはり飲み物を持っていた。パパは立っていて、唯一動いた。ドアが開く音を聞いて、顔をこちらに向けたのだ。

「全員、動くな」ぼくはすかさず命じた。「そうすれば、だれもけがはしない」

ジョセフ・Gの立てた音は、怒りのあまりに忍び笑いみたいな声が漏れだしたように聞こえた。シビルは自分の思いを言葉にした。

「撃ったら承知しないから！　そんな勇気ないくせに！」

脇を抜けて二人に近づこうとしたウルフを、ぼくは左手を伸ばして止めた。狙撃手がぼくであれ、だれであれ、実弾射撃は避けたい。叫び声は門にいる警官の耳に入るかもしれないし、入らないかもしれないが、銃声はほぼ確実に聞こえるからだ。ぼくは前に出てジョセフ・Gに近づき、銃を突きつけてポケットをさすった。次にドナルドのところへ行って、同じことをした。シビルの青いディナードレスもさすってみたいところだったが、それを正当化するのはちょっと無理だったろう。

「大丈夫です」ぼくはウルフに声をかけた。

「これは犯罪行為だ」ピトケアンが宣言した。言葉は勇ましかったが、声はうわずっていた。ピトケアンに近づいたウルフは、首を振った。「そうは思いません」嚙んで含めるような口調だった。「わたしたちは鍵を持っていました。グッドウィン君が銃を見せびらかして事態が複雑になったのは認めますが、いずれにしても、わたしはあなたたちご家族と話をしたいだけなのです。今日の午後ご依頼しましたが、断られました。ですので今、話をさせていただくつもりです」

「そうはいかない」ピトケアンは息子に目をやった。「ドナルド、玄関に行って警官を呼んでこい」

「ぼくはまだ銃を見せびらかしてますよ」実際に、持ったままだった。「これはぶん殴るか、撃つかに使えます。必要なときでも使うつもりがないのなら、持ったりしなかったんじゃないかな」

「余計におかしいじゃないの」シビルは鼻であしらった。クッションに寄りかかった楽な姿勢を崩していない。「わたしたちがここに座って、銃口の鼻先であなたたちと話をすると、本気で思ってるの？」

「そうではありません」ウルフが応じた。「もちろん、銃は子供だましです。単なる形式ですよ。説明するのに数分かかりますが、ある理由からあなたがたが対話に応じてくれるものと考えております。座ってもいいですかな？」

父親、娘、息子が口を揃えて言った。「だめだ」

ウルフは背もたれのまっすぐな大型の椅子に移動し、座った。「あなたがたの決定を覆さなくてはならない」と続ける。「非常事態ですのでね。わたしは当家のけしからん小川を渡らなければならなかった」ウルフは身を屈めて靴の紐をほどき、脱いだ。もう片方も同じように靴下まで脱ぎ、濡れたズボンを膝近くまでまくりあげて、小さな敷物の角をつかもうと体を右に傾けた。

「少し水が垂れてしまったようだ、申し訳ない」ウルフは敷物で足とふくらはぎを覆いながら、謝った。

「頭いいじゃないの」シビルが感心しているみたいな口調で言った。「わたしたちが裸足のまま雪のなかに追いやりはしないと思ってるんでしょ」

「だとしたら、間違いだ」ピトケアンの声には怒りがにじんでいた。うわずった声はすっかりもとどおりになっていた。

「飲み物を持ってくるよ」ドナルドが言って、前に出ようとした。

「だめだ」ぼくはきっぱりと告げ、やはり前に出た。「そこから動くな」ぼくの右手には形式が握られたままだった。

「アーチー」ウルフが言った。「それはポケットにしまっていい。ここに残るか、出ていくか、すぐにわかる」ウルフは三人にちらりと目を配り、ジョセフ・Gに狙いを定めた。「あなたには選択肢があります。引きあげの準備が整うまでわたしたちがここに残り、当屋敷で起きたミス・ラウアー殺害について自由に質問することを認めるか、わたしたちがここを出て、ニューヨークの事務所へ戻り——」

「いや、そうはいかない」ピトケアンが反論した。客が座ったあとでも、立ったままだった。「おまえは刑務所に行くんだ」

　ウルフは頷いた。「あなたがそうすると言い張るのであれば、たしかに。ですが、保釈を得るまで、事務所へ戻るのが延期されるだけです。それほど時間はかからないでしょう。いったん事務所に戻れば、わたしは行動を起こします。クラシツキさんの無実を確信していること、真犯人を発見して正体を暴き、クラシツキさんを自由の身にするつもりであることを発表します。少なくとも三紙は記事にする価値があると考え、協力を望むでしょう。この家の居住者は全員、取材と公的報告の合法的な対象となるはずです。有罪か無罪かに関係があると考えられる過去の出来事はすべて、興味の対象となり、記事になるでしょう」

「あら、そう」シビルはまだクッションに寄りかかったままで、冷たく言い放った。

「なにより厄介なのは」ウルフはシビルを無視して続けた。「だれにでも過去はある点です。この事例をとりあげましょう。ヘファラン氏がここから数マイルしか離れていない家とその周りの地所を購入した問題ですな。ヘファラン、聞き覚えのある名前のはずです。ヘファラン氏はどこで金を手に入れたのか？　ヘファラン家のとある一員はどこへ出奔したのか、その理由は？　新聞は手に入るだけの事実をほしがるでしょう。この敷地内に記者たちが立ち入りを認められないのだから、なおさらです。わたしは喜んで協力しますよ。捜査には多少の経験がありますのでね」

ジョセフ・Gは一歩前に進み、動けなくなった。シビルはクッションから離れ、まっすぐ座りなおした。

「そのような事実は」ウルフは続けた。「むろんミス・ラウアーの殺害事件で裁判を担当する陪審の耳へと正式に届くことはないでしょう。ですが、犯人の可能性を非公式に調査したがる人たちの関心を集めるには有効でしょうし、世間は興味を持つでしょうな。ミス・フローレンス・ヘファランが強く首を絞められたことにより今もなお後遺症に悩まされているのか、喉の扼痕（やくこん）はすっかり消えたか、知りたがることでしょう。新聞でのミス・ヘファランの写真の掲載が求められるはずです。多ければ多いほどいいと。それに――」

「この薄汚いデブのごろつき!」シビルがわめいた。

ウルフは首を振った。「わたしのせいではありません、ミス・ピトケアン。これは殺人につきものの瘴気ですな」

「なにを言い出すのかと思えば」ピトケアンの声はかすれていた。怒りに身を震わせ、それをなんとか押さえようとしている。「今日、あの場でおまえを撃ち殺しておけばよかった。そうしておけばよかったんだ」

「ですが、そうしなかった」ウルフはとりあわなかった。「ですから、ここにいるわけです。あなたがたの秘密はすべて暴露されるでしょう、全員です。ミス・ヘファランがあなたの払った金を使い果たして、さらに必要としていた場合には、彼女の身の上話の連載に気前のよい申し出があるでしょうな。その可能性はおわかりのはずだ。しょっちゅういざこざを起こすお嬢さんの手に負えない才能や、息子さんの大学を渡り歩く生活についてなど、細々した事実さえも関心を集めるかもしれませんな。イエール大学、ウィリアムズ大学、コーネル大学を退学したのは、カリキュラムが合わなかったせいなのか、それとも――」

なんの警告もなく、ドナルドがいきなり気分を変えた。ウルフに飲み物を持ってくると申し出てすばやく立ちあがったあとは、席に戻って腰を落ち着けているようにみえたが、今は椅子を蹴ってウルフに向かっていった。行く手を阻むために、ぼくは数歩移動しなければならなかった。ドナルドはぼくにぶちあたってひるみ、右手をこっちの顎あたりめがけて繰りだした。片づけるなら早いほうがいい。で、ぼくは気のきいた技を試す代わりに左手で相手の拳を払い落とし、右手に握った銃を腎臓へ正確に思い切り叩きつけた。ドナルドはよろめき、体を二つに折るようにのめって床に座りこんだ。ぼくはドナルドを無視して、他の二人に向き直った。なにをしでかすのか、まったく見当がつかなかったのだ。

「やめて！」どこからか声がした。「やめなさい！」

みんなの目が負傷者から離れて、声のほうを向いた。居間のずっと奥にある広いアーチ型の出入口脇、カーテンのひだの陰から、女性が一人出てきて、ゆっくり、用心深い足取りでこちらへ向かってきた。シビルが声をあげて駆けよる。ジョセフ・Gも行った。二人は新しく現れた女性のもとへ行くと、それぞれ腕をとり、同時にしゃべりだした。一人は小言を並べ、もう一人は苦情を並べていた。どうやって階下に来たのかは、二人揃って知りたがっていた。そして、逆戻りさせたがっていたが、無駄だった。女性はこちらへ近づくのをやめず、二人に支えられたまま、まだ床に座りこんでいる息子からほんの一歩手前まで来た。息子を見やり、次にぼくに視線を向ける。

「どの程度のけがをさせたの？」

「たいしたことはありません」ぼくは答えた。「一日、二日、ちょっとしくしくする程度です」

ドナルドが顔をあげた。「大丈夫だよ、お母さん。でも、聞いていたのかな――」

「ええ。全部聞きました」

「二階へ戻れ」ジョセフ・Gが命じた。

ミセス・ピトケアンは夫に目もくれなかった。見た目はそれほど心ときめくような女性ではなかった。背は低いし、かなり太っているし、地味な丸顔で、両肩を張るようにして立っている。きっと、背中を傷めているせいだろう。それでも、ミセス・ピトケアンにはなにかがあった、特にその声に。喉よりずっと深い場所から出ているみたいだった。

「長時間、立っていすぎたわ」ミセス・ピトケアンは言った。

シビルが長椅子に連れていこうとしたが、ミセス・ピトケアンは断って椅子のほうがいいと言った。そしてウルフに向かい合うように位置を直させてから、助けられて腰をおろした。

ドナルドはなんとか立ちあがっていて、母親のところへ行って肩を撫でた。「大丈夫だよ、お母さん」

ミセス・ピトケアンは息子にも注意を払わなかった。ウルフをまっすぐに見つめていた。

「あなたがネロ・ウルフなのね」ミセス・ピトケアンが声をかけた。

「そうです」ウルフは応じた。「それで、あなたがミセス・ピトケアンですか?」

「はい。もちろんお噂は聞いております、ウルフさん。とても有名ですから。ちがった状況であれば、あなたにお会いできてさぞわくわくしたでしょう。あちらのカーテンの陰で立ち聞きして、あなたのお話はすべて耳にしました。殺人事件の捜査にかけてはウルフさんのほうがはるかにお詳しいのは言うまでもありませんが、わたしも全面的に賛成いたします。これから情け容赦なく徹底的な取材攻勢がはじまれば、わたしたち、それこそ全員がどんな目に遭うのかはよくわかっています。もちろん、可能であれば避けたい事態です。わたしには夫の財産とは別に、自分の資産がありますの。さきほど詳しく説明された類いの事態から自分たちを守るためには、どなたかが必要だと考えております。当然、ウルフさん以上の適任者はいませんわ。ご尽力いただければ五万ドルお支払いいたします。半分は――」

「ベル、警告しておくが……」ジョセフ・Gが思わず口を出し、そして言いさした。

「なんです？」ミセス・ピトケアンは穏やかに尋ねた。しばらく答えを待ったが、夫は黙ったままで、ミセス・ピトケアンはウルフへの話を続けた。

「それだけの価値はないと強がったところで、なんの足しにもならないことは言うまでもないことです。おっしゃるとおり、だれにでも過去はあります。これもあなたのおっしゃったとおり、この家で起きた恐ろしい事件で、わたしたちが法的根拠に基づく取材対象になったのは不運なことです。五万ドルの半分は今すぐお支払いして、残りは……まあ、そこは話し合いで解決できるでしょう」

おやおや、とぼくは思った、ましになったじゃないか。これで刑務所に入るか五万ドル受けとるかの二択になった。

ウルフは眉をひそめていた。「お言葉ですが」と異議を唱える。「わたしの話はすべて聞いたと、先ほどおっしゃっていたようですが」

「そのとおりです」

「では、あなたは論点を見失っていますな。わたしがここにいる唯一の理由は、クラシツキ氏がミス・ラウアーを殺害しなかったと確信しているからです。そうである以上、どうやってわたしがクラシツキ氏のみならずあなたがたまで守れると？　不可能です。申し訳ありません、マダム。たしかにわたしはあなたを恐喝するためにここへ来ましたが、目的は金ではありません。もう対価は示しました。わたしが事務所に戻って、さきほどお聞きになったとおりの大騒動をはじめる代わりに、この家にとどまること、グッドウィン君が同席すること、個人的に質問をすることの許可です。できるだけ短い時間で。必要以上に家を離れていたくありませんから。あなたがたのだれかからつじつまの合わない話が聞けると期待しているわけではありませんが、答えが得られないのならあまりうまく質問できません。そう、つじつまの合う範囲だとしてもね」

「どこまでいっても汚い恐喝屋ね」シビルが不機嫌そうに決めつけた。

「短い時間と言いましたね」ドナルドが口を挟んだ。「明日の正午までで」

「だめです」ウルフは譲らなかった。「時間を設定することはできません。ただし、あなたたち同様にわたしも引き延ばしを望んではいません」

「必要であれば」ミセス・ピトケアンも言い張った。「金額の上乗せも可能だと思います。大幅に。倍額にはなると保証しますが」女性らしく、あくまでも頑張る。自腹を切る気は満々だった。

「だめです、マダム。今夜グッドウィン君に話したのですが、わたしの心は一つの目的に占められていて、今も変わりはありません。わたしは夕食のために帰宅しませんでした。吹雪のなか、夜に、見知らぬ難所を苦労して乗り越えてきました。グッドウィン君の銃の助けを借りて、ここに押し入りました。ですから、納得いくまでここにいるつもりです。もう一つの選択肢はおわかりでしたね」

ミセス・ピトケアンは夫、息子、娘に視線を向け、「努力はしたわ」と静かな口調で告げた。

ジョセフ・Gはようやく腰をおろし、ウルフの顔に目を向けた。

「質問しろ」乱暴な口調だった。

「結構」ウルフは大きなため息をついた。「インブリー夫妻も呼んでください。全員が必要ですので」

第九章

今夜のご招待がはっきりしてから最後の数分間、ぼくには新しい心配事ができた。計画では一同に引き綱をかけおわり次第、ミセス・インブリーがモルヒネの丸薬の箱を保管していた場所を確認すると称して、ウルフが全員を台所へ引っ張っていくことになっていた。ミセス・ピトケアンの登場で、その移動が面倒な作業から頭の痛い問題となったように思えたのだ。他に三人もいて、全員が指さしくらいお安いご用だというのに、たかが棚の場所を指し示すために、背中を傷めている女性が椅子から立ちあがって台所まで足を運ぶなんて、どうやったら思える?

いや、五人だ。インブリー夫妻が来ていたのだから。奥さんはお仕着せではなくドレッシングガウンのようなものを着ていたが、夫は執事の服を着ていた。油染みたつなぎよりもいいと、ぼくは判定した。二人とも寝ぼけ眼で怯えていて、ちっとも乗り気ではなかった。二人が来るとすぐ、ミセス・インブリーがモルヒネの箱を保管していた場所を見たいので全員一緒に来てほしい、とウルフが言い出した。ディニ・ラウアーに一服盛るためにモルヒネをくすねた人を顔の表情から判別できると言わんばかりの口ぶりだった。

みんなの反応から、ぼくの心理学は土台から見直しが必要なこと、心配なんてしなくてよかったことが判明した。有罪の人間が一人いるのは当然として、有罪でも無罪でも全員がウルフの提案を朝飯前だと考え、もっと際どいことからはじまらなくてよかったと見るからに胸を撫でおろしている。ミセス・ピトケアンが自ら精一杯動くことについても、シビルから質問があっただけで、抗議一つなかった。

みんなが動きだしたが、裸足のウルフは立ちどまって、ぼくに声をかけた。

「アーチー。わたしの靴下を暖房機のそばに干してくれないか？　温室で絞ってこられるだろう」

で、ぼくは残り、靴下をとりあげた。そして、一同が部屋を出たとたん温室に飛びこみ、ドアを開けっ放しのまま靴下を花台の土の上で手早く一ひねりすると、屈んでキャンバス布を持ちあげ、囁いた。「起きてるか、ソール？」

「寝ぼけるな」ソールは小声で文句を言った。

「いいぞ、来てくれ。ミセス・ピトケアンはみんなと一緒だ。立ちどまってドアを閉める必要はないからな」

ぼくは居間に戻り、他の人たちが出ていって開いたままのドアに近づいた。遠くから聞こえる声に背を向けて立つ。ソールが入ってきて、玄関ホールへ抜ける別のドアを目指して部屋の奥に向かい、姿を消した。ぼくは暖房機の炉格子に近い雑誌入れまで引き返し、縁に靴下をかけて、台所へ急いだ。

みんなは開いた戸棚の扉の周りに集まっていた。ぼくと目を見交わすと、ウルフはモルヒネの箱方面の捜査をさっさと切りあげ、居間に戻ることを提案した。その途中、シビルは母親を二階に戻すべきだと言い張ったが、うまくいかなかった。ミセス・ピトケアンはうんと言おうとしなかったし、ぼくも個人的に賛成だった。おかげでソールはがら空きの戦場を引き渡されるだけでなく、一番必要なもの、時間を確実に稼げる。朝までの延期を求められても、ウルフはきっと連中を引き留められるだろうが、このままのほうがありがたい。

「さて」ウルフは自分の選んでいた椅子に再び腰を据え、足に敷物を巻いた。「こんなふうに考えてください。警察がクラシツキさんの有罪を完全に得心していなかった場合は、まだこの家にいて、あなたがたへ尋問していたはずです。あなたがたの意に反する行為でしょうが、どうしようもなかったでしょう。警察を相手にしたときとはまったく別の理由から強制的にわたしの質問に悩まされるとはいえ、結果は同じなのです。わたしはあなたがたの意に染まない質問をします、対してあなたがたは最善と思われる答えを返す。答えはかなりの割合で嘘やはぐらかしであると警察はいつも予想しています。わたしも同じですが、それはわたしの仕事の領分です。全員が真実を話すのなら、どんなばかでも最高の難事件を解決できるでしょう。では、インブリーさん、あなたはミス・ラウアーを抱きしめたことがありますか?」

インブリーはためらうことなく、不必要に大きな声で答えた。「はい!」

「本当ですか? いつ?」

「この部屋で一度。ミス・ラウアーがそう望んでいると思ったのです。妻が見ていることをミス・ラウアーは承知していましたが、わたしは気づきませんでした。ですから、やってみようと思ったのです」

「嘘よ!」ベラ・インブリーがいきりたった。

というわけで、ウルフが持っている箱にできた最初の裂け目は、容疑者たちの一人が別の一人を嘘つき呼ばわりすることだった。

インブリーは妻に厳しく言い聞かせた。「いいか、ベラ。するべきことはただ一つ、正直に話すことだ。警官たちがいなくなったとき、すべてすんだと思った。だが、わたしはこの人のことを知っている、手強い相手なんだ。殺人事件で余計なまねをするのは禁物だ。他の人がわたしを見ていなかったとどうして言い切れる？　いいえ、一度もあの娘に近寄ってはいませんと答えたそのあとで、だれかに見たと言わせたりしてはいけないんだ」

「その意気よ」シビルが皮肉を放った。「わたしたちはみんな、すべてを告白するんだから。あなたが一番手ね、ニール」

だが、三分でニール・インブリーは嘘をついた。自分がディニ・ラウアーに手を出そうとしている場面を見ても、妻はまったく気にしていなかったと言ったのだ。おもしろい冗談だと受け流しただけだった、と言い張った。

そんな調子で二時間以上経ち、ぼくの腕時計は三時五分前を指した。退屈だったとは言わない。ウルフが一人、また一人とボールを弾ませていくのを見るのはおもしろかったし、相手の返球を見るのもおもしろかった。ただし、退屈ではなかったけれども、なんの足しにもならないように思えたのもたしかだ。ウルフが園芸を集中的に攻めたときには、とりわけそう思えた。時間の三分の一くらいを植物や花への考えかたを突きとめるのに費やし、そればかりか、毛の生えたべゴニアについてジョセフ・Gと舌戦を繰り広げた。ウルフの狙いは百も承知していたが、だれがなんと答えようとも証拠としては一文の価値もない。ソールを待っている間の時間潰しで、時間が何分もだらだらと過ぎていく間、万に一つの希望を持ち続けていただけじゃないだろうか。

園芸を別にすれば、ウルフはもっぱらディニ・ラウアーの性格や特徴に重点を置いていた。何度となく全員にディニ・ラウアーについて自由な議論をはじめさせようとしたが、だれ一人、ニール・インブリーさえもその誘いにはのらなかった。シビルが母親の世話を自分でするほうを好んだという単純明快な証言さえ引き出せなかった。向こうの立場とすれば、ウルフに一インチ譲歩すれば、一マイル求められると思っているようだった。なるほど、ウルフは一インチも進んでいなかった。

三時五分前にぼくが腕時計に目をやると、ウルフが声をかけてきた。

「アーチー、わたしの靴下は乾いたか？」

ぼくは立ちあがって触ってみたうえで、なんとかなりそうだと答えた。ウルフは持ってきてくれと言った。一足目を履いているとき、ミセス・ピトケアンが声をかけた。

「濡れた靴はご心配なく。この家で休んでいただくのですから。ベラ、スリッパを――」

「いや、結構」ウルフはきっぱり断った。もう片方の靴下を履き、靴に手をかけている。「大きめにしておいて本当によかった」ウルフは靴につま先を入れ、強く引いて足を押しこみ、なんとか靴を履いた。紐を結び、体を起こして、一息つく。ほどなく、二足目にとりかかった。履きおえた頃の沈黙の重苦しさといったら、天井がぼくらの頭までさがってきて載っかっているみたいだった。

ピトケアンがそれを持ちあげようとした。「もうじき朝だぞ」ときーきー声で言う。「もう寝る。ばかげた茶番になってるじゃないか」

ウルフはすべての力を出し切って、ため息をついた。「最初から茶番だったのですよ」こう宣言して、一同を見やった。「ですが、わたしが茶番にしたのではありません、あなたがたのせいです。わたしの立場は明確で、論理的で、反証不可能です。ミス・ラウアーの死の状況――ミセス・インブリーのモルヒネを使用したこと、燻蒸消毒を前もって知っていたこと、その他――から、こちらの住居に詳しい人物によって殺害された点に議論の余地はないのです。わたしが正当な理由により終始一貫して信じているように、クラシツキ氏が犯人ではないのなら、あなたがたの一人がやったという結論になります。それは終始一貫して、決定的なことなのです。犯人がだれなのかは見当がつきませんでした。それを発見するために、無理やりここまで来たので、発見するまではいるつもりです。あるいは、あなたがたがわたしを追い出して、先ほど詳しく説明したとおりの選択肢を強いるまでは。わたしはあなたがたの危険な不倶戴天の敵なのです。これまでは全員に対処してきましたが、今度は一人ずつにします。ミセス・ピトケアンからにしましょう。もうすぐ夜明けです。先に仮眠をとりたいですか、マダム?」

まさかと思うだろうが、ミセス・ピトケアンは微笑みを浮かべようとした。「気になっているのですが」しっかりした淀みのない声だった。「わたしたちのことが公にならないよう守っていただくために、お金を申し出たことが間違いだったのではありませんか。そのせいで、あなたに悪い印象を与えたのでは。誤解していらっしゃるのなら――あれはだれ?」

ソール・パンザーだった。さっきミセス・ピトケアンが盗み聞きをしていたカーテンの陰から、出てきたのだ。時間ぴったり。合図がない限り、三時に入ってくるように打ち合わせてあった。

ぼくらはほぼ全員が首を回すことなくソールに目を向けられたのだが、高さのある大きな背もたれの椅子に座っていたウルフは、身を乗り出して、首をねじらなければならなかった。その間に、ドナルドが立ちあがり、ジョセフ・Gとインブリーも揃って行動を起こそうとしていた。ぼくは先手を打った。三人を追い越して、くるりと向き直り、鋭く制した。「落ち着け。ぼくらの連れで、嚙みついたりはしないから」

みんなが一斉に大声をあげて、追及をはじめた。ウルフは無視して、ソールに声をかけた。「なにか見つけたか?」

「はい」

「役に立つかな?」

「そう思います」ソールは畳んだ紙片を持った手を差し出した。

ウルフは紙を受けとり、ぼくに命じた。「アーチー。銃を」

ぼくはもう銃を出していた。ソールの発見をウルフが確認している間、だれかを近づけるのは上策じゃない。ぼくは銃身でジョセフ・Gを突いて、言った。「さらに形式だ。さがれ」

ジョセフ・Gはまだわめいていたが、さがった。他の人もジョセフ・Gと一緒に戻ったので、ぼくは横向きになって、全員を視界にとらえられるようにした。ウルフは紙を広げて、目を通しているところだった。ソールはウルフの右手にいて、やはり銃を握っている。

ウルフが顔をあげ、「説明しておくべきでしょうな」と口を開いた。「どうしてこのような事態になったのか。こちらはソール・パンザー君で、わたしのために働いています。わたしと一緒に皆さんが台所へ行った隙に、パンザー君は温室から入って、二階へ行き、捜索をはじめたのです。警察が一分の隙も残さず徹底的に調べたと納得できてはおりませんでしたので」ウルフは紙を揺らした。「これがわたしの正しさを証明しています。どこで見つけたんだね、ソール?」

「見つけたのは」ソールははっきりと答えた。「インブリー夫妻の部屋の、ベッドのマットレスの下からです」

二人は一緒に騒ぎたて、向かってきたニールはぼくの腕で止められた。

「落ち着けよ」ぼくは言い聞かせた。「ソールは、そこに入れたのがだれかって話をしたんじゃない。

見つけた場所を言っただけだ」

「それはなんです?」ミセス・ピトケアンが尋ねていた。声はしっかりしているとは言えないようだ。

「読みましょう」ウルフは答えた。「ご覧のとおり、一枚の便せんです。筆跡はインクで、わたしには女性の手のように思えます。日付は十二月六日、昨日です。いや、真夜中を過ぎたので、一昨日ですな。内容はこうです」

ピトケアンさま

ジョーと呼んでくれってことだったけど、もう二度とないと思います。わたしのお願いは喜んで紙に書くつもりなので、ぜひ返事も紙に書いてね。前に言ったとおり、わたしへの贈り物は二万ドルです。あなたはとっても優しかったけど、わたしだって同じだったんだから、絶対にそれだけもらってもいいと思います。

わたしはここを辞めて結婚すると決めたので、贈り物を待てるのは一日か二日だけです、わかってくれるでしょ。今夜、いつもの時間にわたしの部屋で待っています。わたしのこと、話がわかると思ってくれたら嬉しいです。

ウルフは顔をあげた。「『ディニ』のサインがあります」と告げる。「もちろん、これは本物と——」

「そんなもの、見たことありません!」ベラ・インブリーが叫んだ。「絶対に——」

が、その先の言葉は奪われてしまった。ぼく個人は、ベラに目もくれなかった。予想どおり、ウルフが便せんを読んでいる間は、全員の顔になにかしら注目すべきところがあった。ただ、三つ目の文にさしかかったときには、ドナルドの気分になにか特別なことが起こったのが明らかになった。まず、顔が強張った。次に緩んできて口が開いた。それから血がのぼってきて、紫色になった。ぼくがこれまでに早変わりの芸術家を見たことがあるとするなら、ドナルドはそうだった。で、さっきも言ったとおり、ベラ・インブリーが叫んだときにはそっちに目を向ける余裕がなかった。発言を引き継いだのは、ドナルドだった。

「そうか、それでぼくと結婚させようとしなかったんだな！」ドナルドはわめき、父親に飛びかかった。

たしかに、ぼくは銃を持っていた。ただ、それはぼくら自身のためで、連中の並びが乱れたとき連中のために使う気はなかった。女たちは手も足も出なかったし、あんな大荒れを止めるにはニール・インブリーはもっと大きく、もっとすばしこくなければだめだっただろう。

ドナルドは振りおろした拳よりも体あたりの衝撃で父親に膝をつかせ、残りは蹴って倒した。そして、わめきながらのしかかった。「ぼくは男じゃないと思ったんだろ！　だけど、ぼくはディニとわかりあってたんだ！　愛してたんだ！　はじめて……愛したんだ！　なのに父さんは許さなかった。だから、ディニは離れていったんだ。今わかったぞ！　彼女を殺せたんだから、あんたを殺すことだってできる！　できる！　できるんだ！」

それを証明しようとする勢いだったので、ぼくはそっちへ行って、ドナルドをつかまえた。ソールも加勢にきた。

「ああ、わたしの息子が」ミセス・ピトケアンが嘆いた。

ウルフはミセス・ピトケアンを見やり、唸るように言った。「クラシツキさんにも母親はいるのですよ、マダム」ウルフがそんなことを考えていたとは、ぼくは思いもしなかった。

第十章

翌日の午後六時一分前、ぼくは事務所で机に向かい、手つかずになっていた雑用の遅れを取り戻そうとしていた。エレベーターが植物室からおりてくる音が聞こえ、ほどなくウルフが入ってきて、机の奥の専用椅子にゆったりと納まり、ビールのブザーを鳴らし、背もたれに体を預けて、深い満足のため息をついた。

「アンディの調子はどうです？」ぼくは尋ねた。

「受けた痛手を考えれば、すばらしい」

ぼくは書類を引き出しに入れ、椅子を回してウルフに向き直った。

「ちょっと考えていたんですが」攻撃的にはならないようにした。「あなたがいなければ、ディニ・ラウアーはまだ生きていて、男たちをその気にさせてたんじゃないですかね。一時間前、ベン・ダイクスが電話で教えてくれたんですが、ドナルドは他のことと併せて認めているそうですよ、あの家を出て結婚するというディニの発言で殺人の気分になったってね。あなたから乗り気になるような仕事の申し出がなければ、アンディはディニに結婚を決めさせるほどの勇気は出なかったかもしれません。いや、つまりディニに結婚すると言わせられなかったかも。ですから、ある意味あなたが彼女を殺したと言えるかもしれませんね」

「きみには言えるかもしれないな」ウルフはフリッツの運んできたビール瓶のうち、一本の栓をはずした。

「ところで」ぼくは続けた。「ダイクスが言ってましたが、あのヌーナンのサルはまだ、あなたを証拠隠滅のかどで検事に起訴させようとしているそうですよ。あなたがピトケアン宛てに書いた手紙、ディニとサインした手紙を焼いたからと」

「ばかな」ウルフはビールを注ぎ、泡を眺めていた。「あれは証拠ではなかった。あの紙になにが書いてあるのか、だれも目にしていなかった。白紙だったかもしれない。わたしは読んだだけだ……形式的に」

「ええ、わかってます。いずれにしても、地方検事にはどんな罪にしろあなたを起訴できる筋合いはありませんよ。証拠隠滅なんて、問題外ですから。ドナルドは自供して、供述書にサインしたそうです。ディニが最初で最後の恋人だったこと。結婚したら勘当すると両親から脅されたこと。アンディと結婚しないでくれとディニに泣きついたら笑われたこと。夜中に一緒にビールを一本飲むことを承知させて、彼女の分にモルヒネを入れたこと。アンディにお礼をするために温室まで引きずっていったことまで話したんです。それだけじゃありません。ベラ・インブリーがドナルドとディニの接触を何度か見たと細かい話を提供しています」

ウルフは空になったグラスをおろし、ハンカチを出して唇を拭った。「当然、役に立つな」満足しきった様子だ。

ぼくは唸った。「『役に立つ』どころじゃありませんよ。あなたが例の手紙を読んだとき、全員が鼻で笑うだけだったらいったいどんな手を打つつもりだったのか、きっちり教えてもらうとなにかの役に立ちますかね？」

「たいして」ウルフはビールのお代わりを注いだ。「あの家の一人が危険な細い綱を渡っていることは、わかっていた。おそらく一人以上だ。力強い揺さぶりをうまくかければ、犯人がだれであれ、バランスを崩す可能性があると考えた。隠し事をしている他の人物も。だからこそ、ソールにあの手紙をインブリー夫妻の部屋で発見させたのだ。あの二人にもまた、揺さぶりをかけなければならなかった。全員が鼻で笑ったなら、少なくともピトケアン氏と息子は除外されることになる。そこからまた進めていけばいい。それは無視できない前進の一歩だ。その時点までは指し示す場所がどこにもなく、除外できるのはアンディだけだったのだから。そのアンディは……」

ウルフは突然言葉を切った。椅子を引いて立ちあがり、呟く。「大変だ。あのミルトニアの苗について話すのを忘れていた」そして、出ていった。

ぼくは席を立ち、フリッツとおしゃべりしようと厨房へ向かった。

次の証人

本編の主な登場人物

レナード・アッシュ……………………………演出家
ロビーナ・キーン（ミセス・アッシュ）……女優。レナードの妻
ジミー・ドノヴァン…………………………レナードの弁護士
クライド・バグビー…………………………バグビー電話応答会社社長
マリー・ウィリス……………………………電話交換手
アリス・ハート………………………………電話交換手
ベラ・ヴェラルディ…………………………電話交換手
ヘレン・ウェルツ……………………………電話交換手
ガイ・アンガー………………………………仲介業者（ブローカー）
アーヴィング・マンデルバウム……………地方検事補

第一章

アーヴィング・マンデルバウム地方検事補には以前会ったことがあるが、法廷で務めを果たしているところは一度も見たことがなかった。その日の朝、レナード・アッシュにマリー・ウィリス殺害の罪を負わせようと陪審員の説得を試みている仕事ぶりを見ながら、ぼくはなかなかやるなと思ったし、肩慣らしがきちんとできたときはもっとうまくやるかもしれないと考えていた。小太りで背は低め、生え際が後退し、耳が大きくて、見た目にはいけてないが、てきぱきと事務的で、鼻につかない程度に自信に満ちていた。おまけに、有意義な提案があるのをどことなく待っているそぶりで陪審員を見つめて間を置く、という気のきいた小技も持っていた。回数はそう多くはなかったが、引き下がった場合には裁判官と被告弁護人に背を向け、顔が見えないようにしていた。ただし、傍聴席に座っているぼくからはちゃんと見えた。

裁判は三日目になり、マンデルバウムは五人目の証人を喚問していた。獅子っ鼻の小男がびくつきながらクライド・バグビーと名乗り、宣誓して着席し、自分の失われた希望と言わんばかりにマンデルバウムへ怯えた茶色い目を向けていた。

マンデルバウムは落ち着かせるような口調だった。「バグビーさん、ご職業は？」

証人は唾をのみこんだ。「バグビー電話応答会社(インク)の社長です」

「『インク』とは、『株式会社』の意味ですか？」

「はい」

「事業主ですか？」

「発行株式の半分を所有しています。妻が残りの半分を持っています」

「その事業を経営して、どれぐらいになりますか？」

「五年です……だいたい五年半」

「事業の内容は？　陪審員に説明してください」

バグビーはびくびくしながら左側の陪審員席をちらっと見やったものの、すぐに検事に視線を戻した。「電話応答のサービスです、それだけです。検事さんは内容をご存じだと思います」

「たしかに。ただ、陪審員のなかにはその事業内容になじみのない方もいらっしゃるかもしれません。詳しく説明してください」

証人は唇を舐めた。「ええと、お客は個人や会社や組織で、電話を持っています。ただ、いつも近くにいるわけじゃなくて、留守中の電話についても知っておきたいと思っている。そういうとき、電話応答サービスの出番なわけです。ニューヨークには何十も会社があって、地域に事務所を持って市全体で手広く営業している大きなところもあります。当社、バグビー電話応答会社はそこまで大きくなく、会社や組織ではない個人向けで、家やアパートへのサービスを専門にしています。四つのちがう交換局の地区、グラマシー、プラザ、トラファルガー、ラインランダーに事務所があります。一つの中央事務所で営業するのが無理な理由は――」

「失礼、バグビーさん。しかし、技術的な問題に踏みこむつもりはありません。あなたの事務所の一つは、マンハッタンの東六十九丁目六一八番地にありますね？」

「はい」

「その住所での事業内容を詳しく説明してください」

「ええと、そこはわたしの一番新しい事務所で、開業してまだ一年です。それに一番小さくて、商業ビルのなかじゃなく、アパート内にあるんです。労働法のせいですよ。公益事業を除いて、午前二時以降は商業ビルで女性を働かせることはできないんです。でも、当社には終夜営業の必要があるので、六十九丁目では三つの交換台に四人の交換手を雇って、全員を事務所のあるアパートに住まわせています。それなら、午後八時から午前二時まで一人を、もう一人を二時以降に交換台に配置できます。午前九時には交換台に一人ずつ、三人が日中の勤務に就きます」

「交換台はアパートの一室に備え付けられているのですか？」

「はい」

「そのうちの一台がどんなもので、どんな機能を果たすのか、陪審員に説明してください」

バグビーはもう一度陪審員席にちらっと緊張した視線を向け、検事に戻した。「大きな事務所でよく見かける交換台とだいたい同じで、プラグを差す穴が何列もあります。もちろん、設置したのは電話会社で、うちのお客の電話とつながるように特別な配線があります。交換台一つにつき、六十の客の電話に対応できるんです。それぞれの客のために小さなランプと穴と細い名札があります。だれかが客の番号をダイヤルすると、ランプがついて、客の電話の呼び出し音に合わせてブザーが鳴るんです。プラグを差す前に何度ブザーを数えるかは客によります。三回鳴ったらプラグを差してほしいと言う人もいれば、もっと待ってほしいと言う人もいます。十五回まで待たせる客もいました。当社がお客に提供する特別な個別サービスはそういったものなんです。何万もお客がいる大きな会社はそんなことはしません。金儲け優先なんです。当社ではすべてのお客が特別な事案で神聖な預かりものなんです」

「ありがとう、バグビーさん」マンデルバウムは頭をくるりと回して陪審員席に思いやりのこもった笑みを一瞬見せてから、また向きを戻した。「ですが、わたしはあなたの商売の宣伝(プラグ)のために尋問(ブザー)をする人ではありませんよ。お客のランプが交換台で点灯し、指定されたブザーの回数を確認してから、交換手はプラグを差して電話に出る。そういうことですか？」

マンデルバウムの冗談は、この場にはちょっとふさわしくない気がした。一人の男の生命がかかった裁判なのだ。ぼくは顔を右へ向けてネロ・ウルフも同意見かをちらっと確認しようとしたが、その横顔を一目見ただけで、ウルフは鬱々とした殉教者の役に徹している最中で、だれにも、なんにも賛成する気分ではないのがわかった。

無理もないか。朝のこの時間には、ウルフは厳密に守るべき行動予定に従って、西三十五丁目にある古い褐色砂岩の自宅屋上にあがり、収集した名高い蘭を咲き誇らせるために植物室でセオドアに威張り散らしていたはずだ。自らの手を汚していることさえある。十一時になると、ウルフは手を洗い、エレベーターで一階の事務所へおり、机の奥にある特大の椅子に特大の体をうまく納め、フリッツにビールを持ってくるようブザーを鳴らし、ぼく、アーチー・グッドウィンに威張り散らしはじめたはずだ。そして、時期的にも行動的にも望ましいと思ったこと、サンフランシスコ以東で最高の私立探偵との名声と収入を高めそうなことならなんでも、手紙をタイプで打つことから市長の尾行まで、ぼくにやれと命じる。で、フリッツの作った昼食を心待ちにしていたはずだ。

それはすべて『はず』の話だ。というのも、ウルフは法廷まで足を運んでレナード・アッシュの裁判で証言せよと、ニューヨーク州から召喚命令を受けていたのだ。なんにせよ、ウルフは家を離れることを心底から嫌っているが、とりわけ証言台への移動のために離れることを嫌っている。私立探偵である以上、依頼人から報酬を得たいと思うなら証言のための喚問は受け入れなければならない職業上の災難だと、ウルフだって認めざるをえないのだが、今回の災難では〝どんな雲も裏は銀色に輝いている〟の諺に反して、そういう希望の輝きすら見えなかった。レナード・アッシュは二か月ほど前のある日、ウルフを雇うために事務所へ来たが、依頼は拒否されていた。つまり、報酬も名声も望めない。ぼくも召喚されていたが、ただの保険だ。マンデルバウムがウルフの証言に裏付けが必要だと判断しない限り、喚問されない。このまま終わりそうだった。

ウルフの辛気くさい顔を眺めたところでおもしろくもなんともないので、ぼくは役者たちに視線を戻した。バグビーが答えていた。「はい。交換手はプラグを差して、言います。『ミセス・スミス宅です』とか、『ジョーンズ氏のアパートです』とか、お客の指示どおりになんとでも答えます。それから、ミセス・スミスは不在ですので伝言はありますかとか、状況に応じて話すわけです。ときには依頼人がかけてきて、ある特定の相手に伝言を寄こすこともあります」バグビーは片手をひらひらと振った。「要するに、なんでもです。わたしどもは専門的なサービスを提供しているのです」

マンデルバウムは頷いた。「それで事業の内容がはっきり説明されたと思います。さてバグビーさん、刑務官の隣に座っている紺色のスーツを着た男性を見てください。この裁判の被告人です。知っていますか?」

「はい。レナード・アッシュさんです」

「いつ、どこで会いましたか?」

「七月に四十七丁目にあるわたしの事務所へ来ました。まずは電話があり、それからやってきたのです」

「七月の何日かわかりますか?」

「十二日です。月曜日でした」

「被告はなにを言いましたか?」

「当社の応答サービスがどのような仕組みか質問してきて、わたしが答えました。そうしたら、アッシュさんは東七十三丁目にある自宅マンションの電話に利用したいと言ったんです。一か月分を現金で前払いしました。二十四時間サービスの希望でした」

「なにか特別な要求はしましたか?」

「わたしにはなにもしませんでした。ですが、二日後にマリー・ウィリスに連絡をとり、五百ドルを提供すると言ったんです。条件は――」

　証人は同時に二方向から遮られた。被告弁護人はジミー・ドノヴァンという名前で、この十年間大きな犯罪事件での勝率がニューヨークの弁護士一覧で一位を飾る王者だ。ドノヴァンは椅子から離れ、異議を唱えようと口を開いた。マンデルバウムは手のひらをあげて証人を制した。

「待ってください、バグビーさん。わたしの質問に答えるだけに。あなたはレナード・アッシュを客として受け入れたのですか?」

「もちろんです。そうしない理由がなかったので」

「被告の自宅の電話番号は何番ですか?」

「ラインランダーの二三八三八です」

「被告人の名前とその番号を、あなたの交換台の一つに割り振りましたか？」

「はい。東六十九丁目のアパートにある三つの交換台の一つに。そこがラインランダー地区です」

「その交換台、レナード・アッシュの番号が割り振られた交換台を担当する従業員の名前は？」

「マリー・ウィリスです」

満員の傍聴人に動揺の気配と囁き声がさざ波のように広がった。裁判長席のコルベット判事は首を回して傍聴人にしかめ面を向け、改めて自分の仕事に集中した。

バグビーは証言を続けていた。「もちろん、夜には三つの交換台に一人の交換手しかいません。夜は当番制です。ただ、昼間については一週間に最低五日は同じ交換台を担当させています。できるときには六日です。そうすれば、交換手は自分の客を把握していきますので」

「それで、レナード・アッシュの番号は、マリー・ウィリスの交換台にあったのですか？」

「はい」

「レナード・アッシュにお客としてサービスを提供する型どおりの取り決めが完了したあと、被告、もしくは被告の電話番号にあなたが個人的に注意をひかれるようなことがありましたか？」

「はい」

「いつ、どんなことでしたか？　まずは時期を」

バグビーはちょっと間を置いて記憶を確認してから、宣誓証言を続けた。「アッシュさんが応答サービスを申しこんでから三日後の木曜日です。七月十五日でした。マリーがわたしの事務室に電話をかけてきて、大事な話があるから二人で会いたいと言ったんです。交換台を離れる六時まで待てるかと訊いたら、マリーは待てると言いました。それで、わたしは六時少し過ぎに六十九丁目へ行き、アパート内のマリーの部屋へ行きました。彼女の話では、前日にアッシュさんが電話をかけてきて、自宅の電話応答サービスについて細かい話をしたいからどこかで会えないかと言ったそうなんです。そういった話はわたしにしてくれとマリーは答えたそうですが、アッシュさんは——」

穏やかだがきっぱりしたバリトンが割りこんできた。「裁判長」ジミー・ドノヴァンが立ちあがった。「証人が立ち会っていなかったマリー・ウィリスとアッシュ氏の会話については、証言は許されないと考えます」

「そのとおりです」マンデルバウムはあっさり認めた。「証人は、アッシュ氏に言われたとマリー・ウィリスが証人に話した内容を説明しているのです」

コルベット裁判長は頷いた。「その点ははっきりさせておくべきです。わかりましたか、バグビーさん?」

「はい、旦那」バグビーは唇を噛んだ。「いいえ、裁判長」

「では、続けてください。ミス・ウィリスがあなたに言った内容と、あなたが彼女に言った内容です」

「ええと、マリーは会うことを承知したと言っていました。アッシュさんは劇場の演出家で、マリーは女優になりたがっていたからです。マリーが女優に憧れていたなんて知りませんでしたが、今は知ってます。それで、マリーは交換台を離れられる時間になるとすぐ、四十五丁目にあるアッシュさんの事務所へ行きました。しばらく話や質問をしたあとで、アッシュさんはマリーに言いました——これは、マリーがわたしに話した内容です——アッシュさんは、昼間自宅の番号にかかってきた電話を盗聴してほしいと言ったんです。交換台のアッシュさんのランプがついてブザーが鳴りはじめ、音が止まってランプが消えたら——これはアッシュさんの自宅の電話でだれかが応答したときで——プラグを差して会話を聞きとるだけでいいという話でした。それで、毎晩アッシュさんに電話で報告するんです。それがアッシュさんの頼みだったと、マリーはわたしに言いました。紙幣で五百ドル数えてマリーに渡し、協力したらさらに千ドルやると言ったそうです」

バグビーは一息入れた。マンデルバウムがせっついた。「ミス・ウィリスは他になにか言いましたか？」

「はい。アッシュさんの申し出をきっぱり断っておくべきだったのはわかっていたが、機嫌を損ねたくなかったので、一日か二日考えたいと答えた、そう言っていました。そして、一晩考えてから、どうするかを決めたと。アッシュさんの狙いが奥さんへの電話なのは、もちろんわかっていたし、他のことはさておき奥さんをスパイするつもりはないとのことでした。というのも、アッシュさんの奥さんはロビーナ・キーンで、二年前に結婚して女優を引退しましたが、マリーの憧れの人だったんです。マリーはわたしにそう説明しました。それで、三つのことをしなければならないと決心していました。この一件について、わたしに報告しなければならない。アッシュさんはわたしの客で、マリーはわたしのために働いているから。ロビーナ・キーンにも打ち明けて警告しなければならない。きっとアッシュさんはスパイを他に見つけるだろうから。わたしは思ったんですが、ロビーナ・キーンに話したがった本当の理由は——」

マンデルバウムが制した。「あなたが思ったことは関連がありません、バグビーさん。しなければならないと決心した三番目のことについても、ミス・ウィリスはあなたに話しましたか？」

「はい。奥さんに事情を打ち明けるつもりだとアッシュさんに話さなければならない、と言ってました。そうする必要がある、アッシュさんと話したとき、最初に秘密にすると約束したからと。なので、約束を破ると伝えなければならない、と話してました」

「その三つの決心をいつ実行に移すつもりか、わたしへの報告はもう実行していましたか？」

証人は頷いた。「そのうちの一つ、ミス・ウィリスは言いました。七時に事務所へ行くとアッシュさんに電話で伝えたことも教えてくれました。時間的にちょっとぎりぎりでした。その日マリーは夜の当番にあたっていて、八時には交換台に戻る必要があったので。わたしにとっても余裕がなくて、マリーを説得して止めるほどの時間はなかったんです。わたしはマリーと一緒にタクシーに乗って、アッシュさんの事務所があるダウンタウンの四十五丁目まで全力で説得しましたが、思い直させることはできませんでした」

「あなたはなんと言ったのですか？」

「やめさせようとしたんです。計画をすべて実行すれば、当社の営業に影響はないかもしれませんが、あるかもしれません。わたしにまかせろと説得しようとしました。わたしがアッシュさんのところへ行き、マリーから報告があって当社の顧客にはふさわしくないと話してくるから、手を引いて忘れろと話しました。ですがマリーは、どうしてもロビーナ・キーンに警告する、そうするためにアッシュさんへの約束を取り消さなければならない、こう言い張りました。アッシュさんの事務所へあがるエレベーターに乗るまで粘りましたが、止められませんでした」

「あなたも一緒に上階へ行ったのですか？」

「いいえ。なんの役にも立たなかったでしょうから。マリーは計画をやり抜くつもりでした。どうしようもないでしょう？」

そういう事情だったのか、とぼくは考えていた。容疑はかたまっているように思えて横を見やったが、ウルフは目を閉じていた。そこで、ぼくは頭を別の方向へ向け、刑務官の隣に座っている紺色のスーツの男性がどのように受けとめているのかを見ようとした。どうやら、レナード・アッシュにも容疑はかたまっているように思えているらしい。骨張った浅黒い顔、大きくぷっくりした唇の角から顎へと斜めに刻まれた深いしわ、くぼんだ黒っぽい目。電気椅子に向かう候補者のスケッチをタブロイド紙向けに描く法廷画家にとってはとびきりのモデルにちがいないし、画家たちは三日間ほぼアッシュばかり描いていた。まあ、目の保養になるような顔ではないので、ぼくは左へ目を逸らした。傍聴席の最前列に、アッシュの妻が座っていた。

自分の理想の女性としてロビーナ・キーンに熱をあげたことは一度もないが、二本の映画で見たときは気に入ったし、法廷へ単独での初登場は立派なものだった。あくまでも夫に忠実なのか、演技なのか、どちらにしても立派だった。控えめな服装をして、控えめに座っていたが、若くて美しくないふりをしようとはしていなかった。ロビーナと年上の美しくない夫がどの程度仲良くやっていたか、正確なところはだれにもわからないが、だれもがわかろうとしていた。極端な一例では、アッシュはロビーナにとってこの世のすべてで、輪転がし（自転車のリムなどを棒で転がす遊び）をしてるんじゃないかと妻を疑うなんてどうかしている、という意見があった。別の極端な意見では、ロビーナが引退したのは火遊びのためにもっと時間がほしかっただけで、早いところ気づかなかったアッシュはまぬけもいいところだ、と言われていた。そして、その両者の間。ぼくには一票を投じる心構えはできていなかった。ロビーナを見ていると、天使でもおかしくないような気がした。アッシュを見ていると、あんなに惨めな様子になるのはよほどのことがあったからにちがいないと思えた。もっとも、殺人の罪で二か月も留置されたら、当然なんらかの影響はあるだろう。

陪審員がちゃんと理解したことを、マンデルバウムは念押ししようとしていた。「では、あなたはマリー・ウィリスと一緒に被告の事務所へはあがっていかなかったのですね？」

「はい」

「ミス・ウィリスがエレベーターに乗ったあと、何時でもかまいませんが、あとで上階へ向かいましたか？」

「いいえ」

「その晩は被告をまったく見ていない？」

「はい」

「その夜、被告と電話で話しましたか？」

「いいえ」

ぼくは集中砲火を浴びる人間を何人も見てきているが、バグビーを観察した結果、真っ正直に話しているか、嘘の達人かのどちらかにちがいないとの結論が出た。で、達人のような口ぶりには聞こえなかった。マンデルバウムは続けた。「その夜、マリー・ウィリスがアッシュの事務所へエレベーターであがっていくのを見たあと、あなたはなにをしましたか？」

「友人と夕食の約束があって、レストランへ向かいました——五十二丁目の〈ホーンビーズ〉です。そのあと、八時半頃に西八十六丁目とブロードウェイの交差点にあるトラファルガーの事務所へ行きました。そこには交換台が六つあって、新人の女の子が夜番をしていたんです。その交換手としばらく事務所にいてから、タクシーでセントラル・パークの反対側にある東七十丁目の自宅マンションへ帰りました。家に着いてまもなく警察から電話がきて、ラインランダーの事務所で殺されたマリー・ウィリスが見つかったと言われ、大急ぎでそっちへ向かいました。アパートの前には人だかりができていて、警官がわたしを二階へ連れていきました」

バグビーは言葉を切って唾をのみ、顎をちょっと突き出した。「警察はマリーを動かしていませんでした。首の周りからプラグのコードははずしていましたが、体を動かしてはいなかったんです。交換台の前にある机のような部分に突っ伏したままでした。警察から身元を確認してくれと言われたので、わたしは……」

証人に邪魔は入らなかったが、ぼくに入った。袖を引かれ、耳元で囁き声がしたのだ。「ここを出るぞ、来るんだ」ネロ・ウルフは立ちあがり、横向きに二組の膝の前を通過して、通路に出た。そのまま法廷の後方に向かう。ばかでかい図体のわりには、すばやく動けて、身のこなしも軽い。続いてぼくもドアに向かい、廊下へ出たが、周囲の注意をひくことはなかった。なにか生死にかかわるような重要課題、例えばセオドアに電話して蘭について指示するか尋ねるかする必要ができたのだろうと思ったが、ウルフは電話ボックスを通過してエレベーターに向かい、下りのボタンを押した。周りに人がいたので、ぼくは一切質問しなかった。ウルフは一階で降りて、センター・ストリートへ向かった。歩道に出たところで、ウルフは裁判所の御影石の柱に寄りかかり、口を開いた。

「タクシーが必要だ。が、まずはきみに話がある」

「だめです」ぼくはきっぱり断った。「まずはぼくから話があります。マンデルバウムはあの証人への尋問をいつ終了してもおかしくありません。反対尋問もそれほどかからないかもしれません。いえ、ドノヴァンは反対尋問を留保することだってありうるんです。あなたはバグビーの次だと言われてましたよね。タクシーが必要なら、もちろん家に帰るつもりなんでしょう。それはただ――」

「家に帰るのではない。帰れない」

「そのとおりです。帰ったとしたら、引っ張り戻されて、法廷侮辱罪でたっぷり罰金を食らうだけです。ぼくだって、むろん同じです。やっぱり召喚されているんですから。ぼくは法廷に戻りますよ。あなたはどこへ行くんです?」

「東六十九丁目六一八番地だ」

ぼくは目を剝いた。「こんなことになるんじゃないかと、ずっと心配してたんです。不具合があるんですか?」

「そうだ。到着までに説明する」

「ぼくは法廷に戻ります」

「だめだ。きみが必要だ」

他の人と同じように、必要とされるのは大好きだ。そこでぼくは向きを変え、歩道を進んでタクシーを縁石近くで停め、ドアを開けた。ウルフが来て乗りこんでから、ぼくも乗った。タイヤのついている乗り物という危険にウルフが踏ん張る体勢を整えたあと、ぼくは運転手に住所を告げ、発車してから切り出した。「さあ、どうぞ。これまであなたの説明はたっぷり聞いてきましたが、今回は立派なものじゃないとだめですよ」

「実にばかげている」ウルフはきっぱりと言った。

「そうですとも。戻りましょう」

「わたしが言っているのは、マンデルバウム氏の見解だ。アッシュ氏が例の娘を殺害した可能性があるのは認める。妻に関する心理状態が偏執狂の域に近く、従ってあの証人から示された動機が充分な挑発となった可能性があることも認める。が、アッシュ氏はばかではない。証言のような状況下で、かつバグビー氏の信頼性に疑問符がつけられるとは考えにくいのならば、アッシュ氏があの時刻に現場へ出向いてミス・ウィリスを殺害するほどのばかだとは信じる気になれない。アッシュ氏がわたしを雇うために訪ねてきたあの日、きみも同席していたな。きみは信じるのか？」

ぼくは首を振った。「回答は控えます。あなたが説明している最中ですから。ところで、ぼくも新聞を読みましたし、『ガゼット』紙のロン・コーエンとも事件について話しました。アッシュが現場へ行ったのは、必ずしもマリーを殺すためとは限りませんよ。アッシュの話では、男――聞き覚えのない声――が電話をかけてきて、六十九丁目にあるバグビーの事務所で会ってくれれば、二人でマリーを説得して止められるだろうと言われたようです。アッシュが飛んでいったら、事務所のドアが開いていて、なかでマリーが喉にプラグのコードをがっちり巻きつけられていた。で、アッシュは窓を開けて、警察を呼んだ。もちろん、あなたの好みでは、アッシュに電話したのは自分じゃないとさっき証言したバグビーが嘘をついていて、客を失うくらいなら従業員を殺すような商売第一の――」

「くだらん。わたしの好みではない、わたしの好まないことだ。もう一つ好まなかったのは、隣に臭い女がいる状態であのけしからん木のベンチに座っていることだった。きみも承知しているとおり、わたしはまもなく証人として呼ばれ、わたしの証言はバグビー氏の証言を効果的に裏付けただろう。耐えがたかった。マンデルバウム氏が展開している見解に基づいてアッシュ氏が殺人で有罪になったとしたら、正義の背信となるだろう。荷担するつもりはない。立ちあがってあの場を離れることは容易ではなかった、家には帰れないのだからな。家に帰れば、役人が来てわたしを引きずり出し、証言台に押しこむだろう」

ぼくはウルフをじっと見つめた。「ぼくがちゃんと理解しているか、確認しましょう。アッシュの有罪が疑わしく思えて、殺人の有罪判決に手を貸すのに耐えられなかったので、今逃げている。こういうことですか？」

運転手が首をねじ曲げ、口の片端からこう言った。「もちろん、アッシュは有罪だよ」

ぼくらはその意見を無視した。「その解釈で、まあ充分だ」ウルフが答えた。

「ぼくにとってはあまり充分じゃありません。ぼくがあなたと一緒にとんずらして、召喚状から逃れた罪で目の玉の飛び出るような罰金を黙って科されると思ってるなら、あなたが払うにしても、お茶を濁そうとするのはやめてください。アッシュの有罪が疑わしい、それでも有罪判決が出るかもしれないと考えたとします。マンデルバウムは勝ちめのある事件以外は裁判に出ないことを知ってますからね。それに、ぼくらの口座の残高には興奮剤が必要だったとしましょう、ま、それは事実なんですが。で、マンデルバウムの鼻を明かすような発見ができるかどうか、やってみることに決めたとします。アッシュが正当な感謝をしてくれたら、けちな罰金なんてなんでもないと見こんでのことです。ぼくに一山のお使いを考えて、家に帰り、本を読んで、おいしい昼食をとる、これがあなた流の捜査の進めかたでしょう。ですが、役人が来てあなたを捕まえるでしょうから、それはだめです。ということは、ぼくらは二人ともお使いをしなければならない。そういう状況だと言うのなら、今日は天気がいいですし、あの女が香水をぷんぷんさせていたことも認めます。ただ、ぼくは鼻がいいので、あれは一オンス八十ドルするティソの〝パッション・フラワー〟だと思いますよ。六十九丁目では、なにをするんです?」

「わからん」

「結構ですね。ぼくもですよ」

第二章

そこは五階建ての古くてみすぼらしい家で、エレベーターもなかった。煉瓦が黄色に塗られたのは、ぼくがネロ・ウルフのところで働きはじめた頃だろう。ぼくはポーチでバグビー電話応答会社と名札のついたボタンを押した。かちりという音を合図にドアを開け、狭くて薄汚い廊下を先に立って階段に向かい、二階へあがった。バグビーは家賃を無駄にしてはいなかった。建物の正面側、廊下の突きあたりのドアが開いている。その手前でぼくは脇へよけ、ウルフを先に行かせた。ブラシの訪問販売のふりをするのか、配管工のふりをするのか、わからなかったからだ。

ウルフが受付の若い娘のところへ向かっている間に、ぼくは目を配り、ざっと室内を観察した。ここが殺害現場なのだ。部屋の表側の壁には、通りに臨む窓が三つあった。反対側の壁には交換台三つが並んでいて、それぞれにヘッドホンをつけた女性が着席していた。三人は来客を見ようと、こちらに顔を向けていた。

端の窓に近い受付の娘の机には、タイプライターや他の細々したものと、ごく普通の電話があるだけだった。ウルフは娘に話しかけていた。「ウルフといいます。レナード・アッシュ氏の裁判が行われている法廷から来たところなのですが」ウルフは頭をさっと動かしてぼくを示した。「こちらはわたしの助手、グッドウィン君です。わたしたちは検察側、弁護側双方の証人に送達された召喚状を確認しています。あなたは送達されましたか?」

ウルフの態度、存在感、口調であれば、手札を見せるように要求する女は百人に一人しかいないだろう。で、受付嬢はその一人ではなかった。細長い顔をあげてウルフを見て、首を振った。「いえ、送達されていません」

「お名前は?」

「パール・フレミングです」

「では、七月十五日にはここで働いていなかったのですね」

「はい。別の事務所にいました。そのとき、ここに受付はなかったんです。交換台の一つで事務所への電話に対応していました」

「了解しました」自分が了解したのは、非常な幸運なのだと言わんばかりの口ぶりだった。「ミス・ハート、ミス・ヴェラルディ、ミス・ウェルツはこちらにいるのですか?」

眉があがりたがったが、ぼくは我慢した。そもそも、驚くほどのことじゃない。たしかに、その名前が新聞に出たのは何週間も前だが、ウルフは殺人事件の記事なら一語も見逃さないし、ウルフの頭のなかの分類システムは、ソール・パンザーをしのぐほどなのだ。

パール・フレミングは交換台を指さした。「端にいるのがミス・ハートです。隣がミス・ヴェラルディ。その横がミス・ヤーキズ。ミス・ヤーキズが来たのは、あのあと……その、ミス・ウィリスの後任です。ミス・ウェルツはいません、今日は公休ですから。三人は召喚状を受けとりましたけど……」

パールは言いさして、顔の向きを変えた。端の交換台の女性がヘッドホンをはずして席を離れ、こちらへ向かってきていた。ぼくと同じぐらいの年で、鋭い茶色の目と平たい頬骨、セイウチだったら氷を砕くのに使えそうな顎をしていた。

「ネロ・ウルフさんじゃないの、探偵の？」彼女は尋ねた。

「そうです」ウルフは答えた。「アリス・ハートさんですか？」

アリスは答えなかった。「なんの用ですか？」

ウルフは一歩さがった。だれかが、特に女がすぐ近くにいるのを好まないのだ。「情報がほしいのです、マダム。あなたとミス・ベラ・ヴェラルディとミス・ヘレン・ウェルツに質問に答えてもらいたい」

「情報は持ってません」

「では、なにも手に入らない。それでも、試してみるつもりですが」

「だれがここへ寄こしたの？」

「随意運動です。レナード・アッシュ氏がマリー・ウィリスを殺したとの仮説には基礎的な瑕疵（かし）があり、わたしは瑕疵を好まないのです。好奇心をかきたてられます。わたしが好奇心を抱くと、治療法は一つしかありません。ありのままの真相、わたしはそれを見つけるつもりです。アッシュ氏の命を救うのに間に合えば、なお結構。いずれにしても、手をつけてしまった以上、わたしはもう止められません。今日、あなたや他の方たちがこちらの要望を容れるのを拒むなら、別の日もあります……別の方法も」

アリスの顔からは、答えの予測はできなかった。顎が強張り、一瞬、ウルフに顔を洗って出直してこいと言いそうになった。そのとき、アリスの目がウルフを離れてぼくに移った。で、承知する気になった。アリスは受付の女性に向き直った。「パール、わたしの交換台をお願いできる？　そんなにかからないから」ウルフに向かって噛みつくように言う。「わたしの部屋へ。こっちです」アリスは背を向けて、歩きだした。

「ちょっと待ってください、ミス・ハート」ウルフも動いた。「新聞の記事に出ていなかったことを一点」ウルフは中央の交換台、ベラ・ヴェラルディの後ろで立ちどまった。「マリー・ウィリスの死体は交換台正面の机部分にもたれかかった状態で発見されました。おそらく、殺人犯が到着したとき、交換台の前に座っていたのでしょう。しかし、あなたはここに住んでいますね……あなたと他の女性たちが？」

「そうです」

「では、殺人犯がアッシュ氏なら、どうやってミス・ウィリスがこの家に一人でいることを知ったのでしょう？」

「さあ。本人が話したんでしょ、たぶん。それが瑕疵？」

「まさか、ちがいます。たしかに、ミス・ウィリスが自ら教えたと考える余地はあります。その後、二人で話をするうちに、交換台のランプが点灯してブザーが鳴り、ミス・ウィリスは操作に手一杯で背を向ける。そのときまで犯人が待っていたとも考えられます。たいした問題ではありませんが、わたしとしてはミス・ウィリスが一人だとより確実に把握していた人物の犯行ではないかと思います。被害者は小柄で細身でしたから、あなたでも疑いの対象からはずせませんな」ウルフは指を一本動かした。「他の女性たちも。今、あなたがたを殺人罪で告発する用意が整っているわけではありませんが」

「ならいいけど」アリスは鼻を鳴らして背を向けた。そのまま部屋の奥にあるドアから出て、狭い廊下を進んでいく。ウルフに続いてそのあとを追いながら、ぼくはここの反応を少々不自然だと考えていた。今の状況なら、ミス・ヴェラルディとミス・ヤーキズは座ったまま振り向いてぼくらをじろじろ見るのが普通だろうに、そうしていなかった。二人は座ったまま身を固くして、交換台をじっと見つめていた。アリス・ハートについては、ウルフにそれが瑕疵なのかと尋ねた声にかすかな安堵感があった。じゃなければ、ぼくは間違った職業に就いていることになる。

アリスの部屋には驚いた。まず、広い。交換台のある表側の部屋よりずっと広かった。第二に、ぼくはバーナード・ベレンソン（アメリカの美術評論家）ではないが、あちこちで目に留まったものがあった。マントルピースの上にある赤と黄色と青を大胆に使った額入りの絵は本物のゴッホだっただけじゃなく、リリー・ローワンの持っている作品より大型で出来がよかった。腰をおろすときにウルフも絵に目を留めていた。まさかと思うだろうが、ウルフでもちゃんと座れるくらいの大きな椅子があり、ぼくはその近くに椅子を持ってきて、アリスが乱暴に腰をおろした長椅子に向かい合う形をとった。

アリスは座りきらないうちにしゃべりだしていた。「瑕疵ってなんのこと？」

ウルフは首を振った。「質問するのはわたしです、ミス・ハート。あなたではない」親指でゴッホを差し示した。「あの絵はどこで手に入れたのですか？」

アリスは絵に目をやり、ウルフに戻した。「関係ないでしょ」

「たしかにそのとおりです。ただ、状況はこうなります。あなたはもちろん、警察と地方検事局に尋問された。とはいえ、レナード・アッシュが容疑者だという想定に当局は縛られていました。わたしはその想定を捨て、代わりの容疑者を発見しなければならないのだから、事件との関連が疑われるあなたや他の人たちに対して礼を欠いた質問を控える必要はない。例えば、あなたとあの絵です。どこで手に入れたのかの返答を拒めば、あるいは答えがわたしを納得させなければ、有能な探偵に調査をさせます。きっと答えが得られるでしょう。しつこい詮索からは逃れられないのですよ、マダム。今ここでわたしにわずらわされるか、お節介な男たちから友人や同僚に長々と訊きまわられる事態に直面するかです。後者を選ぶのであれば、わたしに時間を浪費することはありません。わたしはこの部屋を出て、残り二人のうち一人をあたってみますので」

アリスの反応は、またしても予測不能になった。ウルフに向けた顔の表情からすると、ウルフが護衛を連れてきたのはもっけの幸いだったようだ。アリスは時間を稼ごうとした。「わたしがあの絵をどこで手に入れたか、なにが問題なの？」

「おそらく問題はないでしょう。おそらくあなたに関することはなに一つ問題はないでしょう。ただ、あの絵は一財産です。ここには不釣り合いですな。所有者はあなたですか？」

「そうです。わたしが買いました」

「いつ？」

「一年くらい前。画商から」

「この部屋の調度品類はあなたのものですか？」

「そう。好きだから、こういう……その、これはわたしの贅沢なんです、唯一のね」

「今の会社に勤めて何年になりますか？」

「五年です」

「給料の額は？」

アリスは気を引き締めていた。「週八十ドル」

「こんな贅沢に充分な額ではありませんな。相続財産ですか？　離婚手当？　他の収入ですか？」

「結婚したことはありません。貯金が少しあって、それに……こういうものがほしかったんです。十五年節約をしてきたら、なにかしらの権利はあるでしょ」

「たしかに。ミス・ウィリスが殺害された夜は、どこにいましたか？」

「ニュージャージー州に出かけていました、車で、友達と一緒に……ベラ・ヴェラルディです。暑さをしのごうって……暑い夜だったんです。夜中過ぎに戻りました」

「あなたの車で？」

「いえ、ヘレン・ウェルツが貸してくれました。ジャガーを持ってるので」

ぼくは両眉をあげ、口を挟んだ。「ジャガーは」とウルフに説明した。「結構な車です。あなたが乗りこむのはおよそ無理ですね。税金やその他の経費を考えると、四千ドルじゃ足が出ます」

ウルフの目がすばやくぼくをとらえ、アリスに戻った。「警察はもちろん、マリー・ウィリスを殺す動機のありそうな人物に心あたりがあるかと、尋ねたはずです。心あたりはありますか？」

「ありません」さっきより気は緩んだ。

「ミス・ウィリスとは親しかったのですか？」

「はい、普通に仲はよかったです」

「お客のだれかから、これまでに自分の番号への電話を盗聴してくれと頼まれたことはありますか？」

「もちろん、ありません！」

「ミス・ウィリスが女優志望だったことを知っていましたか?」

「はい。みんな知ってました」

「バグビーさんは知らなかったと言っていますが」

アリスの顎がわずかに緊張を解いていた。「あの人は雇い主ですから。知らなかったと思います。いつバグビーさんと話したんですか?」

「話していません。証言台でそう言ったのを聞いたのです。ミス・ウィリスがロビーナ・キーンに憧れていたのは知っていましたか?」

「はい。それもみんなが知っていました。マリーはあれこれロビーナ・キーンのまねをしてたくらいで」

「ご主人が電話を盗聴するつもりだとロビーナ・キーンへすっぱ抜く決心について、ミス・ウィリスがあなたに話したのはいつでしたか?」

アリスは眉を寄せた。「わたし、マリーが話したとは言いませんでしたけど」

「話しましたか?」

「いいえ」

「他の人は?」

「ミス・ヴェラルディが教えてくれました。マリーはベラに話したんです。本人に訊いてみるといいでしょ」

「そうします。ガイ・アンガーという人物を知っていますか?」

「はい、知ってます。それほど親しくはないけど」

ぼくが何度も見てきた遊びをウルフはしていた。適当にボールを投げ、どんなふうに弾むか観察するのだ。なにもないときに手がかりを見つけようとするのにはいい手だが、丸一日かかるかもしれない。ウルフにそんな時間はなかった。表側の部屋にいる女性の一人がぼくたちのことで警察か地方検事局に電話してみる気になったら、いつお迎えが来てもおかしくない。ガイ・アンガーは、新聞記事を情報源とするさらに別の名前だ。マリー・ウィリスの恋人だった、いや、どうだったのだろう？報道記者の間では意見が分かれていた。

アリスの意見では、ガイ・アンガーとマリーはお互い一緒にいて楽しい仲間だったが、それまでだった——つまり、アリスはそう考えていた。その友情をアンガーがプラグのコードで終わらせたいと思うような重大局面については一切知らない。さらに五分間、ウルフはちがった角度やちがった種類のボール投げを続けたが、唐突に立ちあがった。

「結構です」ウルフは告げた。「今のところは。ミス・ヴェラルディにあたってみます」

「呼んできます」アリス・ハートは、いそいそと立ちあがった。「ベラの部屋は隣なの」と、歩きだす。「こっちです」

ぼくらとゴッホを一緒に残していきたくないのが見え見えだった。机の引き出しには、ぼくなら二十秒で開けられそうな鍵がついていて、腕試しをしたいところだったが、ウルフがアリスに続いて出ていったので、ぼくもついていった。廊下を右へ進むと、開けっ放しの別のドアがあった。ぼくらをそこへ残し、アリスはフラットヒールの靴で正面側へさっさと歩いていった。ウルフはぼくを従えて、開いたドアから室内へ入った。

今度の部屋はちがっていた。やや狭くて、ゴッホや期待していたような家具はなかった。ベッドは整えられておらず、ウルフは立ったまま一瞬顔をしかめたが、小さすぎるすり切れた布張りの椅子におそるおそる腰をおろした。そして、ぼくに不機嫌な口調で命じた。「調べろ」

ぼくは言われたとおりにした。ベラ・ヴェラルディは開けっ放しの愛好家だった。戸棚や鏡台の引き出しのほとんどと、二つある整理ダンスは、さまざまな幅の隙間があいていた。ぼくがまだ妻という存在に消極的な理由の一つは、開けっ放しの愛好家を引きあてる可能性があるからだ。ぼくは移動して衣装戸棚の扉を引っ張ったが、服のジャングルを切り開くなたの持ち合わせがなかったので、隙間があいた状態に戻し、書籍コーナーへと進んだ。つまり、小さなテーブルに積まれたペーパーバックの山のことだが、一番上の一冊は『一度でも多すぎるあやまち』という題で、マッチョのヒヒ男に怯えて身をすくめている裏切り者の浮気女が表紙に描いてあった。最近の競馬新聞、『レーシング・フォーム』紙と『トラック・ドープ』紙の束もあった。

「ミス・ヴェラルディは博愛主義者ですね」ぼくはウルフに言った。「馬の遺伝学のために寄付をしていますよ」

「つまり?」

「競馬で賭けをしてます」

「大負けしているのか?」

「負けてはいます。どれぐらいかは、賭けた金額によりますね。かなりの額だとは思います、競馬新聞を二紙とってますから」

ウルフは唸った。「引き出しを開けろ。ミス・ヴェラルディが入ってきたときには、一つ開けっ放しにしておくように。この家の女たちがどこまで不作法に耐えるのかを知りたい」

ぼくは指示に従った。大きいほうの整理ダンスは、六つの引き出し全部に衣類が入っていて、手はつけなかった。徹底的に調べればナイロン製品の山の底から秘密の鍵を発見できたかもしれないが、時間がなかった。ぼくは開けっ放しをどう思っているか教えるために、全部の引き出しをきちんと閉めておいた。鏡台の引き出しも、やはりはずれだった。小さい整理ダンスの二番目の引き出しには、いろいろな品物のなかに写真の束があった。ほとんどが台紙に貼っていないスナップ写真で、期待もせずにざっと見ていったが、一枚に目が留まってよく見直してみた。海を背に、水着姿のベラ・ヴェラルディともう一人の女の子、その間に男が一人立っている。ぼくはウルフのそばに行って、写真を手渡した。

「この男ですか?」ぼくは尋ねた。「ぼくも新聞は読むし、写真も見ます。ですが、二か月前なので、間違っているかもしれません」

ウルフは窓からの光が一番よくあたるように写真を傾けて、頷いた。「ガイ・アンガーだ」ウルフは写真をポケットに滑りこませた。「この男に関するものを、もっと見つけろ」

「もし、あれば」ぼくは写真の束に戻った。「ですが、彼女には望みがないかもしれませんよ。もう、たっぷり四分経ってます。ミス・ハートから完全な状況説明を聞いているか、助けを求めて電話をかけたか。その場合……」

絨毯のない廊下から、ハイヒールの靴音が聞こえてきた。ぼくは二番目の引き出しを閉めて、三番目を開けた。その中身を調べているときに、ハイヒールの音がドアに達して、室内へ入ってきた。ぼくは急ぐことなく引き出しを閉め、ベラ・ヴェラルディに向き直った。怒り狂ったわめき声に立ち向かう覚悟だったが、必要なかった。よく動く黒い目、生意気そうな小さな顔から判断すると、ベラはかんかんに怒ることくらい朝飯前だったはずだ。が、ベラの神経は他のことで手一杯で、ぼくが引き出しを開けているところを見つけなかったふりをすることに決めたらしい。妙だった。他の件もあるし、ここの電話応答の交換手たちはなにかやましいところがあるにちがいない。

ベラ・ヴェラルディはとげとげしい声で囁くように言った。「ミス・ハートから、わたしに訊きたいことがあるって聞いたけど」そして、整えられていないベッドの端に腰をおろし、指をねじり合わせた。

ウルフは目を半分閉じた状態で、ベラを見やった。「仮定の質問とはどういうものかご存じですか、ミス・ヴェラルディ？」

「もちろん、知ってます」

「では一つ。三人の腕のいい探偵に、昨年あなたが競馬ですった金額の概算を調べさせたら、判明するまでにどれくらいかかると思いますか？」

「どうして、わたしが……」ベラはウルフに向かって一組の立派な長いまつげをぱちぱちさせた。

「わかりません」

「わたしにはわかります。運がよければ、五時間です。運に恵まれなければ、五日です。自分でしゃべったほうが、あなたには楽でしょう。どれくらい、すったのですか？」

ベラはまた目をぱちぱちさせた。「すったなんて、どうしてわかるの？」

「わかりません。ですがグッドウィン君、腕のいい探偵である彼が、あのテーブルに載った出版物から、あなたは常習的なギャンブラーだと結論づけたのです。そうであれば、勝敗の記録をつけている可能性が充分にあります」ウルフはぼくに顔を向けた。「アーチー。捜索に邪魔が入ったのだったな。

続けてくれ。見つけられるかどうか、よく調べるんだ」ベラへ顔を戻す。「よろしければ、グッドウィン君の近くへどうぞ、ミス・ヴェラルディ。盗みの心配は皆無ですがね」

ぼくは小さい整理ダンスに近づいた。やれやれ、ウルフは調子に乗りすぎだ。もしベラが警官を呼ばずにこの脅しに屈したら、殺人犯ではないかもしれないが、触れられたくない弱みがあるのは間違いない。

実際には、ベラはただ座ったまま屈したりはしなかった。ぼくが引き出しの取っ手をつかんで引き開けようとしたとき、口を挟んだのだ。「待って、ウルフさん。あなたが知りたいことはなんでも喜んで話すつもりです。喜んで！」ベラはウルフに向かって身を乗り出した。指はねじり合わせたままだった。「ミス・ハートには、あなたがなにを訊いても驚いちゃいけないって言われたけど、驚いたんです。だから、動揺しちゃったみたい。わたしが競馬好きなのは秘密でもなんでもないし、ただ、賭けの金額は……話が別だと。わかるでしょ、わたしには友達がいるの……その、賭けをしていることを他の人に知られたくない人たち。その人たちから代わりに賭けろって、お金を渡されてるんです。だから、一週間に百ドルくらいとか、もっと多いことだってあります。二百ドルまでいくこともあるかも」

ベラが馬以外の動物にも賭けるのが好きなら、一対十でベラはとんでもない嘘つきだという賭けの申し出があるだろう。ウルフもぼくと同じ意見だったようだ。友人の名前を訊く手間さえかけなかった。

ウルフは頷いただけだった。「あなたの給料の額は？」

「たったの六十五ドルなんです。だから、当然自分じゃそんな金額を賭けられなくて」

「当然ですな。あの表側の部屋の窓について。夏にあなたがたの一人があそこで夜勤に就いているとき、窓は開けているのですか？」

ベラは頭を絞った。「暑いときには、開けます。普通は真ん中の窓を。ものすごく暑いときには、全部開けてるかも」

「日よけをあげて」

「そうです」

「七月十五日は暑かった。あの晩、窓は開いていましたか？」

「さあ。ここにはいなかったから」

「どこにいたんです？」

「ニュージャージーに行ってました。車で友達と……アリス・ハートです。涼もうって。帰ったのは夜中過ぎでした」

すばらしい、とぼくは思った。これでその点は解決した。一人の女なら、もしかすると嘘をつくかもしれない。が、二人ならまずありえない。

ウルフはベラをじっと見ていた。「七月十五日の夜、ほぼ確実でしょうが、窓が開いて日よけがあがっていたなら、そんな丸見えの状態で正気の女がマリー・ウィリスの殺害に及ぶでしょうか？　どう思います？」

ベラは〝女〟の証拠を求めたりはしなかった。「まあ、ないわね」と、認める。「それはきっと……いいえ、ないと思います」

「では、犯人の女……あるいは男は、殺害前に窓を閉めて日よけをおろしたにちがいない。お話のような状況で、レナード・アッシュはミス・ウィリスに警戒心を抱かせることなく、どうやってそんなことができたのでしょうか?」

「わかりません。もしかしたら……いえ、わかりません」

「もしかしたら、なんです?」

「なんでもないです。わかりません」

「ガイ・アンガーさんとは、どの程度のお知り合いですか?」

「とてもよく知ってます」

ちゃんと知らされていたんだろう。ベラはその質問を待ちかまえていた。

「この二か月間によく会いましたか?」

「いえ、ほとんど」

ウルフはポケットに手を入れ、スナップ写真をとり出して、見せた。「これはいつ撮影されたのですか?」

ベラはベッドから離れて写真を奪いとりにいったが、ウルフは放さなかった。ベラは写真を確認して、「ああ、それね」と言って、また腰をおろした。そして、いきなり爆発した。ついに怒りがあふれ出したのだ。「わたしの引き出しから盗ったのね! 他にはなにを盗んだのよ?」ベラは全身を震わせて、飛びあがった。「出ていきなさいよ! 出てって、もう入ってこないで!」

ウルフは写真をポケットに戻し、立ちあがった。「来なさい、アーチー。結局、限界はあったようだ」そして、ドアに向かった。ぼくもあとを追った。

ウルフが敷居の上まで来たとき、ベラはすごい勢いでぼくを追い越し、ウルフの腕をつかんで引き戻した。「ちょっと待って。そんなつもりじゃなかった。あんなふうにかっとなるたちで。わたしはただ……あの写真のことなんかどうでもいいんです」

ウルフは身を引いて、一ヤードの距離をとった。「いつ撮影したんです？」

「二週間くらい前……二週間前の日曜日です」

「もう一人の女性はどなたですか？」

「ヘレン・ウェルツ」

「撮影者は？」

「一緒にいた男の人」

「名前は？」

「ラルフ・インガルス」

「ガイ・アンガーさんはミス・ウェルツの連れですか、それともあなたの？」

「どうしてそんな……ただ一緒にいただけです」

「意味がわからん。二人の男と二人の女が一緒にいただけなんてありえない。どういう組み合わせでしたか？」

「その……ガイとヘレン、ラルフとわたしです」

ウルフは空席にした椅子をちらりと見やり、わざわざ歩いて戻るほどの価値はないと判断したようだった。「では、ミス・ウィリスが亡くなってから、アンガーさんの関心はミス・ウェルツに集中したわけですな？」

「『集中』かどうか、わかりません。わたしの知っている限りじゃ、二人はお互いに好意を持っているようですけど」

「ここで働いて、どれくらいになります？」

「この事務所では、開設された一年前からです。その前は、トラファルガーの事務所に二年いました」

「ミス・ウィリスがロビーナ・キーンにご主人の提案の件を教えるつもりだと、あなたに話したのはいつでしたか？」

ベラはその質問も待ちかまえていた。「あの日の朝です。あの木曜日、七月十五日です」

「賛成したのですか？」

「いいえ、してません。アッシュさんに断ると言って忘れるだけにしとくべきだと思ったんです。わざわざ面倒を起こすようなものだし、処罰を受けるかもしれないって言いました。でも、マリーはロビーナ・キーンにすごくこだわっていて……」ベラは肩をすくめた。「座ります？」

「いや、結構。ミス・ウェルツはどこにいるのですか？」

「今日は休みです」

「知っています。どこに行ったら見つけられますか？」

ベラは口を開けたが、閉じた。それをまた開ける。「はっきりわかりません。一分待って」こう言って、ハイヒールを鳴らしながら廊下を進んで交換台室へ向かった。二分に近かったが、また靴音を立てて戻ってくると、告げた。「ミス・ウェルツは夏の間借りているウェストチェスター郡の小さな家にいるんじゃないかって、ミス・ハートが言ってました。電話をかけて確認しましょうか？」

「はい。差し支えなければ」

ベラが部屋を出て、ぼくたちもついていった。交換台室では、他の三人が業務に就いていた。ベラ・ヴェラルディがアリスに説明し、アリスが受付の電話へ移動して、番号につなげて話をしている間、ウルフは立ったまま、窓、交換台、交換手たち、そしてぼくにしかめ面を向けた。ヘレン・ウェルツが電話に出たとアリスに言われて、ウルフは机まで行って、受話器を受けとった。

「ミス・ウェルツですか？　ネロ・ウルフと申します。ミス・ハートが説明したように、わたしはマリー・ウィリス殺害事件に関する事柄を調べておりまして、あなたにお会いしたいのです。他に約束もあるのですが、調整はできます。ニューヨークまで来るのにどれぐらいかかりますか？……無理ですか？……明日までは待てないと思います……いえ、それは問題外ですな……わかりました。午後はずっとそちらに？……結構、そのようにいたします」

ウルフは電話を切り、ぼくにウェストチェスターの家への道順を教えてほしいとアリスに頼んだ。アリスは教えてくれたが、カトナの先はものすごく複雑で、ぼくはメモ帳をとり出した。ついでに、電話番号も書きとめた。ウルフは挨拶もせずにさっさと出ていき、ぼくは丁重にお礼を言って、階段を半分おりたところでウルフに追いついた。歩道に出てから、ぼくは尋ねた。「カトナまでタクシーですか？」

「ちがう」ウルフは怒りをむき出しにして冷たく答えた。「車をとりにガレージへ行く」

ぼくらは西へ向かった。

第三章

十番街よりの三十六丁目にあるガレージのなかで、ピートが車を回してくるのを立ったまま待っているとき、案の定ウルフは言い出した。

「家まで歩いていけたな」と、きたのだ。「四分だ」

ぼくはにやりと笑った。「そのとおりです。そうくると思ってましたよ、あなたが電話をしているときにね。カトナまで行くには、車を使わなきゃならない。車を使うには、出してこなきゃならない。車を出すには、ガレージまで行かなきゃならない。ガレージは家から目と鼻の先だから、帰って先に昼食をすませてもいい。いったん家に入って、ドアに鍵をかけ、電話に出なければ、ウェストチェスター郡まで車で出かける問題については、考えなおすことができる。だから、ミス・ウェルツにはカトナまで行くと言ったんでしょう」

「ちがう。タクシーのなかで思いついた」

「そうじゃなかったと証明はできません。ただ、一つ提案があります」ぼくはガレージの事務室のドアを顎で指し示した。「あそこに電話があります。まず、フリッツに電話してください。それとも、ぼくがかけますか？」

「いいだろう」ウルフはぶつぶつと答えて、事務室のドアから入っていった。机につき、ダイヤルを回す。ほどなく、ウルフはフリッツに自分がだれでどこにいるかを説明して、いくつか質問をした。気に食わない答えが返ってきたようだ。来客にはぼくたちからの連絡はなく所在もわからないと言うようにフリッツへ指示を出し、帰るときに帰るから待っていなくていいと告げたあと、ウルフは電話を切り、電話を睨みつけてからぼくを睨んだ。

「電話が四回かかってきたそうだ。一本は裁判所の事務官からで、もう一本は地方検事局、残りの二本はクレイマー警視だった」

「やられた」ぼくは顔をしかめた。「裁判所と地方検事局は当然でしょうが、クレイマーは話がちがいます。警視の担当する殺人事件の一マイル以内にあなたがいると、警視は頭から足までかゆくなるんですよ。召喚されているあなたが歩いていなくなって、どんな疑いが警視の頭に浮かんだか、想像はつきますよね。家に帰りましょう。警視が家の正面につけた見張りが一人か、二人か、三人か、確認するのはおもしろいでしょうから。もちろん、警視はあなたの襟首をふんづかまえるはずですから、結局昼食はお預けかもしれませんね。まあ、どうでもいいことですが」

「黙れ」

「かしこまりました。車が来ましたよ」

ガレージの事務室から出ると、茶色のセダンがぼくらの前まで来て停まり、ピートが降りてきてウルフに後部座席のドアを開けた。衝突が起きたら、割れたガラスで切り刻まれるからと、ウルフは絶対に前の席には乗らないのだ。ぼくは運転席に座り、ブレーキを解除してレバーを操作し、発車させた。

昼間のその時間帯は、ウェストサイド・ハイウェイでは交通量が多すぎることもなく、その先のへンリー・ハドソン橋の北とソウミル・リバー・パークウェイもなんでもなかった。ぼくは適当な場所さえあれば思考を遊ばせることもできたが、その場所とは？　レナード・アッシュを窮地から颯爽と引っ張りあげて、ちょっとした感謝の印を手に入れるのには大いに賛成だが、その方法とは？　まったく、お話にならない。自分の事務所にある専用の快適な椅子に座っていれば、だいたいウルフは才能をうまく操れるが、法廷の硬いベンチ椅子で香水をぷんぷんさせた女にくっつかれ、立ちあがって家に帰ることができないと承知している状態では制御を失って、今や八方ふさがりだ。計画を中止して法廷に戻り謝ることはできない、とんでもない強情っ張りなのだから。家にも帰れない。あてのない追いかけっこのためにカトナまで行けない可能性だってあるのだ。後ろから近づいてくる高速道路警察のパトカーをバックミラーで確認し、ぼくは唇を引き結んだ。パトカーがそのまま進んで、追い越していったときには、ほっとしてため息が漏れた。たかが証人一人の無断外出のために非常警報を出すのはいくらなんでもやりすぎだろうが、クレイマーがウルフをどう思っているかを考えれば、非現実的とも言い切れない。

ホーソーン・サークルで減速したとき、一時四十五分になって腹が減ったがそちらはどうか、とぼくからウルフに声をかけた。どこかで停車して、チーズとクラッカーとビールを手に入れろと言われたので、ちょっと先で言われたとおりにした。脇道のはずれに駐車し、ウルフはクラッカーを食べ、ビールを飲んだが、チーズは一口味見したあと断固として受けつけなかった。ぼくは味をみるには腹が減りすぎていた。

ダッシュボードの時計が二時三十八分を示し、アリス・ハートの指示に従って、ぼくは未舗装の道から轍のある細い私道へ入った。生い茂った藪の間をのろのろと進み、更地に出たところで、目の覚めるような黄色のジャガーをこすらないよう、ブレーキを踏みこんだ。左側に刈り込みの必要なちょっとした芝生があり、そこを横切るように細い砂利道が青い縁飾りのついた小さな白い家の側面にあるドアへと続いていた。ぼくが車から降りると、家の角を回って一組の男女が出てきた。前にいる一人は、ちょうどよい年頃、ちょうどよい大きさ、ちょうどよい体つきで、青い目をしていた。ジャガーとお揃いの色の髪を、黄色いリボンできれいに留めていた。

女は近づいてきた。「あなたがアーチー・グッドウィン？　ヘレン・ウェルツよ。そちらはウルフさん？　はじめまして。この人はガイ・アンガー。こっちへどうぞ。古いリンゴの木の陰で腰をおろしましょう」

二か月前に新聞で見た写真のあやふやな記憶と、ベラ・ヴェラルディの引き出しから見つけたスナップ写真では、ガイ・アンガーはさほど殺人犯らしくはみえなかったが、実物でも写真以上の評価はつかなかった。大きな丸顔に小さいずるそうな目で、薄っぺらすぎる感じだ。灰色のスーツは裁断のしかたを心得ているだれかに仕立てられていて、片側が若干さがった肉づきのいい肩にぴったり合っていた。口は、思い切り開けたとしたら、親指がちょうど入るくらいの大きさになるんじゃないだろうか。

リンゴの木は植民地時代からのもので、風で落ちた実が周囲に散らばっていた。ウルフは前の年に白く塗られた小板の椅子を睨みつけたが、それに座るかしゃがむかだったので、なんとか体を納めた。ヘレン・ウェルツは四種類の飲み物をあげて好みを尋ねたが、ウルフは結構ですと他人行儀に冷たく断った。ヘレンにひるんだ様子はなかった。向かいの椅子に座り、ウルフに明るく親しみのこもった笑顔を向け、ぼくにも生き生きとした青い目でちらりと視線をくれた。

「電話では口を挟む隙もくれなかったでしょ」ヘレンは言ったが、文句ではなかった。「無駄足を踏ませたくなかったのに。あの恐ろしい事件、マリーになにが起こったかは、なにも話せないの。本当に、なんにも知らないから。船で河口に出かけてました。アリスはそう言わなかった？」

ウルフは唸った。「わたしが求めているのはそういった情報ではないのですよ、ミス・ウェルツ。アリバイ調べのような決まり切ったことは、警察が間違いなく適切に確認しているでしょうから。警察の興味の範囲内においてですがね。わたし自身は遅れて――手遅れではないことを願っていますが――興味をかきたてられたもので、攻撃は奇襲でなければなりません。例えば、アンガーさんはいつここに到着したのですか？」

「どうして、ガイはただ――」

「いや、ちょっと待った」アンガーは隣のテーブルに置いてあった飲みかけのハイボールをとりあげ、両手の指先で持っていた。声は予想に反して甲高くはなく、深みのあるバリトンだった。「ぼくのことは無視してください。ただの傍観者ですよ、偏見のない観察者とは言えませんけどね。ミス・ウェルツに思い入れがあるんです、ミス・ウェルツのほうで差し支えなければですが」

ウルフはアンガーに目もくれなかった。「ミス・ウェルツ。アンガーさんがここに到着した時間を尋ねた理由を説明しましょう。逐一ご説明します。六十九丁目の現場に行って、ミス・ハートとミス・ヴェラルディと話をしたとき、わたしは礼儀作法においても重要性においても受け入れがたい存在でした。二人はわたしを鼻であしらい、出ていけと命じるのが当然だったのに、そうしなかった。明らかに恐れていた。わたしはその理由を探りだすつもりです。あなたは理由を知っているのでしょう。また、わたしがあそこを出たあと、ミス・ハートが再度電話をしてきて状況を説明し、わたしをどう扱うのが一番よいか、話し合ったのだと思います。そしてミス・ハート、あるいはあなたがアンガーさんに電話をした。アンガーさんはわたしの到着前にここへ駆けつけるほどの関心があった。当然、わたしはその点を重要視しています。わたしの疑いをさらに裏付けることに——」

「その点は忘れてください」アンガーが割って入った。「あなたがここに向かっていると聞いたのは十分前、ここに着いたときです。ミス・ウェルツは今日の午後ここに来ないかと、昨日誘ってくれたんです。カトナまで列車に乗り、それからタクシーで来ました」

ウルフはアンガーに目を向けた。「それに対して反論はできません、アンガーさん。ただし、わたしの疑念を払拭することはありません。逆ですな。あなたが遠慮してくれれば、ミス・ウェルツとの話はより早く終わるでしょう。二十分では？」

「同席したほうがいいと思う」

「では、口を出して、話を長引かせないでいただきたい」

「きちんとしてよ、ガイ」ヘレンはアンガーをたしなめ、ウルフに笑いかけた。「わたしの考えだけど、ガイは自分の頭のよさを見せたかっただけなのよ。ネロ・ウルフが来るって教えたときの言いぐさ、聞かせたかった！　ウルフさんは頭がいいので有名なんだろうけど、自分はそうじゃない。それでもウルフさんが頭のよさを証明するのを聞きたいとかなんとか。わたしは頭がいいふりなんてしない。ただ怖かっただけ」

「なにが怖かったんですか、ミス・ウェルツ？」

「あなたよ！　ネロ・ウルフが絞りあげにくるとわかって、怖がらない人なんている？」ヘレンはウルフに訴えた。

「助けを呼ぶほどではないでしょう」ウルフは情にほだされはしなかった。「あなたのように、突っぱねる、という選択肢があるときに、そこまでするはずがない。なぜ突っぱねないのですか？　なぜわたしを我慢するのです？」

「そう、それが問題」ヘレンは笑った。「理由を教えてあげる」こう言って立ちあがると、一歩前に出て手を伸ばし、ウルフの肩を撫で、次に頭の天辺を撫でた。「名探偵ネロ・ウルフに触る機会を逃したくなかったの！」もう一度笑って、テーブルに移動し、結構な量のバーボンを注ぐと、椅子に戻った。そしてたっぷり半分をあおり、身震いする。「ブルルル。そういうわけなのよ！」

アンガーはヘレンにしかめ面を向けていた。ヘレンの神経がナイフの刃のように鋭く尖った境界上でふらついていると気づくのには、ネロ・ウルフの、いや、ガイ・アンガーの頭脳さえ必要なかった。

「ですが」ウルフは冷たい口調で続けた。「わたしに触っても、あなたはまだわたしに我慢をしている。もちろん、レナード・アッシュがマリー・ウィリスを殺したとの仮説をわたしが退け、間違いだと証明するつもりでいることは、ミス・ハートが説明したでしょうな。一連の型にはまった質問をするにはもう遅すぎるわけです。いずれにしても、そういった質問は、一方では警察と地方検事で、他方ではアッシュ氏の弁護士により十二分に適切な調査をされたことでしょう。アッシュ氏の無実の証明は期待できないのですから、こちらで望みうるのは、アッシュ氏の有罪に合理的な疑問を打ちたてることです。あなたはその手がかりを提供できますか？」

「もちろん、できません。どうやってわたしが？」

「一つのやりかたとしては、動機と機会のあった他の人物を示すことでしょうな。殺害方法は問題になりません。プラグのコードは、手近な場所にあった。心あたりはありますか？」

ヘレンはクスクスと笑い、そして、愕然とした。たぶん、殺人事件について笑っている自分に愕然としたんだろう。「すみません」と謝った。「だって、あなたはおかしいんですもの。地方検事局じゃ、わたしたちを呼びつけたのよ。ねちねち文句を言って、マリーとその知り合い全員について根掘り葉掘り質問して。もちろん、アッシュっていう人以外にマリーを殺した可能性のある人がいるかどうか、はっきりさせたかったんでしょう。でも、今はアッシュを殺人罪で裁判にかけてるじゃない？　有罪にできると思ってなかったら裁判にかけたりはしないはずよね。そんなときにあなたが来て、二十分でわたしからなにか聞き出そうとしてる。あなたみたいな有名な探偵が、おかしいでしょ？　わたしはそう思うけど」

ヘレンはグラスをとりあげて飲み干し、震えを押さえようとぐっと体に力をこめて立ちあがり、テーブルに向かった。ガイ・アンガーが手を伸ばして、ヘレンより先にボトルをつかんだ。「もう充分だろ、ヘレン」むすっとした口調で言う。「かっかするなよ」ヘレンは一瞬アンガーに目を向け、グラスを相手の膝に落とすと、自分の椅子へ戻った。

ウルフはヘレンをじっと見つめていた。「ちがいますよ、ミス・ウェルツ」と言う。「ちがいます、あなたから二十分で新事実を引き出そうとは思っていませんでした。わたしの求める最大の収穫は、あなたたちは暴露されたくない知識を共有しているという確信への裏打ちだったのです。それは手に入った。ですから、仕事にかかります。正直なところ、あまり楽観はしていません。わたしの財産――時間、思考、金、労力――を無駄に費やし、半ダースの有能な探偵の協力を仰いだあげく、あなたがたがそんなにも気にかけている事柄がマリー・ウィリスの殺害とはなんの関係もなく、従ってわたしにはなんの役にも立たず、なんの関心もないことだと判明する可能性も大いにあるのです。しかし、内容を知るまで、わたしには判別がつかない。だから、知るつもりです。発見のためのわたしの手法があなたや他の人に不都合をきたす、もしくはもっと悪い結果となると考えているなら、今すぐ話すことをお勧めします。おそらくは——」

「話すことなんて、なにもありません！」

「意味がわからん。あなたはヒステリーを起こす瀬戸際だ」

「ちがいます！」

「かっかするなよ、ヘレン」ガイ・アンガーはずるそうな小さい目でウルフをじっと見据えた。「ちょっと、腑に落ちないな。ぼくの理解しているところでは、あなたの狙いはレナード・アッシュの殺人罪からの出口だ。それでいいですか？」

「はい」

「それだけ？」

「そうです」

「アッシュの弁護士に雇われているんですか、差し支えなければ教えてほしい」

「いえ」

「では、だれに？」

「だれにも。アッシュ氏の有罪への疑念を持ちながら、検察の証人となる自分の役割に嫌悪感をつのらせたのです」

「なぜ有罪を疑うんです？」

ウルフの肩が何分の一インチかあがり、元に戻った。「本能的直感。相反する事実」

「わかりました」アンガーは突き出す必要のないちっぽけな口を突き出した。「山を張っているわけだ」そして、身を乗り出した。「よく聞いてくれ。それがあなたの権利じゃないって言ってるんじゃない。ただ、当然ながら、あなたにはなんの資格もないわけだ。だれにも雇われていないと認めたんだから。それでも、そちらが徹底的に調べると決めたなら、ミス・ウェルツがあなたに消えろと言ったところで、うるさく言うのが終わるわけじゃないだろう。ミス・ウェルツは殺人に関してあなたが質問したいことにはなんでも答える。ぼくもだ。警察と地方検事には話したんだから、あなたに話していけない理由はない。ぼくを容疑者として考えている？」

「はい」

「わかりました」アンガーは体を戻した。「マリー・ウィリスにはじめて会ったのは、一年くらい前です。一年ちょっと前かな。何度か一緒に出かけました。月に一回くらい。それからもう少し回数を増やして、夕食や映画に出かけました。婚約はしてませんでした。そんなんじゃなかったんです。六月の最終週、マリーが死ぬちょうど二週間前、彼女の休暇に、四人でぼくのボートを利用して船旅に出かけました。ハドソン川水系をのぼってシャンプレーン湖まで。他の二人はぼくの友人で、男一人と女一人……名前を聞きたいですか？」

「いえ」

「まあ、そのせいでぼくは殺人の構図に入りこんだわけです。一週間の旅にぼくの船で出かけたのがごく最近だからと。なんてことなかったんです。ただ、楽しく過ごそうと出かけただけなんですよ。なのに、マリーが殺されたら、警察は当然のようにぼくを有力な容疑者とみなしたんです。マリーとぼくとの関係には、彼女を殺したいと思わせるようなことは一切ありませんでした。ご質問は？」

「ありません」

「だいたい、仮に警察が動機を探しあてたとしても、行き詰まっていたでしょう。七月十五日の夜、ぼくは絶対にマリーを殺さなかったんですから。その日は木曜日で、午後五時に船でハーレム川から河口へ出て、夜の十時にはニューヘイブンに近い係留地の船内で寝ていたんです。友人のラルフ・インガルスと奥さん、ミス・ヘレン・ウェルツが一緒でした。もちろん、警察が裏をとりましたが、あなたは警察のアリバイ確認の方法を好まないかもしれませんね。なんでしたら、どうぞご自分で調べてください。ご質問は？」

「一つか二つ」ウルフは板の上で尻をずらした。「ご職業は？」

「はあ？　新聞も読んでないんですか？」

「いえ、読みましたよ。ただ、何週間も前のことですし、わたしの記憶では、漠然としていましたので。たしか〝仲介業者（ブローカー）〟とか。株式の仲買人ですか？」

「いや、もっと自由なんです。ほとんどなんでも扱います」

「事務所はお持ちですか？」

「必要ないので」

「例の会社、バグビー電話応答会社と関係のある人物のために、なんらかの商取引を扱ったことはありますか？　どんな種類でも？」

アンガーは首をかしげた。「おや、おかしな質問ですね。なぜそんなことを訊くんです？」

「肯定的な答えが返ってくるのではと思うので」

「どうしてです？　ただの好奇心ですが」

「いや、アンガーさん」ウルフは片手をあげた。「わたしの噂を耳にしているようですから、たとえグッドウィン君が運転手でも、わたしが車に乗るのを忌み嫌っていることをご存じかもしれませんな。わたしがこの遠出をまったくの当てずっぽうで決行したと思うのですか？　質問に答えづらいのであれば、答えないでください」

「答えづらくはありません」アンガーはテーブルに向き直り、グラスにバーボンを一インチと水差しから水を二インチ注いで、二回かき混ぜ、一口飲んだ。もう一口飲んで、ようやくグラスをおろし、またウルフに顔を向けた。

「いいか」口調が変わった。「この事件は一から十までばかばかしい。あんたはどこかでおかしな考えを仕入れたんだろうが、どんな考えか見当もつかないね。あんたと二人で話したい」アンガーは立ちあがった。「ちょっと歩こう」

ウルフは首を振った。「立ったままの会話は好みません。証人のいない場でなにかを話したいのなら、ミス・ウェルツとグッドウィン君に席をはずしてもらえます。アーチー？」

ぼくは立ちあがった。ヘレン・ウェルツは顔をあげてアンガーを見やり、次にぼくを見て、ゆっくりと椅子から腰をあげた。「あっちへ行って、花を摘もうか」ぼくは誘った。「アンガーさんは、ぼくに姿は見えるけど声の聞こえないところにいてほしいだろうから」

ヘレンは動いた。ぼくらは落ちたリンゴの実の間を進み、もう二本の木を通過して、草などが膝の高さまで伸びている原っぱに入った。ヘレンが先に進んでいく。「アキノキリンソウはわかるけど」ぼくはヘレンの背中に話しかけた。「あの青いのはなんだい？」

答えはなかった。さらに百ヤード進んだところで、ぼくはもう一度声をかけてみた。「アンガーがメガホンを使わないんなら、ここで充分なんじゃないか」

ヘレンは足を止めなかった。「これが最後だ」ぼくは告げた。「この状況でウルフさんに飛びかかるなら頭がおかしいのは認めるけど、実際にアンガーはおかしいかもしれない。殺人事件にかかわっている人間はなんだってできるって、とっくの昔に学習してるんでね」

ヘレンはくるりと振り返った。「ガイは殺人事件にかかわっていないから！」

「ウルフさんが調べを終える前に、かかわることになるさ」

ヘレンは草のなかに乱暴に腰をおろして足を組み、両手に顔を埋めて震えはじめた。ぼくは立ったまま見おろしながら、ふさわしい効果音が聞こえてくるのを待ったが、聞こえてこなかった。ヘレンはただ震えているだけだった。まともじゃない。三十秒ほどしてぼくは目の前にしゃがみ、ヘレンのむき出しの足首をぐっとつかんで、きっぱりと言い渡した。

「そんなんじゃだめだ。口を開いて、吐き出せよ。大の字になって、足をばたばたさせて、悲鳴をあげるんだ。ぼくのせいだと思ってアンガーが助けに駆けつけてきたら、やつを殴る口実になる」

ヘレンはなにかぶつぶつ言った。手が邪魔してよく聞こえない。が、どうやら、「神さま、お願い」と言ったらしい。体の震えが小さくなり、やがて止まった。改めて口を開いたときには、声はずっとよく聞こえた。「痛いんだけど」ヘレンの感想に、ぼくは足首をつかんでいた手を緩めた。ほどなくヘレンが両手をおろして顔をあげると、ぼくは手をはずした。

顔は赤かったが、目は乾いていた。「ねえ」ヘレンは言った。「あなたがわたしをしっかり抱きしめて、『大丈夫だよ、ヘレン。ぼくが全部片づけるから任せておけ』って言ってくれたら最高なのに。ああ、そうだったらいいのに！」

「やってみるかもしれない」ぼくは申し出た。「なにを片づけなくちゃいけないのか、事情を教えてくれたらね。しっかり抱きしめるのは、問題ないよ。それで、どんな事情？」

ヘレンはぼくの申し出を無視した。「本当に」怒っているような口調だった。「わたしって、ばか！車、見たでしょ。ジャガー」

「ああ、見たよ。すごいな」

「燃やそうと思うんだけど。どうやったら車に火をつけられる？」

「ガソリンをかける。車内にまんべんなく。で、マッチを放りこんで、急いで飛びのく。保険会社に説明するときには気をつけろよ、へたすりゃ刑務所行きだ」

また無視された。「車だけじゃなかった。他のものもあった。手に入れなきゃならなかったの。なぜ自分に男の人を手に入れなかったのかな？　一ダースも手に入れられたのに。ちがう。自分にじゃない。なにもかも自分でやるつもりだった。あれはわたしのジャガーになるはずだった。それが、今こんなことに。で、あなた、わたしが見たこともなかった人がいて……あなたが黙ってわたしを引きとってくれたら、どんなにいいかな。注意しておくけど、あなたは訳ありを手に入れることになるの！」

「そうなるかもしれない、もしかしたらね」ぼくは思いやりをこめたが、遠慮なくこう言った。「自分が損な買い物だなんて、決めつけるなよ。訳ありってなんだい？」

ヘレンは首をねじ曲げて原っぱの向こうの家を見やった。ウルフとアンガーはリンゴの木の下で椅子に座っており、声を潜めているようだ。なにも音がしない。ぼくは耳がいいのに。

ヘレンは視線をぼくに戻した。「あれははったりなの？　わたしたちを怖がらせて、なにか引き出そうとしてるだけ?」

「いや、そういうわけでもないな。ウルフさんが恐怖でなにかを引き出すなら、結構だ。それがだめなら、地道に手に入れていくだろうね。手に入れるものが存在すれば、ウルフさんは手に入れる。きみが解放したくないものの蓋に座りこんでいるなら、ぼくとしてはどくことを勧めるよ。早いほうがいい。じゃないと、けがするかもしれない」

「けがならもうしてる」

「じゃあ、もっとひどいけがだな」

「そうかもね」ヘレンは青い花の一本に手を伸ばし、花だけをちぎりとった。「この花の名前を訊いてたわよね。ワイルドアスター。わたしの瞳と同じ色」指で花を潰し、捨てる。「自分がなにをするつもりか、もうわかってる。一緒にここまで歩いてきながら決めたの。今、何時?」

ぼくは腕時計を見やった。「三時十五分」

「そうね、四時間……五時間かな。九時頃、ニューヨークのどこでネロ・ウルフに会える?」

長年の習慣でぼくは事務所と言いかけたが、そこは立ち入り禁止なのを思い出した。「住所と電話番号は電話帳に載ってる」と説明する。「ただ、今夜はいないかもしれない。電話をかけて、フリッツを呼んでくれ。で、自分はハートの女王だと言うんだ。そうすれば、ウルフさんの居場所を教えてもらえる。ハートの女王だと名乗らなければ、フリッツはなにも答えないよ。ウルフさんは外出中に邪魔をされるのが大嫌いだからね。でも、時間と手間を省いたらどうだい? ウルフさんになにか話すと決心したんだろう、あそこにいるよ。行こう、今話すんだ」

ヘレンは首を振った。「だめ。そんな勇気、出ない」

「アンガーのせいかい？」

「そう」

「アンガーはウルフさんと二人きりで話したいって頼んだんだ、こっちだってかまわないだろう？」

「勇気が出ないって言ったでしょ！」

「いったん出ていって、アンガーが帰り次第戻ってくるよ」

「ガイは帰らないの。一緒に車でニューヨークへ行くことになってる」

「じゃあ、テープに録音しろよ。ぼくをテープ代わりに使えばいい。記憶力は折り紙付きだ。一言一句そのままにウルフさんに復唱する、保証するよ。それなら、今夜きみが電話したときには、ウルフさんには時間の余裕が――」

「ヘレン！　おい、ヘレン！」アンガーが呼んでいた。

ヘレンは早々に立ちあがろうとしていた。ぼくは立って、片手を差し出した。原っぱを通って家に向かっているとき、囁き声より少しだけましな感じでヘレンが言った。「もししゃべったら、わたしは否定する。話すの？」

「ウルフさんには話す。アンガーには話さない」

「話しても、わたしは否定するから」

「じゃあ、話さないよ」

ぼくらが近づいていくと、二人は椅子から立ちあがった。顔つきを見た限りでは、相互不可侵条約には署名しなかったようだが、戦闘の傷跡もなかった。ウルフが言った。「アーチー、ここは片づいた」そして、その場を離れていく。他にはだれも口をきこうとしなかったため、やや気まずい雰囲気だった。ウルフを追って家の角を回り、更地に出た。ジャガーをこすらずに向きを変えるにはかなりの手間がかかりそうで、車をバックで出して藪の間を抜け、未舗装路まで戻らなければならなかった。そこで、来たときの方角へ向かうために、さらにハンドルを切りながらさがった。

半マイルほど走ったところで、ぼくは後部座席の乗客へ呼びかけた。「ちょっと話があるのですが」

「どこかで駐めろ」ウルフは必要以上に大きな声で命じた。「これでは、話はできない」

ちょっと進んだところで、道路脇の木の下に手頃な場所があり、ぼくは車を寄せて、駐めた。

座席で体をひねって、ウルフに向き直る。「ちょっとした手がかりがありましたよ」ぼくはヘレン・ウェルツについて報告した。ウルフは顔をしかめはじめ、話が終わった頃にはものすごいしかめ面になっていた。

「けしからん」ウルフは怒鳴った。「ミス・ウェルツは恐慌状態だった。だんだん落ち着いてくるだろう」

「かもしれませんね」ぼくは認めた。「だとしたら？　戻ってやりなおしますよ、あなたが台本を書いてくれるならね」

「くだらん。わたしならもっとうまくやれたと言っているわけではない。きみは見苦しからぬ若い女性の権威だ。あの女はなんとか切り抜けようと恐慌状態に陥っている殺人犯なのか？　でなければ、なんなのだ？」

ぼくは首を振った。「判断は遠慮します。たしかに切り抜けようとはしていましたが、なにからかについては当てずっぽうの選択肢を六つ出すことになりますね。アンガーの内密な望みってなんだったんですか？　やっぱり切り抜けようとしていたんですか？」

「そうだ。金を申し出た。五千ドルだ。そのうちに一万ドルになった」

「なんのために？」

「はっきりとは説明しなかった。捜査に対する手付け金だ。頭のいい人間にしては、その点はお粗末だった」

「へえ」ぼくはにやりと笑った。「前からよく思っていたんですが、あなたはもっと外回りをするべきですよ。正義のために法廷を出たのはたった五時間前なのに、もう一万ドルの依頼を引っ張りだしてきたじゃないですか。もちろん、殺人事件とはなんの関係もないのかもしれませんけど。なんて答えたんです？」

「わたしを買収しようとすることに立腹し、軽蔑していると答えた」

ぼくは両方の眉をあげた。「アンガーは恐慌状態だったんですよ。だんだん落ち着いてくるでしょう。どうして引き受けるふりをしなかったんです？」

「それには時間がかかる、わたしに時間的余裕はまったくなかった。明日の朝には出廷するつもりだと話しておいた」

「明日？」ぼくは目を見張った。「いったい、なにをお土産にですか？」

「最低でも、陽動作戦だ。ミス・ウェルツの恐慌状態が続けば、おそらくもっといい材料が入るだろう。ただ、アンガー氏と話していたときは、そのことは知らなかったが」

ぼくは話をざっと再検討してみた。「そうですか」結局、こう言った。「あなたは大変な一日を過ごした。で、もうすぐ日が暮れて夕食、就寝の時間になる。明日法廷に戻ると決心すれば、家に帰れる。わかりました、五時には家に到着するようにします」

ぼくは背を向けて、イグニションキーに手を伸ばしたが、触れるか触れないかでウルフに止められた。「家に帰るのではない。クレイマー警視が一晩中見張りを立てているだろう。おそらく逮捕状を持たせて。そんな危険を冒すつもりはない。ホテルも考えてみたが、それも危険かもしれない。それに、ミス・ウェルツが面会を求めてくる可能性がある以上、問題外だ。ソールの家は便利な場所にあるのか?」

「はい。ただ、ベッドが一台しかありません。リリー・ローワンのペントハウスには部屋がたくさんありますし、歓迎してくれるでしょう。特にあなたは。リリーに香水をかけられたときのことは、覚えていますよね」

「覚えている」ウルフの口調は冷たかった。「ソールの家でなんとかするんだ。それに、するべき仕事があるから、ソールが必要になるかもしれない。言うまでもなく、まずはソールに電話だ。車を出せ。ニューヨークだ」

ウルフは手すり(シートストラップ)につかまり、ぼくはエンジンを始動させた。

第四章

指の数より長い年数、殺人課のクレイマー警視はせめて一晩でもウルフをぶちこむことを夢見ている。あの日はあと一歩のところだった。ぼくが十セント余分に投資していなければ、クレイマーは夢を叶えていただろう。ワシントンハイツにあるドラッグストアの電話ボックスから、ソール・パンザーとフリッツに電話したあと、ぼくは『ガゼット』紙の事務所へ電話して、ロン・コーエンをつかまえた。ぼくの声を聞くなり、ロンは言った。「おやおや、独房から電話かい?」

「ちがうよ。ぼくが居場所を教えたら、そっちも共犯者だぞ。ぼくらがいないことは報道されてるのか?」

「もちろん。ニューヨークじゃ一騒ぎあった。怒り狂った群衆が裁判所を破壊したよ。ウルフの写真はかなりいいのを掲載してるんだが、きみのは新しいのが必要だ。写真室に寄れるかな、五分でどうだ?」

「いいとも、喜んで。だけど、賭けのけりをつけるために電話してるところなんでね。ぼくらに逮捕状は出てるのか?」

「おっしゃるとおり、出てるよ。コルベット判事は昼食後、真っ先に署名したんだ。聞けよ、アーチー。記者を一人そっちへ……」

ぼくは恩に着るよと言って、電話を切った。その十セントを投資せず、逮捕状が出ていることを知らなければ、東三十八丁目のソールの住所へ向かうとき、特別な警戒はせず、パーリー・ステビンズ巡査部長と正面衝突していただろう。そうなれば、その夜どこで過ごすかという問題は、ぼくらの手を離れてしまったはずだ。

そろそろ八時だった。ウルフとぼくは百七十丁目にある小さなみすぼらしい店で、チリコンカルネを、それぞれ三人前腹に収めていた。この店のディキシーという男は作りかたを心得ているのだ。それから、ぼくは少なくとも十二回は電話をかけて、レナード・アッシュの弁護士、ジミー・ドノヴァンをつかまえようとしていた。緊急の用があるとのネロ・ウルフの伝言と連絡できる電話番号を残せれば苦労しないですんだのかもしれないが、現実的ではなかった。弁護士は宣誓した法律の僕(しもべ)だし、ウルフに、もちろんぼくにも逮捕状が出ていることを知っている。というわけで、ドノヴァンはつかまらず、車の波のなかで東三十八丁目をのろのろと進むとき、バックミラーに映ったウルフのしかめ面はその場の雰囲気を少しも明るくしてはくれなかった。

ぼくの計画では、レキシントン・アベニューと三番街の間にあるソールの家の前でウルフを降ろし、ぼくは車を駐める場所を見つけてから落ち合うつもりだった。が、ハンドルを切ってブレーキに足を置いたちょうどそのとき、見覚えのあるごつい肩を歩道で見かけて、ブレーキからアクセルへと足を移し、そのまま進んだ。運よく距離があって三番街は青信号だったので、通過して、通行の邪魔にならずに停車できる場所を見つけてから、後部座席を振り返った。「そのまま通過しました。ソールには会いたくないという結論になったので」

「たしかにな」ウルフは不機嫌だった。「なんの悪ふざけだ?」

「悪ふざけじゃありません。ちょうどパーリー・ステビンズ巡査部長が玄関から入っていくところだったんです。暗くて助かりました、じゃなければ見つかっていたでしょう。さて、どこへ？」

「ソールの家の玄関か？」

「はい」

ちょっと沈黙があった。「おもしろがっているんだな」ウルフは苦虫を噛みつぶしたみたいだった。

「そんなわけないでしょう。ぼくは正義の手から逃走中です、今夜はポログラウンドで野球観戦の予定だったのに。さて、どこへ？」

「いい加減にしないか。ソールにはミス・ウェルツのことを話してあるんだな」

「はい。フリッツには、ハートの女王が電話をかけてきたらソールの番号へかけてもらう手はずを説明してあります。ソールには、あなたが青い蘭（青い蘭はきわめて珍しい）よりミス・ウェルツと二人きりで過ごす一時間を選ぶだろうと話してあります。相手がソールですからね」

また沈黙。ウルフは口を開いた。「ドノヴァン氏の自宅の住所はわかっているんだな」

「はい。東七十七丁目です」

「車でそこへ行くのにどれくらいかかる？」

「十分です」

「行け」

「わかりました。座席にもたれて、おくつろぎください」ぼくは車を出した。

夜のその時間には、九分しかかからなかった。マディソン・アベニューとパーク・アベニューの間のその区画で、ちょうど駐車できる場所が見つかった。問題の住所に向かって歩いているとき、警官に二度見されたが、ウルフの図体と身のこなしは、特に奨励されていなくても、そんなふうに視線をひきつけるだけの力はある。ぼくが神経質になっているだけなのだ。玄関には日よけがあり、ドアマンがいて、ロビーには敷物があった。ぼくはさりげなく、「ドノヴァン。約束がある」とドアマンに言ってみたが、追いすがられた。

「かしこまりました。ですが、命令を受けておりまして……失礼ですが、お名前は？」

「ウルフ判事」ウルフが答えた。

「少々お待ちください」

ドアマンはドアの向こうへ消えた。戻ってくるまでに少々の五倍くらい長くかかって、もの問いたげな様子だったが口には出さず、ぼくらをエレベーターへ案内した。十二のBです、と告げられた。

十二階で降りると、Bを探す必要はなかった。ホールの突きあたりにあるドアが開いていて、戸口にジミー・ドノヴァン本人が立っていた。ワイシャツ姿だが、ネクタイはない。最強の弁護士より、門番のようにみえた。いきなりこう言ったときは、いっそうそんな感じだった。「あんたか、ええ？これはなんの悪ふざけだ？　ウルフ判事だと！」

「悪ふざけではありません」ウルフの口調は丁寧だったが、冷たかった。「野次馬の好奇心を回避しただけです。あなたに会う必要があった」

「わたしには会えない。不適切きわまりないじゃないか。そちらは検察側の証人だ。おまけに、逮捕状が出されている。この件は通報する必要がある」

まさにそのとおりだった。ドノヴァンがするべき唯一のことは、ドアをぼくらの目の前で閉めて、電話まで行き、地方検事局に連絡することだ。そうしなかった理由をぼくは一つ考えてみたが、それで充分だった。ウルフの狙いがなんなのかを知るためなら、ドノヴァンはシャツを提供して、ネクタイをおまけにつけただろう。ドノヴァンはドアを閉めなかった。

「わたしがここにいるのは」ウルフは言った。「検察側の証人としてではない。証言に関してあなたと議論するつもりはありません。ご承知のとおり、あなたの依頼人、レナード・アッシュはわたしを雇いたいと七月に面会に来た。そして、わたしは断った。その日、アッシュ氏が話した内容に関していくつか事実に気づいたのですが、わたしとしては本人もそのことを知っておくべきだと考えています。ですから、アッシュ氏に話したい。これ以上あなたにお話しするのは不適切になると思うが、相手が本人なら話は別だ。アッシュ氏は第一級殺人罪で裁判にかけられているのですから」

ドノヴァンの目の奥で頭脳が働いている様子が見えるような気がした。「どうかしてるんじゃないか」ときっぱり言う。「アッシュ氏に会えないことくらい、百も承知だろうに」

「あなたが手配してくれれば、会えます。そのために、ここにいるのです。あなたはアッシュ氏の弁護士だ。明日の早朝で結構、開廷前に。お望みなら、もちろん立ち会うことはできます。ですが、あえて立ち会わないのでしょうな。面会時間は二十分で間に合うでしょう」

ドノヴァンは唇を嚙んでいた。「アッシュ氏になにを話したいのか、わたしには尋ねることができない」

「わかっています。明日まで、あなたが反対尋問を行える証言台に立つつもりはありませんので」

「だめだ」弁護士は目を細めた。「だめだ、断る。面会の手配はできない。問題外だ。話をしているべきではない。この件は朝になったらコルベット判事に報告するのがわたしの義務だ。おやすみ」

ドノヴァンはさがり、ドアを閉めた。が、乱暴に閉めたわけではない。礼儀正しいものだ。ぼくらはエレベーターを呼んでさがり、外に出て車に戻った。

「ソールに電話するんだ」ウルフが言った。

「はい。朝になったら判事に報告するとの発言ですが、今すぐ地方検事に電話するつもりはないという意味でしょう。ですが、気が変わるかもしれません。電話の前に数ブロック移動したいのですが」

「結構だ。ミセス・レナード・アッシュのマンションの住所は知っているか？」

「はい。七十三丁目です」

「そちらへ向かえ。ミセス・アッシュに会わなければならない。きみが電話して、手はずをつけるといいだろう」

「今ですか？」

「そうだ」

「それなら簡単なはずです。きっとロビーナ・キーンは、見知らぬ私立探偵二人が家に来てくれないかと祈りながら座ってるところなんでしょうよ。ぼくはグッドウィン判事にならなきゃいけないんですか？」

「いや、ちゃんと名乗る」

パーク・アベニューをダウンタウンに向かって進み、七十四丁目で東の三番街へ入り、一ブロックくだって七十三丁目で西に戻った。ぼくはロビーナ・キーンへの接近方法を考えた。具体的に指示しなかった以上、ウルフはぼくに任せたのだ。つまり、ぼくの問題だ。手のこんだ計略を二つ考えだしたが、レキシントン・アベニューとマディソン・アベニューの間で一台分だけ空いていた場所で車をうまく歩道際へ寄せたときには、一番単純な方法が最適だと腹を決めていた。ウルフになにか提案はあるかと確認し、ないと言われたあと、ぼくはレキシントン・アベニューへ歩いていき、ドラッグストアで電話ボックスを見つけた。

最初にソール・パンザーへ電話をした。ハートの女王からの連絡はなかったが、ヘレンは九時頃と言っていたし、今はまだ八時四十分だった。パーリー・ステビンズ巡査部長はやってきて、帰った。警察はネロ・ウルフの失踪に関心を持っている。殺人事件の重要な証人だからだ。なにかあったのではないかと懸念している。アーチー・グッドウィンも一緒に姿を消したから、なおさらだ。ステビンズが口にしたのは、以上だ。ウルフは事件をこんがらかせると心に決めて法廷をてくてく歩いて出ていったのではないかとクレイマー警視が疑っていて、一刻も早く捕まえたがっている。ステビンズが口にしなかったのは、以上だ。ウルフからソールへ連絡はあったか、どこにいるのか知っているのか？　ウルフとグッドウィンにはともに逮捕状が出ている。もちろんソールはないと答え、パーリーはとげのある言葉を少し吐いて、出ていった。

ぼくはもう一つの番号へ電話をした。女の声が聞こえ、ぼくはミセス・アッシュと話したいと告げた。ミセス・アッシュは休んでいて電話口まで来られない、と声は言った。ぼくはネロ・ウルフの代理で、緊急かつ重要な用件だと言った。ミセス・アッシュはなにがあっても電話に出られない、と声は言った。ぼくがネロ・ウルフの名前を聞いたことがあるかと尋ねたところ、声はもちろんあると言った。ならばそのウルフさんがミセス・アッシュにすぐに会わなければならなくて五分で到着可能だと伝えてくれと、ぼくは言った。電話で話せるのは以上で、ウルフさんに会わなければ一生後悔することになるとだけ付け加えた。声はこのまま待っていてくれと言った。それきりあんまり戻ってこなかったので、ぼくは手のこんだ計略を試しておけばよかったと思いはじめた。が、少し空気を入れようと電話ボックスの扉の取っ手に手を伸ばすと同時に、声は戻ってきて、ミセス・アッシュはウルフさんに会うと言った。ロビーの守衛にぼくらを通すように指示しておいてくれと声に頼み、ぼくは電話を切った。ボックスから出て車に戻り、ウルフに告げた。「成功しました。せっかくぼくが話をつけたんですから、うまくやったほうがいいですよ。ヘレン・ウェルツから連絡はありません。ステビンズは少しばかりばかな質問をして、それ相応の答えを手に入れただけでした」

ウルフはどうにか車から降り、目的地まで歩いていった。今回のマンションはもう少し小さくて、もう少し上品だった。上品すぎて敷物もない。ドアマンはローレンス・オリヴィエ（イギリスを代表する名優。俳優としてはじめて一代貴族となる）そっくりだったし、エレベーター係はその兄さんみたいだった。二人ともよそよそしかったが、ぼくらだけにそうしているわけではなかった。六階で降りたぼくらが呼び鈴のボタンを押し、ドアが開いて入れと言われるまで、エレベーター係は扉を開けたまま待機していた。

ぼくらを迎えいれてくれた女性はフィリス・ジェイそっくりではなく、フィリス・ジェイ本人だった。フィリスを向こう正面（オーケストラ・シート）から眺めるために四ドル四十セントもしくは五ドル五十セントを何度か払ったことのあるぼくは、もっとよい状況なら目の前でフィリスをただで見られてありがたかっただろうが、他のことで心が一杯だった。フィリスも同じだった。もちろん、演技はしていた。女優はいつもそうだから。ただ、色気のスイッチは切られていた。今の役には必要なかったせいだ。困っている友人を支える役を演じていたのだ。フィリスは役に徹して、ウルフの帽子とステッキを預かり、ぼくらを広い居間からアーチ型の出入口の先の一回り小さな部屋へ案内した。

ロビーナ・キーンは長椅子に座り、髪を撫でていた。ウルフは三歩手前で立ちどまり、頭をさげた。ロビーナは顔をあげ、蠅を追い払うみたいに頭を振り、指先を両目に押しあて、改めてウルフに目を向けた。フィリス・ジェイが言った。「ロビー、わたしは書斎にいるから」そして、ここにいてくれと言われるのを待つのにぴったりの間を置いたが、そう言われなかったので、背を向けて出ていった。ミセス・アッシュはぼくらに椅子を勧め、ぼくはウルフのために椅子を運んだあとで、少しだけ離れた場所に腰をおろした。

「ものすごく疲れてるんです」ロビーナは言った。「空っぽで、すっかり抜け殻みたい。夢にも思わなかったから……いいえ、ご用件は？　もちろん、夫に関することでしょうね？」

有名な鈴を転がすような声は生まれつきのものか、長い間多用していて生まれつきのようになっているか、そのどちらかだろう。たしかに疲れ切っている様子だが、明るい鈴のような響きはそのままだった。

「できるだけ短時間にします」ウルフは言った。「わたしがご主人に会ったことがあるのはご存じですか？　七月のある日、訪問を受けたのですが」

「ええ、知ってます。全部……今はね」

「わたしがご主人の裁判への出廷を州から命じられたのは、その日の会話について証言するためでした。今朝、法廷で呼び出しを待っていたのですが、ある考えが浮かび、精査に値すると判断しました。仮にご主人へ利益をもたらすのであれば、精査は一刻を争います。そこで、わたしは助手のグッドウィン君と一緒に徒歩で法廷を出て、その考えに一日取り組んだのです」

「どんな考え？」ロビーナは両手を握り、長椅子について体を支えていた。

「それについては後ほど。ある程度進展があり、今夜さらに進展があるかもしれません。さらなる進展の有無にかかわらず、わたしはご主人に大きな意味を持つであろう情報を持っています。無罪の証明ではないかもしれませんが、少なくとも釈放に値する充分な疑念を陪審員の心に引き起こすはずです。問題は陪審員への情報の伝達方法です。その情報を裁判所が受け入れられる証拠の形にするには、複雑かつ長期の捜査が必要でしょう。そこで、近道を考えました。近道には、ご主人と話す必要があります」

「でも、夫は……どうやって話ができると?」

「不可欠なのです。先ほど顧問のドノヴァン弁護士を訪ねて、手配を依頼しましたが、無理だろうとわかっていました。順番的にあなたより先にしただけです。あなたのところに来れば、弁護士に相談すると言い張るでしょうから、それが無益なことをすでに実証してきたわけです。わたしは法廷侮辱罪に問われ、逮捕状が出ています。さらに、検察の証人として召喚されています。被告弁護人はわたしと話すことさえ不適切で、依頼人との面会の手配をするなど問題外なのです。一方、生死のかかった裁判を受けている人物の妻であるあなたなら、弁護士のような法律の規制は受けません。顔が広く、個人的魅力もすばらしい。あなたにとって、明朝の開廷前にご主人との面談の許可を得ることは、手に負えないほど難しいことではない。不可能ではないのはたしかだ。そして、わたしを同行させることができる。二十分で足ります、いや十分でも結構。許可をとる際にはわたしのことには触れないように。そこが肝心です。単純にわたしを連れていき、結果を待つ。うまくいかなければ他にも可能な方法があります。やってくれますか?」

ロビーナは眉をひそめた。「話がみえなくて……夫と話したいだけですか?」

「そうです」

「なにを話したいの?」

「明朝、ご主人が聞くときにあなたも聞けますよ。複雑で未確定な要素がありますので。今お話しすれば、陪審員へ情報を伝達するというわたしのもくろみが危うくなるかもしれません。ですから、危険は回避します」

「でも、なにについてか教えてください。わたしのこと?」

ウルフは肩を持ちあげて大きく息を吸い、もとどおりにおろした。「とても疲れているとおっしゃいましたね、マダム。わたしも同じです。わたしがあなたに興味を持つのは、あなたがマリー・ウィリス殺害に連座していると考えた場合だけです。そして、考えてはおりません。わたしは自分の名声、自尊心、おそらく身体的自由さえも大きな危険にさらし、ご主人のために役立つはずの一歩を踏み出して、あなたの助力を求めているのです。一方、あなたにはなに一つ危険にさらすことを要求していない。あなたには失うものはないが、わたしにはある。もちろん、わたしの想定が有効ではない可能性もあります。つまり、あなたが夫に心から忠実であるか否かにかかわらず、ご主人が殺人罪で有罪判決を受けることを望んでいない、との想定ですな。わたしにはご主人を自由にする鍵を持っているとの保証はできませんが、こういった問題に関して素人ではありません」

ロビーナは落ち着きなく小刻みに歯がみしていた。「そんな可能性、わざわざ言う必要もなかったのに」鈴のような響きは消えていた。「わたしが夫に心から忠実かどうかなんて。夫はばかじゃありませんけど、ばかみたいなことをするんです。心から愛しています、わたしの望みは……」ここでまた歯がみした。「とても愛しているんです。そう、殺人罪で有罪判決を受けさせたくありません。おっしゃるとおり、わたしにはなに一つ失うものはないんです、これ以上は。でも、ご依頼のとおりにするなら、ドノヴァン先生に話さなければ」

「だめです。話してはいけません。ドノヴァン弁護士は許さないどころか、邪魔をするでしょう。これはあなた一人の問題です」

ロビーナは支えにしていた手をはずし、背筋を伸ばした。「わたし、疲れ切って生きていけない気がしていました」鈴の響きが戻ってきた。「今もそうですけど、なにかすることがあれば楽になると思うんです」長椅子から離れて、立ちあがる。「ご依頼どおりにします。おっしゃるとおり、顔は広いですし、ちゃんとやってみせます。このままもう少し進めてください、ご依頼の件は大丈夫ですから。連絡はどこへ？」

ウルフが振り返った。「アーチー、ソールの電話番号だ」

ぼくはメモに書きとめ、ロビーナに手渡した。ウルフは立ちあがった。「そこに一晩中います、ミセス・アッシュ。明朝九時まででですが、それより前にご連絡があることを望んでいます」

ロビーナの耳にウルフの言葉は届かなかったんじゃないか。ロビーナの心はするべき仕事がある嬉しさで、完全にぼくらから離れていた。一緒に玄関まで来て、見送ってくれたものの、いないも同然だった。ぼくが敷居をまたぐかまたがないかのうちに、ドアは閉められた。

車に戻り、パーク・アベニューを通ってダウンタウンに向かった。パーリー・ステビンズがソールへの二度目の訪問を思いつくとは考えにくかったが、ぼくは二ブロック離れたところで車を停めて電話をかけた。ソールは、いない、自分一人だと答えた。ステビンズが正面に見張りを立てるとはもっと考えにくかったが、ぼくは目的の家の二十ヤード手前で停車し、時間をかけてよく観察した。少し先の歩道際に空いた場所があり、ぼくはなんとか車を入れて、さらに確認してから、ドアを開けてウルフを降ろした。ウルフは道路を渡って入口のホールに入り、ぼくが呼び鈴を押した。

自分で操作するエレベーターを五階で降りると、ソールがいて出迎えてくれた。ソール・パンザーを、いつもひげそりが必要そうな大きな鼻のただの小男だと思う人もいるだろうが、ウルフとぼくを含めた残りの人はなにかを追わせたら右に出るもののいないフリーランスの探偵だと思っている。ウルフはこれまでソールの家に足を運んだことは一度もないが、ぼくは何年もの間に、三、四人の仲間うちで食うか食われるかのポーカーをする土曜日の夜を中心に、何度も来たことがある。部屋に入り、ウルフは立ったまま内部を見回した。広い部屋で、照明は床に置く背の高い明かりが二つ、卓上ランプが二つだった。壁の一面に窓があり、別の一面には本がぎっしり並んでいるが、残りの二面には鉱物の塊からセイウチの牙までなんでもごちゃごちゃと置いてある棚や絵があった。奥の隅にはグランドピアノが置かれている。

「いい部屋だ」ウルフは言った。「見事だ。喜ぶべきことだ」ウルフは、朝から見たなかで自分なりの椅子の定義に一番近い椅子へと歩いていき、腰をおろした。「何時かな?」

「九時四十分です」

「例の女から連絡はあったか?」

「ありません。ビールは飲みますか?」

「差し支えなければ、ぜひとも必要だ」

その後の三時間で、ウルフは七本のビールを片づけた。自分の分のレバーのパテ、ニシン、チョウザメ、マッシュルームのピクルス、チュニジア産メロン、三種類のチーズもきれいに処理した。ソールは浮き足立つたちではないのに、主人として目に見えて浮き足立っていた。ウルフがソールの家で食事をするのははじめてだったし、おそらくこれが最後だろうから、当然ソールはご馳走を出してやりたかったのだろう。それはかまわない。ただ、三種類のチーズはちょっとやりすぎだと思う。土曜には確実にチーズを見るのも嫌になるだろう。宿泊については、そこまですばらしい用意はなかった。主人はソールなのだから、それはソールの問題だ。で、ウルフに寝室を使わせ、ぼくが広い部屋の長椅子、ソールが床の上と取り決められた。妥当なところだろう。

ただし、午前零時四十五分になっても、ぼくらはまだ起きていた。時間はそんなにうっとうしくのろのろと過ぎたわけではない。しゃべったり食べたり飲んだり、ウルフとソールで白熱したチェッカーの試合が三回あって全部引き分けに終わったりしたからだ。それでも、ぼくらはみんなあくびをしていた。寝なかったのは、ヘレン・ウェルツから連絡がなく、まだかすかな希望を抱いていたせいだ。他の用事はすべて片がついた。日付が変わった直後、ロビーナ・キーンが電話をしてきて、ウルフに手配できたと報告した。八時半にセンター・ストリート百番地にあるニューヨーク郡刑事裁判所の九一七号室で待ち合わせとなった。ウルフに九一七号室はなんの部屋か知っているかと訊かれたが、ぼくも知らなかった。連絡のあと、ウルフはしばらく椅子にもたれ、目を閉じて座っていたが、やがて体を起こし、ソールに三度目のチェッカーの勝負の用意ができたと声をかけた。

十二時四十五分には、ウルフは椅子から立ちあがり、あくびとのびをして、宣言した。「ミス・ウェルツの恐慌状態は落ち着いたのだ。わたしは寝る」

「残念ながら」ソールは謝った。「ウルフさんに合うような寝間着はなくて。ただ、用意は——」

電話が鳴った。一番近い位置にいたぼくが振り返って、受話器をとった。「ジャクソンの四三一〇九です」

「あの……わたしはハートの女王です」

「たしかに。声でわかったよ。アーチー・グッドウィンです。今どこ？」

「グランド・セントラル駅の電話ボックス。ガイを追い払えなくて、それに……でも、そんなこと今はどうでもいいわね。そっちはどこ？」

「三十八丁目のマンションで、ウルフさんも一緒だ。きみを待ってるよ。歩いてすぐだな。駅の案内所、上の階で落ち合おう。五分後だ。そこにいるね」

「います」

「本当に？」

「もちろんよ！」

ぼくは電話を切って振り向き、得意になって告げた。「恐慌状態が落ち着いたんであれば、また恐慌状態になってますよ。コーヒーを用意してくれるか、ソール？　ミス・ウェルツにはコーヒーかバーボンがいるだろう。それに、チーズ好きかもしれない」

ぼくは部屋を出た。

第五章

朝の十時六分過ぎ、マンデルバウム地方検事補は、コルベット判事に申し立てをするために法廷の検事席の端で起立していた。廷内は満員だった。陪審員は着席していた。被告弁護人のジミー・ドノヴァンはとても門番にはみえない様子で、助手に渡された書類をめくっていた。

「裁判長」マンデルバウムは口を開いた。「昨日呼び出したものの、不在だった証人を呼びたいと思います。その証人が出廷していることを、検察はわずか数分前に把握した次第です。当方がネロ・ウルフ氏に逮捕状の発行を申請したことは、ご承知だと思いますが」

「承知しています」判事は咳払いをした。「ウルフ氏が出廷しているのですか?」

「はい」マンデルバウムは振り向いて、呼んだ。「ネロ・ウルフ!」

ぼくらの到着は十時一分前だったので、人を押しのけて戸口にいた係官のところまでたどり着き、名乗ったうえで召喚されている旨を説明しなければ、きっと入廷できなかっただろう。係官はウルフをまじまじと見て確認し、入れてくれた。廷吏がなんとかベンチに席を確保してくれたとき、ちょうどコルベット判事が入廷してきたのだ。マンデルバウムに呼び出されたウルフが席を立つと、ぼくは充分な広さを確保できた。

ウルフは通路を進んで柵を通過し、証言台にのぼって、判事のほうを向いて立っていた。

「ウルフさん、あなたにいくつか質問があります」判事が声をかけた。「宣誓をすませたあとで」

廷吏が聖書を差し出し、宣誓をしたあとで、ウルフは着席した。証言台の椅子はどんな体格にも対応できるはずだったが、ぎりぎり座れるくらいだった。

判事が口を開いた。「昨日、証言台に立つはずだったのはわかっていましたね。あなたは出廷していたのに、ここを出て、行方をくらましました。逮捕状が出ています。代理人の弁護士はいますか？」

「いえ」

「なぜ、出ていったのですか？　あなたは宣誓しています」

「緊急と思われた動機により、やむなく法廷から退去したのです。もちろん、ご命令とあらば今から詳しく説明しますが、ぜひご猶予をいただきたいと思います。退去の理由が納得できるものでなければ、法廷侮辱罪で処罰を受けることは理解しております。とはいえ裁判長、わたしが法廷侮辱罪で裁きを受けるのが今か、あるいは後ほど、証言をすませてからになるかは、重大な問題でしょうか？退去の理由は、わたしの証言に必然的に含まれております。従って、裁判所の許可があれば、法廷侮辱罪については後ほど抗弁したいのです。わたしは引き続きここにおりますから」

「当然、いることになります。あなたは逮捕されています」

「いえ、されておりません」

「逮捕されていないのですか？」

「はい。わたしは自発的に出廷いたしました」

「では、今逮捕します」判事は首を回した。「廷吏、この男性は逮捕されています」顔を戻して言う。

「結構です。あなたは後ほど法廷侮辱罪に対して申し開きをすることになります。進めてください、マンデルバウム検事補」

マンデルバウムはウルフの椅子に近づいた。「陪審員に氏名、職業、住所を述べてください」

ウルフは陪審員席へ向き直った。「名前はネロ・ウルフ。職業は免許を受けた私立探偵。自宅兼事務所は、ニューヨーク市マンハッタン西三十五丁目九一八番地です」

「この事件の被告に会ったことはありますか?」マンデルバウムは指さした。「あの男性です」

「はい。レナード・アッシュ氏です」

「どこで、どんな状況で、アッシュ氏と会いましたか?」

「アッシュ氏は約束したうえで、今年の七月十三日火曜日の午前十一時に事務所を訪ねてきました」

「その際、被告はなんと言いましたか?」

「わたしを探偵として雇いたいこと。過日ニューヨークの七十三丁目にある自宅の電話に応答サービスの手配をしたこと。応答サービスの会社に問い合わせた結果、従業員の一人が自分の番号の担当となり、一週間に五日ないし六日対応にあたると判明したこと。その従業員の身元を突きとめ、昼間自宅の番号にかかってきた電話を盗聴して内容を自分かわたしに報告するよう持ちかけるのがわたしを雇う目的だということ。以上をアッシュ氏は話しました。報告の相手は断定しかねます。アッシュ氏ははっきり口にしなかったので」

「なぜそのような手配をしたいのか、被告は話しましたか?」

「いいえ、そこまでは踏みこみませんでした」

ドノヴァンが立ちあがった。「裁判長、異議があります。被告の意図に関して証人が判定しています」

「削除します」マンデルバウムはいなした。「『いいえ』以外のウルフ氏の答弁をすべて削除します。答えは『いいえ』ですね、ウルフさん？」

「はい」

「被告は盗聴のためにその従業員へ申し出る条件を口にしましたか？」

「金額は口にしませんでしたが、ほのめかしたのは——」

「ほのめかした内容ではありません。口にした内容です」

ぼくは思わずにやりとした。ウルフは日頃から正確さに口うるさく、他人、とりわけぼくにいい加減な話しぶりだと難癖をつけるのが大好きなのだが、証拠法則を心得ているはずの本人が二度も指摘を受けた。あとで機会を見つけて感想を言ってやろうと、ぼくは心に決めた。

ウルフは平然としていた。「アッシュ氏は損はさせないようにする、つまり、問題の従業員についてそう口にしましたが、金額には触れませんでした」

「他にはなにを言いましたか？」

「それでほぼ全部です。会話全体はものの数分間でした。なにをさせるためにわたしを雇いたいのかはっきりした時点で、依頼を断りましたので」

「なぜ断るのか、アッシュ氏に説明しましたか？」

「はい」

「なんと言ったのですか？」

「探偵の職務は他人事に首を突っこむことである一方、自分の職務の範囲には夫婦間の揉め事に関する一切を含めないのでお断りする、と言いました」

「自分の望みが妻に対する内密の調査だと、アッシュ氏はあなたに話したのですか?」

「いいえ」

「では、なぜあなたはアッシュ氏への説明で夫婦間の揉め事に言及したのですか?」

「それがアッシュ氏の関心の本質だと結論づけたからです」

「あなたは他になにを話しましたか?」

ウルフは椅子のなかで身じろぎした。「今の質問を自分が理解しているか、確認したいと思います。その日、わたしがアッシュ氏になにを話したか、という意味ですか? それとも後日の機会のことですか?」

「その日のことです。後日の機会はなかった、そうですね?」

「ありました」

「あなたは被告と再度面会したと言っているのですか、別の日に?」

「そうです」

マンデルバウムは虚勢を張った。こちらに背中を向けていたので、驚きの表情は見られなかったが、その必要もなかった。マンデルバウムの書類綴りのなかには、ウルフの署名入りの宣誓供述書があり、他のことと併せて、七月十三日以前、もしくは以降にレナード・アッシュと会ったことはないと書かれているのだ。声が一段高くなった。「その面会は、いつ、どこで行われたのですか?」

「今朝九時過ぎに、この建物内で」

「今日、この建物内で被告と面会し、言葉を交わしたのですか?」

「はい」

「どのような状況で?」

「アッシュ氏の妻が被告と会って話をするための手配をして、わたしを同行させてくれたのです」

「ミセス・アッシュはどのように手配したのですか? だれと?」

「知りません」

「被告弁護人のドノヴァン氏は立ち会っていましたか?」

「いいえ」

「だれがいたんですか?」

「ミセス・アッシュ、アッシュ氏、わたし。そして二人の武装した看守、一人はドアのところに、もう一人は部屋の隅にいました」

「どの部屋です?」

「わかりません。ドアには番号がありませんでした。案内はできると思いますが」

マンデルバウムはくるりと向きを変え、傍聴席の前列に座っているロビーナ・キーンを見やった。ぼくは弁護士ではないので、マンデルバウムがロビーナを証言台に立たせられるのかどうかはわからなかった。もちろん、夫に不利になる証言のために妻を召喚はできないが、今回はその禁止令にひっかかるのかどうか。いずれにしても、マンデルバウムはやめておくか、先延ばしにした。判事に短い猶予をもらい、机に戻って同僚と小声で話している。ぼくは周囲を確認した。左側の傍聴人席の真ん中あたりにいるガイ・アンガーには、もう気づいていた。ベラ・ヴェラルディとアリス・ハートは反対側、通路脇の席にいた。バグビー電話応答会社の六十九丁目にある事務所では、今日一日は他の事務所から女性従業員を充当したんだろう。社長のクライド・バグビーは、アンガーの二列前にいた。

ハートの女王ことヘレン・ウェルツは七時間前にソールの家からホテルへぼくが車で送っていったのだが、ぼくからそう遠くない後ろの席にいた。

マンデルバウムの同僚は立ちあがって、そそくさと出ていった。マンデルバウムはウルフへの尋問に戻った。

「ご存じなかったのでしょうか？」マンデルバウムは追及した。「重罪で起訴されている被告と州のための証人が話し合えば、罪に問われるのですが」

「はい、知りません。それは話の内容によるものだと理解しております。アッシュ氏とは、わたしの証言についていては議論しておりません」

「では、なにを議論したのですか？」

「アッシュ氏の利益になると思われた、あることについてです」

「どんなことです？　正確には、あなたはなんと言ったのですか？」

ぼくは大きく息を吸い、指を広げて伸ばし、緩めた。あのデブの悪党はうまく引っかけた。自分で質問したからには、マンデルバウムはおそらく陪審員の耳をふさぐことはできないだろう。ジミー・ドノヴァンがまぬけでない限りは。で、ドノヴァンはまぬけではなかった。

ウルフは証言した。「わたしはこう話しました。昨日、検察の呼び出しを待ってこの廷内で座っているとき、マリー・ウィリス殺害で生じたいくつかの疑問点には充分な考察と捜査がなされていなかったのではないか、との見解をわたしは持つにいたりました。従って、検察側の証人としてのわたしの役割は苦しいものとなったのです。そして、ある特定の問題点については、自分を納得させる決心をしました。ここを離れれば法廷侮辱罪で刑罰の対象になることはわかっていましたが、正義の完全性のほうがわたし個人の安寧よりも重要です。わたしには確信がありました、コルベット判事は——」

「失礼、ウルフさん。今は法廷侮辱罪に抗弁しているのではありませんよ」

「そのとおりです。わたしがアッシュ氏になにを話したか、検察がお尋ねになったのではありませんか。わたしは、どのような見解を持つにいたったのかとアッシュ氏に訊かれ、答えたのです。見解は二つありました。第一に、犯罪と犯罪者の捜査に長年携わってきた経験を持つものとして、わたしはアッシュ氏の有罪に相当の疑問を感じました。第二に、警察はアッシュ氏を指し示す状況——明らかな動機の存在と死体の第一発見者である立場——に目を奪われて、おそらく他の方向における注意力が幾分緩んだろうというものです。例えば、経験豊富な捜査者は特権的地位にある人物に対していつも特別な目を向け、耳をそばだてます。医師、弁護士、信頼あつい召し使い、親友、そしてもちろん、近親者です。この範疇（はんちゅう）に入る人物が悪党であれば、その犯罪意図に特別な好機ができたことになります。わたしが思いついたのは——」

「それを全部アッシュ氏に話したのですか？」

「はい。わたしが思いついたのは、電話応答サービスは今しがたあげた職業と同じ範疇に入る、という点です。昨日廷内で着席し、バグビー氏が交換台の操作について詳しく説明しているときでした。客の通話を聞くことにより、無節操な交換手は金に換えられる情報をあれこれ入手する可能性がある。例えば株式市場、商売や事業計画、数多くのことについてです。可能性は無限大でしょう。確実かつ一番期待値が大きいと思われるのは、個人的秘密を握ることです。たいていの人は致命的な秘密について電話での議論や開示には慎重です。ですが、そうでない人も大勢いますし、緊急事態にはうっかりすることも多い。恐喝犯にとってもっとも有用かつ有益な情報、少なくともその手がかりを手に入れるのに、電話応答サービスは医師、弁護士、腹心の使用人に匹敵する潜在力を有しています。交換台にいる交換手は単純に――」

「根拠のない憶測にすぎませんな、ウルフさん。あなたはその話をすべて被告にしゃべったのですか?」

「はい」

「どのくらいの間、被告と一緒にいたのですか?」

「三十分近くです。三十分間あれば、かなりのことを話せます」

「そうですな。ですが、裁判所と陪審の時間は関連性を欠く事柄に費やされるべきではない」マンデルバウムは陪審員たちに同情をこめた視線をふるまい、ウルフに戻した。「自身の証言について被告と議論はしなかった?」

「はい」

「弁護活動に関してなんらかの提案はしましたか?」

「いいえ。アッシュ氏にはいかなる提案もしておりません」

「被告の弁護への一助として、なんらかの捜査の申し出をしましたか?」

「いいえ」

「ではなぜ、今回被告との面談を求めたのですか?」

「ちょっと待ってください」ドノヴァンが起立した。「裁判長、ウルフ氏は検察側の証人であり、これは適切な直接尋問ではないと考えます。これは反対尋問にほかなりません。異議を申し立てます」

コルベット判事は頷いた。「異議を認めます。マンデルバウム検事補、証拠法則はご存じですね」

「ですが、検察は予期せぬ事態に直面しています」

「ウルフ氏はまだ検察側の証人です。実体事項に基づいて証人を尋問してください」

「裁判長、本証人は法廷侮辱罪の当事者でもあります」

「まだ、そうと決まったわけではありません。それは一時的に未確定です。進めてください」

マンデルバウムはウルフを見やり、陪審員へちらりと目を向けて、席に戻り、一瞬机を見つめてから顔をあげた。「質問は以上です」そして、着席した。

ジミー・ドノヴァンが立ちあがり、前へ出てきたが、証言台にではなく判事席に声をかけた。「裁判長、証人とわたしの依頼人の今朝の面会については、事前にも、事後にも、当方は一切関知していなかったことを申し述べておきたいと思います。今、この場で知ったばかりです。お望みであれば、わたしは宣誓のうえで証言台に立ち、その点について質問をお受けします」

コルベット判事は首を振った。「そのようには考えません、ドノヴァン弁護士。この先そういう流れにならなければ」

「もちろん、いつでも応じます」ドノヴァンは体の向きを変えた。「ウルフさん、なぜあなたは今朝アッシュ氏との面談を求めたのですか?」

ウルフは緊張を解いていたが、自己満足に浸ってはいなかった。「アッシュ氏の有罪に関して合理的な疑いを投げかける情報を入手したからです。また、その情報を直ちに法廷及び陪審員の前に持ち出したかったからです。検察側の証人であり、かつ逮捕状が出ているため、わたしは困難な状況にありました。そこで、わたしがアッシュ氏と面会して話をすれば、その事実はマンデルバウム検事補によるわたしへの尋問の過程で明らかになるだろうと考えついたのです。そうなれば、検事補はほぼ確実に会話の内容を尋ねるでしょう。だからこそ、わたしは自分の推測と発見についてアッシュ氏に話したかったのです。アッシュ氏に話した内容すべてを話すことを検事補が認めれば、上首尾です。話しおえる前にお役御免になれば、被告弁護人が反対尋問でその先を話す機会をくれるだろうと判断しました」ウルフは片手をあげた。「ですから、わたしはアッシュ氏との面談を求めたのです」

判事は眉をひそめていた。陪審員の一人は大きな声をあげ、他の陪審員はその人物を見ていた。傍聴席はざわつき、くすくす笑っている人もいた。ウルフの心臓には毛が生えているのだな、とぼくは考えていたが、ぼくが聞いたことのある法律は一つも破っていなかったし、ドノヴァンは明確な質問をして、明確な答えを得た。ドノヴァンの顔を見られるなら、ぼくは洋紙（フールスキャップ）を五百枚進呈しただろう。

自分に対するほのめかしへの反応が顔に出ていたとしても、ドノヴァンの声からは感じられなかった。「これまでの証言以上のことをアッシュ氏に話しましたか？」

「はい」

「あなたがなにをアッシュ氏に話したか、陪審員に説明してください」

「わたしはこう話しました。昨日の午前、法廷侮辱罪の危険を覚悟のうえでここを出たのは、自分の推測を調査するためでした。わたしの助手、アーチー・グッドウィン君を伴って、マリー・ウィリスの殺害現場である六十九丁目のバグビー電話応答会社の事務所へ行ったのです。わたしはこう話しました。交換台を見ての結論は、交換手のだれかが――」

マンデルバウムが立ちあがった。「異議あり、裁判長。証人の結論は認められません」

「証人は」ドノヴァンが申し立てた。「アッシュ氏へ話した内容を述べているだけです。地方検事補が内容を尋ねたのです」

「異議は却下」コルベット判事は冷ややかに裁定を下した。

ウルフは証言を続けた。「わたしはこう話しました。交換手のだれかが他の交換手に気づかれることなく回線を頻繁に盗聴することは不可能だろう、との結論が出たと。従って、盗聴は行われていたとしたら共謀でなければならない。マリー・ウィリスの同僚で、事務所のある建物に一緒に暮らしていた二人の交換手、アリス・ハートとベラ・ヴェラルディとある程度話してみたところ、わたしの意見の裏付けが二つ、手に入りました。第一に、情け容赦なく徹底的に捜査するつもりだというわたしの宣言を受けて、二人は目に見えて動揺し、一方的なわたしの干渉を黙って受け入れました。第二に、二人の個人的支出が給与を大幅に上回ると判明しました。わたしはこう……ちょっとお尋ねしますが、『わたしはこう話しました』という語句を繰り返し続ける必要があるのでしょうか？」

「ないと思います」ドノヴァンは答えた。「今朝アッシュ氏になにを話したかの範囲を厳密に守るのであれば」

「そうするつもりです。放縦な個人支出は、マリー・ウィリスの同僚で同じ場所に住んでいた第三の交換手、ヘレン・ウェルツにもあてはまりました。昨日はミス・ウェルツの休日でしたので、グッドウィン君とわたしは車でウェストチェスター郡のカトナに近い田舎の別荘まで会いにいきました。ミス・ウェルツは先の二人よりもさらに動揺し、ほとんどヒステリー状態になりました。一緒にいた男性、ガイ・アンガーも同じく動揺しました。わたしがバグビー電話応答会社にかかわる全員を調査するつもりだと話したところ、アンガー氏は二人きりで話したいと言い出し、明確に指定しない業務で一万ドルを提供すると申し出ました。手を引かせるために金で籠絡を試みているのだろうと、申し出は断りました」

「それを全部アッシュ氏に話したのですか？」

「はい。一方、ヘレン・ウェルツはグッドウィン君と二人きりでおしゃべりをし、わたしと話をしたいが、先にアンガー氏を追い払わなければならないので、後ほどわたしの事務所へ電話すると言いました。ニューヨークに戻ったわたしは、逮捕状が出て、拘禁されることになっていたため、あえて帰宅しませんでした。そこで、グッドウィン君と友人の家に行き、真夜中過ぎにヘレン・ウェルツの訪問を受けました。わたしに問い詰められ、ミス・ウェルツは完全に参ってしまい、恐怖にとらわれました。そして、電話交換業務は何年間もわたしの推測どおりに利用されていた、と告白したのです。交換手は全員、マリー・ウィリスも含めて、共犯者でした。一番古株のアリス・ハートが情報を集め――」

ここで邪魔が入った。通路側にいたアリス・ハートが立ちあがって、出口に向かったのだ。隣にいたベラ・ヴェラルディもあとを追った。コルベット判事も含めて、あらゆる方向から二人に視線が注がれたが、だれも口をきかず、なにもしない。二人がドアから五歩手前まで来たとき、ぼくは守衛に向かって叫んだ。「前にいるのがアリス・ハートだ！」

守衛が二人を制止した。コルベット判事が声をかけた。「廷吏、全員を退去させないように」

傍聴人はざわつき、立ちあがったものもいた。裁判長が木槌を鳴らして静粛を命じたが、鎮めるまでにはいたらなかった。アリスとベラはあきらめて席に戻った。

廷内が静かになると、判事はウルフに声をかけた。「続けてください」

ウルフは言われたとおりにした。「アリス・ハートが交換手たちから情報を集め、給与の他に適宜現金を支給していました。ガイ・アンガーとクライド・バグビーも同じく折に触れて現金を与えました。ヘレン・ウェルツが受けとった最高額の一時金は、一年ほど前にガイ・アンガーから与えられた千五百ドルでした。この三年間で、給与を除いて、合計およそ一万五千ドルを受けとったとのことです。アリス・ハートに伝えた情報がどのように使われているのか、ミス・ウェルツは知らなかったそうです。情報が恐喝に使われたとの認識はなかったとの主張でしたが、一部にはその可能性があったことは認めました」

「あなたは」コルベット判事が尋ねた。「ヘレン・ウェルツが今どこにいるか、知っていますか?」

「はい。ミス・ウェルツは在廷しています。ここに来て矢面に立つ覚悟を示せば、地方検事は協力に感謝するかもしれないと、わたしが話しました」

「今朝アッシュ氏に話した内容で付け加えることはありますか?」

「あります、裁判長。ヘレン・ウェルツが話したことと、わたし自身の説明を明確に区別したほうがよろしいですか?」

「いえ。あなたがアッシュ氏に話した内容ならなんでも結構」

「わたしがアッシュ氏に話した内容です。アッシュ氏が自分の番号を担当するバグビー電話応答会社の交換手の身元を探りだし、その人物を買収して自分の回線の盗聴をさせるためにわたしを雇おうと試みた事実は、わたしにアッシュ氏の有罪への疑問を抱かせた要因の一つでした。そのような役を自分ですることを渋る人物が、女を絞殺したうえ、窓を開けて警察を呼ぶようなまねをするかどうか、疑問に思えたのです。また、アッシュ氏に電話をかけ、六十九丁目にあるバグビー電話応答会社の事務所まで会いにくれば一緒にミス・ウィリスを説得できると思う、と言った人物について尋ねてみました。バグビー氏の声だった可能性はあるかと訊いてみたところ、アッシュ氏は大いにありうるが、そうだとしたら作り声だっただろうと答えました」

「バグビー氏がその電話をかけた証拠はあるのですか？」

「いいえ、裁判長。周知の事実とわたし自身の調査から導き出した推測以外には、ミス・ウェルツの証言があるだけです。その証言の一つに、マリー・ウィリスは陰謀全体にとって差し迫った脅威になっていたという話がありました。ミス・ウィリスは、アッシュ氏からの盗聴の申し出を承知して尊敬するミセス・アッシュには黙っておけと、アンガー氏とバグビー氏両名に命じられていたのです。ミス・ウィリスは拒絶し、辞職するつもりだと宣言しました。当然、関係者全員にとってミス・ウィリスは大いなる脅威となりました。陰謀の成功と安全の鍵は、被害者が自分の災難の原因としてバグビー電話応答会社を疑う理由がないという現実なのです。情報を入手するのはバグビー氏ですが、それを利用するのはアンガー氏でした。脅迫に苦しんでいる被害者たちは、脅迫者がどこでそのネタを仕入れてきたのか見抜けなかったのです。ですから、ミス・ウィリスの反逆と辞職の決意は――加えて、すべてをばらすとの脅しをちらつかせたとミス・ウェルツは話しています――全員かつ一人一人にとって致命的な危険でした。殺人も辞さない覚悟の人物にとっては、充分な動機です。これらすべてはアッシュ氏の有罪に合理的な疑いを間違いなく確立すると今朝話したわけですが、わたしは一歩踏みこんでアッシュ氏に代わるもっとも疑わしい容疑者をざっと考察してみました。それについてもお聞きになりたいですか？」

判事はウルフの話に聞き入っていた。「聞きましょう。続けてください」

「わたしがアッシュ氏に話した内容です。わたしはバグビー氏を非常に有力な容疑者だと考えていました。ミス・ハートとミス・ヴェラルディの相互のアリバイはうまく穴を見つけられるかもしれませんが、とりあえず成立しています。さらに、二人と会って話をしましたが、怪しいとは感じませんでした。ミス・ウェルツは除外しました。昨夜わたしのところへ来たとき、ミス・ウェルツは不安で動揺し、洗いざらい白状したからです。そうでないなら、わたしはまぬけなお人好しです。その結果、アンガー氏も除外されます。犯行当日の夜は間違いなくずっと河口の船にいた、そうミス・ウェルツが主張しているからです。バグビー氏については、もっとも議論に値します。殺人の発生時刻頃に自宅マンションへ向かったと認めています。マンションは七十丁目で、現場から遠くない。行動の時間表については、警察に任せます。時間表にかけては警察はきわめて優秀ですから。電話に関しては、アッシュ氏がバグビー氏の声だったかもしれないと話しています」

ウルフは唇を突き出した。「これで全部だったと……いえ、アッシュ氏にはもう一つ話しました。今朝、探偵を一人、ソール・パンザー氏を四十七丁目のバグビー氏の事務所に派遣して、記録が持ち去られたり破棄されたりしないように見張らせています。裁判長、これで網羅したと思います。次に法廷侮辱罪について、グッドウィン君と自分自身のために抗弁したいと思います。よろしければ――」

「いや」コルベット判事はあっさり遮った。「あなたが作り出した状況により、その告発は問題にならなくなったことは、ご自分でよくご承知でしょう。告発は却下されました。ドノヴァン弁護士、この証人への尋問は終了しましたか？」

「はい、裁判長。質問は以上です」

「マンデルバウム検事補は？」

マンデルバウム地方検事補は立ちあがり、判事席へ近づいた。「わたしが大変な苦境に陥ったことを、裁判長はお認めになるでしょう」大いに不満があるような口調だった。「わたしは午後まで休廷を要求する権利を与えられたものと感じております。状況の検討と同僚との協議のためです。要求が認められれば、併せまして休廷を宣する前に当法廷にいる五名を重要参考人として身柄を拘束する手配のための時間を要求します。アリス・ハート、ベラ・ヴェラルディ、ヘレン・ウェルツ、ガイ・アンガー、そしてクライド・バグビー」

「結構」判事は顔をあげて、声を張った。「今、名前を呼ばれた五人は前へ。他の人たちは着席して静粛にしているように」

二人を除いて全員が指示に従った。ネロ・ウルフは証人用の椅子を離れて床におりた。そのとたん、ロビーナ・キーンが傍聴席の最前列から飛び出し、ウルフに駆けよって首に腕を投げかけ、顔に頰を寄せた。前にも言ったとおり、女優はいつでも演技している。ただ、今回はリハーサルはなかったし、ごまかしなしだったかもしれないことは認める。いずれにしても、ぼくは大歓迎だった。その行動は、アッシュ一家が当然の感謝に満ちあふれていることを証明しているのだろうし、最終的に一番重要なのはその点だったからだ。

第六章

もうおわかりかもしれないが、すべて文句のつけようもないほど、丸く収まった。たしかにアッシュもすばらしい小切手を送ってきた。ただし、なんだかんだ言っても、ウルフが席を立った理由の一つは、証言の順番を待ちながら木製の腰掛けで香水をつけた女の隣に座っているのが嫌だったからだ。だが、ニューヨーク州が真犯人に対して裁判の準備を整えたら、ウルフはそれを最初からやり直さなければならない。しばらくの間はあきらめるしかない雲行きだったが、裁判開始の一週間前にウルフは必要ないだろうとの知らせがあり、実際必要とされなかった。当局はウルフ抜きでも、陪審にクライド・バグビーへ有罪の評決を出させるのに充分な証拠を持っていたのだ。

ロデオ殺人事件

本編の主な登場人物

キャル・バロー…………カウボーイ
ハーヴェイ・グリーブ……リリー・ローワンの牧場のカウボーイ
メル・フォックス…………カウボーイ。ナン・カーリンの恋人
ローラ・ジェイ…………カウガール。キャルの友人
ナン・カーリン…………カウガール。メル・フォックスの恋人
アンナ・カサド…………カウガール
ウェイド・アイスラー……女癖の悪い資産家
ロジャー・ダニング………ロデオ大会の興行主
エレン・ダニング………ロジャーの妻

第一章

キャル・バローは馬の尻尾の先に立ち、腕を伸ばして、カウボーイ用の鞍のサドルホーン（鞍の前部中央にあるグリップ）に輪にしてかけてある投げ縄を握っていた。灰青色の目――まぶたが半分閉じていて、見えている部分――がぼくをじっと見つめていた。声はゆったりして抑え気味、表にいる人々の喧噪が開いたドアから聞こえていたが、ぼくはいい耳をしている。

「騒ぎを起こす気はない」キャルは言った。「ただ、この町にいるヒキガエルの化けの皮を、ちょっとはがすやりかたを訊きたいだけだ」実際に聞こえたとおりに書き表すと、こうなる。「ただあ、この町にいるヒキガエルの化けの皮を、ちょおっとはがすやりかたを訊きてえだけだあ」とはいえ、面倒くさすぎるので、この先の音響効果をお望みであれば各自にお任せする。

ぼくはつやつやした鐙革（あぶみがわ）を指先で上下にさすっていた。だから、こちらを見ている人がいれば、ぼくらは鞍の話をしていると思っただろう。「きっと」ぼくは言った。「二本足のヒキガエルだな」そのとき、襟元があいたピンクの絹のシャツに本物のリーバイス、茶色の髪のナン・カーリンというカウガールがアーチ型の出入口から入ってきて、テラスへ出るドアへ向かった。リリー・ローワンが一万四千ドル払ったカシャーン絨毯を歩くために、ウェスタンブーツのかかとを浮かせている。なんの話かなと思っても聞き耳を立てられずにすむように、ぼくは少し声を大きくした。「大丈夫さ」ぼくは革をこすった。「使いこんだら柔らかくなるだろうけど、どうして今そうしないのかな？」

いや、混乱させたかもしれない。七色の糸で花園を織ったカシャーン絨毯は、馬が立つような場所じゃない。だから、一言説明したほうがいいだろう。馬は馬でも、木挽き台だったのだ。鞍は、一時間以内にはじまる予定の投げ縄競技会で優勝者に贈られることになっていた。十九フィートかける三十四フィートのカシャーン絨毯は、リリー・ローワンのペントハウスの居間に敷かれていた。マンハッタン、マディソン・アベニューとパーク・アベニューの間の六十三丁目に建つ十階建てマンションの最上階だ。月曜日の午後三時だった。テラスの人々はコーヒーのために食堂から出ていったばかりだ。食事の目玉は、二ダースの若いアオライチョウだった。自前の翼は動かなくなっていたので、人口の翼を使ってモンタナ州からやってきた。みんなが居間を抜けてテラスへ出ようとのんびり歩いているとき、キャル・バローがぼくを脇へ引っ張り、個人的に訊きたいことがあると言ったので、二人で鞍を見るために寄り道したのだ。

ナン・カーリンが通過して、外へ出た。キャル・バローは改めて声を潜める必要はなかった。声を大きくしていなかったのだから。「そう、二本足だ」キャルは答えた（『二本あしぃ』にしてくれ）。「この町を知ってるだれかに訊かなきゃならなかったし、グッドウィンてやつに訊くのがいいだろうと思ってた。この町で探偵を商売にしてるから、答えを知ってるはずだ。それに、友達のハーヴェイ・グリーブがあんたなら大丈夫だって言ってる。アーチーって呼ぶ仲だしな、だろ？」

「食事の席でそう決まったよ。全員、ファーストネームでって」

「なら、いいんだ」キャルは縄を放して、鞍尾を握った。「で、訊きたい。おれはちょっと頭に血がのぼってる。ふるさとじゃ、だれにも訊く必要はないけど、ここじゃ迷子の子牛みたいなもんだ。カナダのカルガリーとオレゴン州のペンドルトンにいたことはあるけど、このお祭り騒ぎの前に東部へ来たことは一度もない。ロデオ・ワールド・シリーズねえ。今まで見た限りじゃ、勝手にやってくれって感じだな」

キャルは〝日(ディ)〟のアクセントで〝ローデイオー〟と言った。ぼくは頷いた。「マディソン・スクエア・ガーデンには空がないからな。それより、ヒキガエルの話だ。ぼくらはみんなと一緒にコーヒーを飲みにテラスへ行くはずだろ。どれくらい皮が必要なんだ?」

「相当な大きさをはがすつもりだ」キャルの目が光っていた。「かさぶたになるまで舐めなきゃならない程度に。面倒なのはこのお祭り騒ぎだ。はじめて顔を出したのに、ぶち壊しにするのはちょっとな。それさえなきゃ、実行するだけなんだが。相手におれを怒らせる」

「もう怒らせたんじゃないのか?」

「まあな。でも、それはそれだ。考えてたんだが、そいつとおれに、あんたがいい手を教えてくれるってこともあるんじゃないか。車は持ってるか?」

ぼくは持っていると答えた。

「じゃあ、ここがお開きになったら、そいつとおれを川っぺりみたいな手頃なところまで連れていくのはどうだ。どこかに場所はあるはずだ。どっちみち、あんたが立ち会ってくれたほうがいい。頭にきてやりすぎになったら、あんたが止められる。かっとなると、はみに歯を立てるかもしれないからな」

「じゃなきゃ、必要に応じて相手のほうを止められる」

また、目が光った。「本気で言ってるんじゃないだろうな。そうは思いたくない」

ぼくは、アーチーとキャルとして、にやりと笑いかけた。「おいおい、どうやってぼくに判断がつくんだ？　相手の名前も教えられてないのに。そいつがメル・フォックスだったらどうする？　きみよりでかいし、土曜の夜のマディソン・スクエア・ガーデンじゃ二十三秒で子牛の角をつかんで倒すところを見た。きみは三十一秒だった」

「おれの子牛のほうが凶暴だった。メルが自分でそう言ってた。どっちみち、メルじゃない。ウェイド・アイスラーだ」

ぼくは両眉をあげた。ウェイド・アイスラーなら二十三時間かけても乳牛を倒すことさえできない。ただ、懐に一千万ドルぐらいあって、ロデオ・ワールド・シリーズの中心的後援者だ。参加者のカウボーイの一人がアイスラーの化けの皮をはがしたことが明るみに出れば、たしかにぶち壊しになる。キャル・バローが川っぺりの手頃な場所を必要とするのも無理はなかった。ぼくは両眉をあげただけじゃなく、唇も突き出した。

「参ったな」ぼくは言った。「そっとしておいたほうがいい、せめて一週間は。ロデオが終わって、賞品が授与されるまで」

「だめだ。そうしたいのは山々だが、片をつけなきゃならない。今日だ。ここに来てやつを見たら、どうやって我慢できるかよくわかってないんだ。たしかにでかい頼みになる、グッドウィンさん。ここはあんたの町だ。やってくれるか？」

ぼくはキャルが好きになってきていた。特に、『アーチー』を連発して押しつけようとしないところが気に入った。ぼくよりちょっと若いが、そんなに変わらない。だから、年上に遠慮しているわけじゃなく、ごますり野郎じゃないだけなのだ。

「アイスラーはなにをしてきみを怒らせたんだ？」ぼくは訊いてみた。

「個人的なことだ。その話はなしだって言わなかったか？」

「言ったよ。ただ、ぼくはなしにしておくわけにはいかない。話せば参加するとは言えないけど、話さないなら参加はありえない。参加するにしろ、しないにしろ、ここだけの話にするって信じて大丈夫だ……というか、秘密にしておく。私立探偵だから、秘密を守る練習はたっぷりしてる」

灰青色の目が食い入るようにぼくを見つめた。「だれにも話さないんだな？」

「ああ」

「力を貸すにしても、貸さないにしても？」

「ああ」

「やつは昨日の夜パーティーがあると言って女の子を家に連れていった。着いたら、パーティーなんてなくて、その子に手を出そうとした。ほっぺたに引っかき傷があるのに気づいたか？」

「ああ、気づいた」

「女の子はそう大きくないけど、なかなかの暴れ馬だ。テーブルの角に頭をぶつけたとき、耳の皮がちょっと剝けただけだった」

「それにも気がついた」

「だから、アイスラーからはもっと大きな皮を……」キャルは言葉を切って、鞍をひっぱたいた。

「畜生、いつもこうなんだ。女の子がだれかわかっちまった。それは内緒にするつもりだったのに」

「秘密にしておく。本人がきみに話したのかい？」

「そういうこと。今朝だ」

「他の人にはしゃべったかな？」

「いや、しゃべらないね。おれはあいつに焼き印を押してはいないし、押したやつもいない。ただ、いつかあいつがもう少し落ち着いて、おれが自分の柵囲いを手に入れたら……あんたは、あいつが野生馬に乗ってるところを見たことあるだろ」

ぼくは頷いた。「たしかにあるよ。馬からおりて、近くで会えるのを楽しみにしてたんだ。ただ、そういうことなら、もちろん距離を保つ。皮はなくしたくないからな」

キャルは鞍から手を離した。「あんたはただ、軽口を叩いてるだけなんだろうな。おれはなんの権利も手に入れてない。あいつの友達で、あいつもそれをわかってる。それだけだ。二年前、おれはアリゾナで東部からの観光客と喧嘩をしてて、あいつはホテルでシーツを敷いてた。で、お互いなんとなく気持ちが通じた。おれが役に立ったこともあると思う。役に立つ男ってのはかまわないんだ、将来を考えられるなら。今のおれはあいつの友達で、それでうまくいってる。驚くかもしれないな、おれがどんなに……」

キャルの目がぼくから離れた。振り向くと、ネロ・ウルフがテラスから入ってきたところだった。どういうわけか、家から離れると決まって大きさが増してみえる。たぶん、西三十五丁目にある古い褐色砂岩の家の内部にはウルフの寸法がぴったりなことに、ぼくの目がすっかり慣れているからなんだろう。こっちへ山が動いてくるみたいだった。近づきながら、ウルフは言った。「ちょっとよろしいかな？」断りに備えて二秒待ったが、なにもなかったので、続ける。「申し訳ない、バローさん」そして、ぼくに言う。「ミス・ローワンには忘れがたい食事の礼を言って、事情を説明した。競技を見るには手すりの向こうまで身を乗り出さなければならないだろうが、わたしはそんな体をしていない。今、車で家へ送ってくれれば、きみは四時前にここへ戻ってこられる」

ぼくは手首にちらりと目をやった。三時十分。「客はもっと来ますし、リリーはその人たちに、あなたがいると話してました。みんながっかりしますよ」

「くだらん。このどんちゃん騒ぎにわたしは一つも貢献できない」

ぼくは驚かなかった。それどころか、こうなるだろうと思っていた。ウルフはここまで来た目的のものを手に入れてしまった。なぜここで手持ち無沙汰にしている必要がある？　ウルフをここまで引っ張りだしたのは、アオライチョウだった。二年前、リリー・ローワンがモンタナ州に購入した牧場へぼくが一か月間遊びにいって（偶然だが、そこでキャル・バローの友達のハーヴェイ・グリーブに出会った）戻ったとき、旅の思い出話のなかで唯一ウルフが本気で興味を持ったのは、ある食事の説明だった。一年のうちのその季節、八月の下旬にはアオライチョウの雛が生後十週くらいになる。雛の主な餌はマウンテン・ハックルベリーで、フリッツが今までに調理したどんな鳥よりもうまかった。ウズラやヤマシギさえも及ばないとぼくは言った。もちろん、アオライチョウは法律で保護されているから、捕まれば一口分五ドルになる可能性がある。

リリー・ローワンの父親は千七百万ドル貯めて娘に遺したが、法律の扱いかたについてはリリーは父親似ではない。もっとも、採否の態度は決められる。ロデオ大会のためにハーヴェイ・グリーブがニューヨークに来ると知って、リリーは何人かの出場者のためにパーティーを開こうと決め、アオライチョウの雛でもてなせば結構だと思いついた。というわけで、法律は単なる飛び越えるためのハードルと化した。ぼくはリリーの友人で向こうもそう思っているから、それで充分だ。あとは古い褐色砂岩の家の一階にある事務所での、ある一場面を簡単に報告するだけにしよう。水曜日のお昼だった。

ウルフは机に向かって、『タイムズ』紙を読んでいた。ぼくは自分の席で電話を切り、椅子を回した。

「おもしろい話ですよ」ぼくは言った。「リリー・ローワンからでした。この間お話ししたとおり、月曜の午後にはリリーの家での投げ縄競技会に行く予定です。カウボーイが一人、馬に乗って六十三丁目を走り、他のカウボーイたちがリリーのペントハウスのテラスから縄を投げてつかまえようとするんです。百フィートの高さですよ。前代未聞です。優勝賞品は銀の飾りつきの鞍です」

ウルフは唸った。「おもしろいだと？」

「そこじゃありません。それはただの競技ですから。とにかく、参加者の何人かが昼食のために早めの一時に来るんです。ぼくも招待されてます。で、さっきのリリーの電話はモンタナ州からだったんですよ。アオライチョウの雛が二十羽、たぶんもう少し多く、土曜の午後に空輸されて、フェリックスが来て調理するそうなんです。行くのが楽しみですよ。あなたとリリーがぎくしゃくしてるのは残念ですね。リリーがあなたに香水を吹きかけたときからずっとですけど」

ウルフは新聞をおろして、ぼくを睨みつけた。「ミス・ローワンはわたしに香水を吹きかけたりはしなかった」

ぼくは片手を払った。「リリーの香水でしたよ」

ウルフは新聞をとりあげ、一段落読むふりをしてから、またおろした。唇を舐める。「わたしはミス・ローワンに含むところはない。しかし、招待してくれと頭をさげる気はない」

「そりゃそうですよ。腹が邪魔でしょうから。ぼくは無理だと――」

「ただし、招待を受けるかどうかは訊いてもかまわないぞ」

「受けるんですか？」

「受ける」

「結構です。あなたを招待してくれと頼まれたんですが、断られるんじゃないかと思いましたし、リリーを傷つけたくなかったもので。伝えておきます」ぼくは電話に手を伸ばした。

この経緯の報告があれば、ウルフが腰をあげて、コーヒーのあと帰ったわけがわかるだろう。ウルフがやってきてキャル・バローとぼくの邪魔をしたとき、ぼくは驚かなかっただけじゃなく、嬉しかった。ウルフがコーヒーには残らないだろうと、リリーはぼくに十ドル賭けていたからだ。ぼくはウルフとキャルをその場に残して、テラスに向かった。

初秋、リリーの表側のテラスには、普段なら手すりや壁際に一年生の植物が誇らしげに並んでいる。常緑樹の平鉢もいくつか散らばって置いてある。が、その日、手すりはむき出しで、投げ縄の回転を邪魔する常緑樹の代わりに高さ二フィートのヤマヨモギの鉢が寄せ集められていた。ヤマヨモギは飛行機ではなく列車で運ばれてきた。が、そうだとしたって、注文や支払いはリリーの領分で、ぼくの領分じゃない。リリーがこの指摘を目にしても、そこはちゃんと承知しているだろう。

ぼくはすばやく周囲に目を配った。リリーは右側で腰をおろしている集団のなかにいた。片側にウェイド・アイスラー、反対側にメル・フォックスがいる。見栄えの点では、リリーは一緒にいる二人のカウガールにはかなわなかった。ピンクの絹のシャツを着たナン・カーリン。黒い髪と目に浅黒い肌で、黄色いシャツのアンナ・カサド。ただし、リリーはもてなし役で、競争には参加していなかった。見栄えが必要な状況となれば、リリーには山ほど持ち合わせがある。他に四人が左側の手すり近くに立っていた。ロジャー・ダニング、大会の興行主で、ウェスタンウェアは着ていない。元カウガールで奥さんのエレンも、ウェスタンウェアではなかった。ハーヴェイ・グリーブは茶色のシャツに赤いネッカチーフ、コーデュロイのズボンにブーツといった格好だ。それから、ローラ・ジェイ。横から見ると、ウルフがギリシャから取り寄せるタイムの蜂蜜そっくりな色の髪の奥に、耳に貼ったばんそうこうが見えた。食事の席では、馬が頭を振った弾みではみがぶつかり、あざができたと言っていたが、今はそうじゃないとわかっている。

いったん出るが競技会には間に合うように戻ってくるとリリーに伝えるため近づいた際、ウェイド・アイスラーのぽっちゃりした丸顔を横目でちらっと窺った。引っかき傷は左目の一インチ下からはじまって、口角近くまで斜めに走っている。あまり深くはなさそうだし、キャル・バローの説明では回復の時間が十五時間くらいあったはずだが、ご面相はちっとも改善されていなくて、その余地はたっぷり残ったままだった。アイスラーはなにかと噂になるニューヨークの有名人の一人で口説き上手だと評判だったが、キャル・バローからまた聞きのローラ・ジェイの話によれば、昨晩は上手でなかったにちがいない。求婚のための原始人的な働きかけが自分にできる最善策なら、それなりにいいところはあるのかもしれない。ただ、万一その方法を試すことがあったとしても、ぼくならもう少し判断力を働かせて、派手に暴れ回る子牛へ一分もかからずに縄をかけて縛りあげられる女の子に狙いを定めたりはしないだろう。

リリーには、競技会の時間前に戻るし、十ドルもらうのを楽しみにしていると話して、ぼくは居間に引き返した。ウルフとキャルは鞍を鑑賞していた。よく考えて返事をするとキャルに告げ、玄関の広間に行ってウルフの帽子とステッキをとると、一階下の十階までウルフについて階段をおり、エレベーターを呼んだ。二ブロック歩いて、出資者はウルフだが選定責任者はぼくであるヘロンのセダンを置いてきた駐車場へ向かった。もちろんタクシーなら話は早かったのだが、ウルフはタイヤのついたものが大嫌いで、知らない人間が運転する知らない車に乗るのは自殺行為なのだ。ぼくが選んだ車の運転席にぼくが座っていれば、単なる無分別となるわけだ。

パーク・アベニューを進み、五十丁目あたりの赤信号で停車したとき、ぼくは振り向いて声をかけた。「この車に乗って戻ります、必要になるかもしれませんから。カウボーイの一人にちょっとした支援活動をするかもしれないんです。そうなったら、たぶん夕食には戻らないでしょう」

「職業上の活動か?」

「いえ、個人的なことです」

ウルフは唸った。「合意したとおり、午後はきみの自由だ。その活動が個人的なものなら、わたしの関知するところではない。しかし、きみをよく知っているわたしとしては、それが害のない行為だと信じている」

「ぼくもです」信号が変わり、ぼくはアクセルを踏みこんだ。

第二章

四時十分前、ぼくは六十三丁目の駐車場に戻った。西へ向かってパーク・アベニューを渡ってから、足を止め、周囲を見た。警察官が五人いる。一人は角を曲がろうとした車の運転手と話していて、二人は歩道際で立ち話をしていた。さらに二人が馬に乗った三人のカウボーイに近づこうとしている歩行者の集団を足止めしていた。カウボーイたちは、自分の足で立っていてウェスタンウェアではない男になにか指示されている。ぼくが進もうしたら、歩道際の警官の一人が行く手を遮り、尋ねてきた。

「このあたりにお住まいですか?」

そうではなくミス・リリー・ローワンのパーティーへ行くところだとぼくが答えると、警官は通してくれた。ニューヨーク市警察は市民のまっとうな要求を許すのが好きなのだ。三十年間タマニー協会（ニューヨークの民主党政治団体）の支部長だった父親を持つ女性の要求なら、なおさらだ。通りのマンション側には駐車中の車は一台もなかったが、入口の二十歩手前ではカメラを積んだトラックが歩道際を進んでいて、奥のマディソン・アベニューの近くにも一台いた。

ぼくがウルフと一緒に出ていったとき、リリーの家には九人の客がいた。今では二十人以上になっている。新しい顔ぶれの三人はカウボーイで、キャル・バロー、ハーヴェイ・グリーブ、メル・フォックスと合わせて六人になった。残りは一般人だった。全員がテラスに出ていて、手すりの中央三十フィートほどを空けて、半分が左側、半分が右側に陣どっている。テンガロン・ハットをかぶってロープを持ったカウボーイたちは、ひょろりとした茶色いスーツ姿の男のほうを向いて一列に並んでいた。男のすぐ近くに、興行主のロジャー・ダニングがいる。男はしゃべっていた。

「――これが予定の方法だ。わたしが審判で、わたしの言葉が絶対だ。繰り返すが、グリーブは一切事前練習をしていないし、バローとフォックスも同じだ。ミス・ローワンの保証がある。きみたちもミス・ローワンを嘘つき呼ばわりする気はないだろう。順番はさっき言ったとおりだが、名前を呼ばれるまでは持ち場につかないように。忘れないでもらいたい。野生馬から落ちたとしたら高さは四フィートだが、ここは高さ百フィートだから起きあがって歩くのは無理だろう。もう一度言う、暴走行為は厳禁だ。四時から五時までは通りのこちら側には一人も歩行者がいないはずだが、だれかが家から出てきて、その上にきみたちの一人が輪を落としたりしたら、今夜はホテルの部屋では休めないぞ。ここにいるのは楽しむためだが、おふざけはなしだ」男は腕時計を見やった。「時間だ。フォックス、位置に――」

「ちょっといいか」ロジャー・ダニングが口を出した。

「すまない、ロジャー。時間がないんだ。きっかりにはじめると約束したんでね。フォックス、位置についてくれ。他は離れろ」

男は左側の手すり際へ移動して、椅子の上に置いてあった緑の手旗をとりあげた。メル・フォックスは空いた場所の中央へ進み、手すりにまたがって、縄の輪を回しはじめた。残りの参加者たちは左右に分かれて、並んでいる観客たちの間に場所を確保した。ぼくは右側に場所を見つけたが、たまたまローラ・ジェイとアンナ・カサドの間だった。通りの様子を見ようと身を乗り出したところ、ローラ・ジェイの邪魔になっていることに気づいて、少し体を戻した。馬に乗った三人のカウボーイたちと、さっき指示をしていた男が、パーク・アベニューへ出る途中の歩道に集まっていた。審判が緑色の旗を持った手を突き出し、さっと振りおろすと、馬に乗ったカウボーイたちと一緒の男がなにか言って、小さな馬の一頭が全速力で走りだした。ぼくらの側の歩道と反対側に駐めてある車の間、道の真ん中を進んでくる。メル・フォックスは体を腰から前に倒し、回転する輪を少し後ろに引いてから前に出して、落下させた。着地したときはちょっと外側すぎで、馬に乗ったカウボーイは二十フィート前方だった。縄が道路に触れた瞬間、フォックスはたぐりはじめた。旗が二回目の合図をするまでに三十秒だ。それより短い時間で引きあげて輪を回しはじめたが、審判は自分の腕時計に従った。旗が振られ、二回目。今度は少しよくなって、縄は馬の尻にあたった。が、内側すぎだった。フォックスはまた縄をたぐって、またがる位置を少しずらし、もう一度回転をはじめた。三回目は惜しかった。縄が完璧な円のまままきれいに落ちていき、カウボーイの帽子の端をかすめると、ぼくの左側にいたアンナ・カサドが歓声をあげた。観客も拍手し、通りの向こうで窓辺にいた男は、「ブラボー！」と叫んだ。フォックスはのんびりと縄を回収し、手すりからおりてなにか言ったが、他の人の声がうるさくてぼくには聞きとれなかった。フォックスが持ち場を離れると、審判が、「ヴィンス！」と呼んだ。

紫のシャツにリーバイスとごつい編みあげブーツの、小柄でずんぐりした若者が手すりにあがった。土曜の夜には、ぼくが今まで見たなかで一番荒っぽい野生馬――専門家としての見立てではない――の上に鞍なしで乗って、最後まで頑張っていた。若者は手すりの上では、それほどすばらしくはなかった。一回目は空気の流れのせいかもしれないが輪は潰れ、二回目は通りの向こう側に駐まっている車にかかり、三回目は馬の十フィート前のアスファルトに落ちた。

その次はハーヴェイ・グリーブだった。ぼくがリリーの牧場にいた一か月間、ハーヴェイはいろいろとよくしてくれたから、もちろん応援していた。リリーが手すりの反対側の端から声をかけ、ハーヴェイも頷いて片足をかけ、輪を回しはじめた。一投目はひどいものだった。半分も落ちないうちに、輪はゆがんでくるりと方向転換した。二投目は完璧で文句なしだった。まるで煙の輪が指先を囲むみたいに、縄はカウボーイを中心にして丸くなった。ハーヴェイはぴったりのタイミングで引いて、つかまえた。カウボーイが手綱を引き、馬が足を滑らせながら急停止する。観客から歓声があがった。カウボーイが片手で輪を緩め、頭をくぐらせてはずした。すかさず、審判が叫ぶ。「三十秒！」ハーヴェイは縄をたぐりはじめた。三投目も丸く平らな形でなめらかに落ちていったが、十フィート分遅かった。

審判に名前を呼ばれ、キャルが手すりに近づいていくと、ぼくの右側にいたローラ・ジェイが小声で言った。「やっちゃだめ」独り言だったのだろうが、ぼくの耳はすぐ近くにあったので、振り向いて理由を尋ねた。ローラは答えた。「だれかがキャルの縄を盗んだ」

「盗んだ？　いつ？　どうやって？」

「わからないって。帽子と一緒に物入れに置いてあったんだけど、なくなった。二人でそこらじゅう探してみた。今使ってるのは賞品の鞍にかかってた縄だから新しくて硬いし、やっちゃだめで……」

ローラは言葉を切り、ぼくはすばやく頭の向きを変えた。旗が振られ、標的が近づいてきていた。慣れていない新品の縄を使ったことを考えれば、キャルはそう悪くなかった。輪は形を保ったままきれいに落下した。ただ、一回目は届かず、二回目は遠くに逸れ、三回目は馬が来る前に地面に落ちた。残り二人の挑戦者、一人はロペスという名前でもう一人はホルコムだったが、似たり寄ったりだった。

ホルコムの三番目の輪がぼくらの下の歩道際で丸まると、審判が告げた。「第二ラウンドは二分後にはじまります！　皆さん、その場を離れないように！」

競技は三ラウンド、選手はそれぞれ合計九回縄を投げることになっていた。ロジャー・ダニングはずっと審判のそばにいた。片手にメモ帳とペンを持ち、形や距離について判定が必要になった場合に備えて、点数を記録しているのだ。ただ、ハーヴェイ・グリーブが標的をつかまえたので、必要はないだろう。

第二ラウンドでは、フォックスが騎手を、ロペスが馬をつかまえた。第三ラウンドでは、ホルコムが騎手をつかまえて、ハーヴェイが二度目の成功を収めた。優勝者及び初代高さ百フィート投げ縄もしくは縄投げの世界チャンピオン、ハーヴェイ・グリーブ！　他の参加者たちからの祝福とヤジを、ハーヴェイは見慣れたニヤニヤ笑いで受けとめた。リリーの友人で、ブロードウェイの大当たり作品の主演をつとめ、舞台上とそれ以外でのキスのしかたを心得ている女優からキスをされると、ハーヴェイはナン・カーリンのシャツに負けないくらい桃色になった。アンナ・カサドはヤマヨモギの枝を折りとって、ハーヴェイの帽子のバンドに差した。ぼくらはリリーに促されて居間に入り、木挽き台の周りに集まった。そして、ロジャー・ダニングが授与式の挨拶をはじめようとしたが、キャル・バローが止めた。

「ちょっと待った。これも鞍の一部だ」キャルは鞍に近づいて、サドルホーンに縄をかけた。そのうえで振り向くと、灰青色の目を左右に向けた。「今すぐ騒ぎを起こす気はないが、おれの縄を盗ったやつがわかったら、ただじゃすまさない」キャルは人垣の後ろへさがった。ダニングが鞍つぼに片手を置いた。骨張った馬面で、顎の脇に傷跡がある。

「いや、楽しい競技会だ」ダニングは言った。「何事もなくてよかった。例えば、きみたちの一人が落っこちるとか。わたしは網を下に――」

「聞こえないぞ！」メル・フォックスが声をあげた。

「自分が優勝できなかったから、八つ当たりしてるな」ダニングが言い返した。「わたしは網を下に張っておきたかったんだが、許可が出なかった。純銀製の飾り鋲のついたこのすばらしい鞍はモリソンの手作りだ。それがどういうものか、わざわざ教える必要はないだろう。ミス・リリー・ローワンから提供されたもので、関係者全員を代表して気前のいいご厚意に感謝したい。では、パーク・アベニューのペントハウスで――まあ、ペントハウスのすぐ外だし、パーク・アベニューは見えたからな――開催された唯一かつ初の投げ縄競技会のだれもが認める勝者、ハーヴェイ・グリーブ！ミス・リリー・ローワンから寄贈されたこのすばらしい鞍を賞品として授与したい。受けとってくれ、ハーヴェイ。すべてきみのものだ」

拍手と歓声が起きた。ハーヴェイが前に出て鞍敷きに手のひらをあてると、だれかが、「挨拶しろ！」と声をかけ、他の人も加勢した。ハーヴェイが客たちに向き直った。「なに言ってるんだ」と言う。「おれが挨拶なんかしようとしたら、この鞍をとりあげるだろうが。おれが挨拶したのは一度だけ、乗ってたカユース馬に逃げられたときだけで、そいつじゃこの場には合わないからな。みんな知ってるだろうが、テラスじゃついてただけだ。ただ、勝ってすごく嬉しいよ。この鞍がどうしてもほしかったからな。キスをしてくれたあの女性、もちろん結構だったんだが、働いて三年以上になってのにミス・リリー・ローワンにはまだしてもらったことがない。これが最後のチャンスだぞ」

みんながはやしたてる。リリーはハーヴェイに駆けよって肩に両手をかけ、両頰にキスをした。ハーヴェイはまた桃色になった。白い上着を着た男が二人、シャンパンのグラスを山ほど載せた盆を持ってアーチ型の出入口から入ってきた。アルコーブでは、ピアノ一台とバイオリン二丁が『峠のわが家（ホーム・オン・ザ・レンジ）』の演奏をはじめた。一週間前、絨毯を片づけてバーンダンス（もともとは納屋で踊るような昔ながらの民族舞踊）をしてみるのはどうだろうと、リリーに意見を訊かれた。ぼくは、カウボーイやカウガールの大半が踊りかたを知らないと思うし、その他はだれも知らないだろうと答えた。東部と西部の橋渡しをするだけのほうがいい。

他の人はともかく、ぼくにとってシャンパンを飲むのに一番いいのは、一杯目は呼び水として一気に飲み、それからは少しずつ味わうやりかただ。リリーはもてなし役で忙しく、ぼくは二杯目を二口飲んでからそばに行ってグラスを合わせた。「しくじったあ」ぼくは言った。「きみがあ、勝者にキスをするつもりだと知ってたらあ、自分の縄を持ってきてえ、回せばよかったあ」リリーは言った。

「そう。みんなの前でわたしがあなたにキスなんかしたら、女の人は悲鳴をあげるし、男の人は気を失うじゃないの」

ぼくはしばらく室内をうろうろして、愛嬌を振りまき、テラスにあるヤマヨモギのそばの椅子に行き着いた。ローラ・ジェイと一般客の間だった。その男性客とは知り合いであまり好きな相手ではなかったので、割りこみを謝りはしなかった。ぼくがローラに、キャルは自分の縄を見つけたかと尋ねると、見つけてないと思う、ここ三十分ほどキャルを見かけていない、との答えが返ってきた。

「ぼくもだ。近くにはいないみたいだった。縄を見つけたかどうかを訊きたかったんだけど。ウェイド・アイスラーも見てないな。見かけた？」

ローラの目がまっすぐにぼくを見つめた。「見てない。どうして？」

「特に理由はないよ。ぼくが探偵だってことは知ってると思うけど」

「知ってる。ネロ・ウルフと一緒に、でしょ」

「助手だよ。ここには仕事じゃなく、ミス・ローワンの友達として来たんだけど、あれこれ目を配る癖が抜けなくてね。投げ縄競技会の間、ウェイド・アイスラーは手すりのあたりにいなかったし、その後も見かけてない。ハーヴェイ・グリーブを除いて、ぼくの一番の知り合いはきみだ、昼食で隣の席だったからね。だから、ちょっと訊いてみようと思ったんだ」

「あたしじゃなくて、ミス・ローワンに訊いて」

「ああ、たいしたことじゃないから。ただ、キャルの縄が気になってね。ぼくにはわからないんだけど……」

キャル・バローがいた。背後から出てきて、突然ぼくの前に立っていたのだ。例の落ち着いた低い声でぼくに話しかけた。「ちょっといいか、アーチー?」

「どこに行ってたのよ?」ローラが追及した。

「そこらへんだ」

ぼくは立ちあがった。「縄は見つかったか?」

「見てもらいたいんだ。おまえはここにいろよ、ローラ」ローラは立ちあがっていた。「わかったな?」キャルの言葉は命令だった。ローラが目を見張っている様子から、キャルに命令されたのははじめてだったのだろうと見当がついた。「来てくれ、アーチー」そう言って、キャルは歩きだした。

キャルは先に立ってペントハウスの角を曲がった。その先のテラスは幅六フィートしかなかったが、奥にはバドミントンのコートをおまけつきで作れるくらい広い場所がある。表側から撤去された常緑樹の鉢がそこに集められ、キャルはその間を抜けて、リリーが物置に使っている小屋の戸口に向かった。土曜の午後には、アオライチョウがそこにぶら下げられていた。キャルはドアを開けて入り、ぼくを通して、閉めた。光は奥の壁にある二か所の小さな窓から差しこむだけで、明るい昼間に外から入ってくると、室内は薄暗かった。キャルが言った。「気をつけろ、踏むなよ」

ぼくは振り返って、照明のスイッチに手を伸ばしてつけ、また前を向いた。そして、立ったままウエイド・アイスラーを見おろした。近づいて、しゃがむと、キャルに声をかけられた。「脈を確認しても無駄だ。死んでる」

死んでいた。完全に息がない。突き出した舌は紫色で、唇も、顔の大部分も紫色だった。目はなにかを見ているように、大きく見開いている。喉には何重にも、十二回かそれ以上縄が巻きつけられて、顎を押しあげていた。縄のあまりは胸の上に積み重なっていた。

「おれの縄だ」キャルが言った。「探してたら、見つけた。持っていくつもりだったが、やめたほうがいいかと思ってな」

「そのとおりだ」ぼくは立ちあがった。キャルに向き直り、その目をとらえる。「きみがやったのか？」

「ちがう」

ぼくは腕時計に目をやった。五時四十八分。「きみを信じたい」ぼくは言った。「それに、改めて知らせない限りは信じるよ。あっちできみを最後に見たのは、シャンパンのグラスを受けとってるところだった。三十分以上前だ。それからは見かけてない。結構な時間だな」

「縄を探してたんだ。その一杯を飲んでるとき、探してもいいかとミス・ローワンに訊いたら、かまわないって言われた。部屋のなかと表側のテラスはもう調べてあった。で、ここに入ったら、やつを見つけた。あの箱にしばらく座って、じっくり考えてみた。一番いいのは、あんたを連れてくることだって決めたんだ」

「ドアに鍵はかかってなかったのか?」

「なかった。閉まってたけど、鍵はかかってなかった」

ありうる。ここは昼間よく鍵を開けたままにしてある。ぼくは内部を確認した。ありとあらゆるものがあった。旅行鞄がたくさん、椅子、トランプ用のテーブル、棚に並んだ古雑誌。ただ、ぼくらがいるドアのそばには、ちょっとした空間があった。すべてがちゃんとそれぞれの場所にあるようだし、アイスラーに争った形跡はなかった。だれかが首に輪をかけて思い切り締めあげているときに、ポケットに手を突っこんだまま黙って立っているわけがない。先に頭を殴られたなら、なにを使ったのか? ぼくは左手の壁際にある箱戸棚へ近寄って手を伸ばしたが、引っこめた。植物用の長さ三フィートのステンレス製支柱がすぐそこにある、そのうちのどれかで文句なしだ。おまけに一本が他の支柱の上に横向きで置いてある。手袋と拡大鏡の持ち合わせがあって、急ぐ必要がなく、こっちを見ているキャルがいなければ、ちょっと調べてみていたところだ。

ぼくはノブにハンカチを巻いてドアを開け、外に出た。ペントハウスの裏側には窓が六つある。ただし、遠くの角に近い二か所、メイドの部屋と手洗いの窓を除けば、物置とそこへの通り道は常緑樹に隠れて見えない。殺人犯はついてた。台所には、確実にだれかがいたはずだ。ぼくは物置のなかへ戻り、ドアを閉めて、キャルに言った。「状況を説明するよ。私立探偵の免許をなくしたくないなら、だれかがこの家から出ていく前にぼくは警官を呼ばなきゃならない。ウェイド・アイスラーに借りはないけど、ミス・ローワンは散々なことになるし、ぼくは彼女の友人だ。だから、関心がある。最初に縄がないと気づいたのはいつだ?」

キャルは口を開いたが、また閉じた。そして、首を振る。「あてはずれだったみたいだな」キャルは言った。「あの縄をはずして、どこか別の場所で見つけたことにすればよかった」

「よかったなんて、絶対ない。あの縄が死体の首に巻きついていたことを鑑識が証明するのは確実だ。最初に気づいたのはいつなんだ?」

「それより、昨日の夜のことをあんたにしゃべっただろ、おれがどんなに腹を立てたかってことも。あんたは内緒にするって約束した。おれがあんたにちゃんとしなきゃ、あんたがおれにちゃんとしてくれる気がしなかったから、あんたをつかまえにいったんだ。今の言いようじゃ、わからないけどな」

「おいおい」ぼくは口ほどにはうんざりしていなかった。「どうなると思ってたんだ、ぼくがシャンパンの瓶を持ってくるとでも? 警官がどんな言いようをするか、待ってみるんだな。縄がないのにいつ気づいた?」

「時間ははっきりわからない。あんたがここを出て、ちょっとしてからだ。二十分くらいかな。人が来て、あの物入れにあれこれ置くんで、縄を出して自分で持ってたほうがいいと思った」

「物入れには、自分で置いたのか?」

「そう。棚の上で、帽子を載せといた。帽子はあったのに、縄はなくなってた」

「だれかにすぐ話したか?」

「物入れを全部確認してから、ローラに話した。ローラがミス・ローワンに話したよ。ミス・ローワンはみんなに訊いてくれたし、ローラとおれが探すのを少し手伝ってくれたけど、客が来はじめた」

「縄をなくした時間に、だれかもう来てたかな？　一緒に昼食をとった人以外に、だれかいたか？」

「いない」

「間違いない？」

「いないって言えるくらいに間違いない。絶対に間違いないって言えることは、そうないさ。気づかなかっただれかが来てたかもしれない、ただ、おれはあそこにいたんだし、どうしても――」

「あとにしてくれ」ぼくは腕時計を確認した。六時五分前。「縄がなくなったとき、ウェイド・アイスラーはどこにいた？」

「さあ」

「最後に見たのはいつだ？」

「正確には言えない。見張ってたわけじゃないからな」

「縄をなくしたあとで見かけたか。もう一度考えてみろ。重要ことなんだ。十秒やる」

キャルは唇を突き出して、目を閉じた。まるまる十秒経って、目を開ける。「いや、見てない」

「見てないって言えるくらい間違いなく？」

「もう言っただろ」

「わかった。他にウェイド・アイスラーに腹を立てていたやつがいたかどうか、知ってるか？」

「腹を立ててたとは言わない。だれもペットにはしたがらなかったと思うけどな」

「今の状況じゃ、一緒に昼食をとった客のだれかが殺人犯だ。心あたりはないか？」

「ないね。ないとは思わなかったんだが」

「ご立派だな。立派すぎないようにしろよ。まだまだ質問はあるが、あとにしなきゃならない。ペントハウスまで行ってミス・ローワンに説明して警官を呼んでくる間、きみをここに残していったら、縄には手を触れないでじっとしててくれるか？」

「いや。ローラのところに行く。質問されたら昨日の夜のことは黙ってたほうがいいって、話すつもりだ」

「それはだめだ」ぼくはきっぱりと告げた。「ローラに焼き印は押していない、自分でそう言っただろ。捜査官の徹底的な取り調べをローラがどんなふうに受けるのか、きみはわかってるつもりかもしれないが、わかってない。この先、関係者の動きはすべて記録される。きみがローラのところへ行って、一緒に座ってるヒヒ男から引き離したら、理由を訊かれたときにローラはなんて答える？　きみはなんて答える？　ローラは黙ってるか、口を割るかだ。きみが指示なんかしたら、事態を悪化させるだけだぞ。ここから動かないと約束しないなら、ドアを開けてミス・ローワンを大声で呼ぶ。ミス・ローワンが警察を呼べるさ」

キャルは歯ぎしりしていた。「おれを信じるって言ったな」

「今もそうだ。心変わりをしたら、真っ先に知らせるよ。きみの打ち明け話と頼み事は非公開にすると約束したし、それは変わらない。そっちでも非公開にするならね。ぼくらは鞍の話をしていた。いいな？」

「全部、黙ってようと思うんだ。でも、ローラに一言――」

「だめだ。ローラは口を割らないだろうけど、仮にそうはならずにきみに話したとしゃべったとしても、たいしたことじゃない。きみが非公開にしたのは、ローラを面倒に巻きこみたくなかったからだ。警官に尋問されたら、だれだって非公開にすることはある。ミス・ローワンを呼ぶかい？」

「いや。ここから動かないよ」

「外へ出て、戸口に立っててくれ。もう二回ノブに触ってるから、それで充分だ。だれか来ても、入れないように」もう一度ハンカチを使って、ぼくはドアを開けた。キャルが外に出て、ぼくも敷居を越えてドアを閉め、「あとでな」と言って、その場を離れた。


裏口から入って、リリーがいるんじゃないかと台所を覗いてみた。いなかった。居間にもいない。ピアノとバイオリンは、『この柵はいらない』を演奏していた。リリーはテラスだった。目を合わせて合図を送ると、こちらへ来た。ぼくは食堂に向かい、リリーが入ると、ドアを閉めた。

「質問が一つある」ぼくは口を開いた。「それしか時間がない。ウェイド・アイスラーを最後に見たのはいつだ?」


リリーは小首をかしげ、眉間にしわを寄せて、考えた。ぼくの好みじゃないリリーの話をしたことがあるが、これはぼくの好みだ。どういうこと、とか、どうして、とかは言わない。質問されて、答えを探す。キャルよりも時間がかかった。「あなたが帰ってすぐね」リリーは言った。「カップを置いたんで、コーヒーのお代わりはいるかって訊いたら、いらないって言われた。ほしいって言う人もいて、ポットはほとんど空だったから、台所へ行った。フェリックスとロバートがいつシャンパンを氷に入れるかで揉めてて、わたしはフリーダにコーヒーをテラスへ持っていかせて、そのまま二人を宥めた。だれがウェイド・アイスラーを気にしてるの?」

「だれも。台所にはどれくらいいたんだ?」

「そうね、十分くらい。フェリックスは扱いが難しくなることもあって」

「テラスに戻ったとき、アイスラーはいなかったかい?」

「気づかなかったけど。みんなばらばらになってたのよ。居間に入ってる人もいたし。そうしてるうちに、キャル・バローの縄がなくなったってローラ・ジェイから聞かされて、探すのを手伝った。そのあとで、お客が来たの」

「アイスラーが見あたらないことに気づいたのは、いつ？」

「もうちょっと、あとね。ロジャー・ダニングがだれかを会わせたいとかで、どこにいるか訊かれたの。知らなかったし、気にもしなかった。食事のお礼を言う手間を省いて帰ったと思った。やりかねない人だから」リリーはさっと顔をあげた。「質問はもう四つだけど。なにが言いたいの？」

「キャル・バローが縄を探していて、物置小屋の床の上で首に縄を巻きつけたアイスラーの死体を見つけた。で、ぼくを呼びに来たんだ。今はドアの前で見張りをしてる。きみが警察に電話をするかい、それともぼくにかけてほしいかい？」ぼくは腕時計に目をやった。六時四分。「死体を見つけてからもう十六分過ぎた。充分だ」

「嘘よ」リリーが言った。

「本当だ」ぼくが言った。

「ウェイド・アイスラーが首をつったの？」

「ちがう。首つりじゃない、死体は床の上だ。それに、しっかり締めたあとで、縄は十二回くらい首に巻きつけてあった。自分じゃ無理だ」

「でも、どうしてそんなこと……だれが……嘘よ！」

「本当だ。こういうことをきみに伝えるのはぼくだったろうけど、いろいろ考えてみて、その点は嬉しいよ。つまり、事件は起こっちゃったんだから、自分がここにいてよかったと思う。通報はぼくにしてほしいかい？」

リリーは唾をのみこんだ。「いい、自分でかける。ここはわたしの家だから」そして、ぼくの袖に手を触れた。「あなたがいてくれて、本当によかった」

「スプリングの七三一〇〇。番号を繰り返します、スプリングの七――」

「ふざけてばっかり！　わかった、番号は必要だし、助かる。寝室からかけるから」

リリーは行きかけたが、ぼくは止めた。「お客を集めて、警官が来るって知らせようか？」

「最悪！　このわたしの家で……でも、お約束よね。それが作法……パーティーを開いて死体が見つかったら、お客さまを集めてそのことを知らせて、ぜひまたいらしてくださいって挨拶を――」

「しょうもないな」

「そのとおりよ」リリーは歩きだし、ぼくもドアを開けてやるために動く必要があった。

パトカーが近くにいるのは間違いないから、あまり時間はない。ぼくはテラスに出て、大声で呼びかけた。「全員、なかへ！　歩かないで、走れ。全員、入って！」ぼくも居間に入り、椅子にあがった。みんなの顔を見たかったのだ。顔から手がかりを得られることはめったにない。二十人以上いるときは、なおさらだ。ただ、いつももしかしたらと思ってしまう。室内にいた人たちはもう近寄ってきていたし、テラスから来た人も加わった。演奏家たちに向かって、空中で手をさっと動かすと、音楽は止まった。メル・フォックスがシャンパンに酔ったばか声で言った。「あの娘はおれのために鞍を手に入れにいったんだ」笑い声。一時間もシャンパンを飲んでいれば、みんな笑い上戸になる。

ぼくは片手をあげて、振った。「悪い知らせがある」と切り出す。「残念だが、聞いてくれ。この家で死体が発見された。死んだのは、ウェイド・アイスラーだ。この目で見た。殺されたんだ。ミス・

ローワンが警察に通報しているから、まもなく到着するだろう。ぼくはミス・ローワンに事情説明を頼まれた。もちろん、全員この家から出られない」

沈黙を破ったのは、息をのむ音ではなく、くすくす笑いだった。ナン・カーリンだ。ついで、ロジャー・ダニングが追及してきた。「場所はどこだ?」ローラ・ジェイは動いた。テラスに通じるドアに向かって駆けだし、外へ出てしまった。リリーがアーチ型の出入口から姿を現し、ぼくが見たかったみんなの顔は向きを変えてしまった。

リリーはそのまま入ってきて、声を張りあげた。「わかってる、わたしが皆さんをこの家に招待したのよ。で、嫌な思いをしなきゃならなくなった。わたし、規則にはあまり従わないんだけど、今は必要ね。お客さまの一人が別のお客さまを殺したときは、非の打ち所のない女主人としてはなにをしたらいいのかしら? 謝罪すべきだと思うけど、それもちょっと……」

ぼくは椅子からおりていた。警官を迎えるのはぼくの仕事じゃない。ここはリリーの家で、本人がいるのだから。どっちにしても、せいぜいパトカーの巡査二人だろう。殺人課の捜査員たちはあとから来るはずだ。集まった客たちを迂回して、ぼくは部屋の反対側にあるドアに向かった。その先はリリーが犬小屋と呼んでいる部屋だ。以前客の犬がその部屋の敷物に誤った使用法を適用したのだ。本棚、机、金庫、タイプライター、それに電話がある。ぼくは電話に近づいて、目をつぶっていてもかけられる番号を回した。屋上の植物室で蘭と過ごす午後の時間帯は四時から六時までだから、ウルフは事務所におりていて、自分で電話に出るはずだ。

出た。「はい?」

「ぼくです。ミス・ローワンのマンションの書斎からかけてます。ウェイド・アイスラーについてですが。ぶくぶくした顔で頬に引っかき傷があった男です。ネロと呼ばれたときのあなたの表情からすると、いけ好かないやつだとみなしたようでしたね」

「そうだ。今も同意見だ」

「他のだれかも同意見だったんです。屋上にあるこの家の物置で死体が発見されました。縄で絞殺されたんです。警察がここへ向かっています。電話したのは、いつ家に帰れるかわからないと伝えるためと、きっとクレイマーから連絡があるってことを知っておいたほうがいいと思ったためで。あなたと一緒に昼食をとった数時間後に男が殺されたんです。なにも知らないとクレイマーに言い聞かせてみたらいいですよ」

「そうしよう。きみはなにを知っているんだ?」

「あなたと同じです。なにも知りません」

「けしからん、不愉快だ。が、それだけの価値はあった。アオライチョウは絶品だった。ミス・ローワンによろしく伝えてくれ」

ぼくはわかりましたと答えた。

〝犬小屋〟には家の横の廊下に通じるドアがあり、ぼくはそこから横側のテラスに抜けて、物置へ向かった。思ったとおり、キャルは一人じゃなかった。ドアに背を預け、腕組みをしているキャルの手首を、ローラ・ジェイがくっつくようにしてつかみ、顔を上向けて小声でまくしたてている。一言も聞きとれない。ぼくは厳しく命じた。「離れろ!」ローラは片足ずつかかととつま先を使って、くるりと振り向いた。その目が近寄れるものならやってみろと言っていた。ぼくは近寄って、「どうしようもないばかだな!」と言って手を伸ばした。「しっかりしろ! あっちへ行けって! 行けよ!」

「おれが殺したと思ってるんだ」キャルが言った。「説明しようとしてるのに、聞こうとしなくて――」

キャルの言葉が途切れたのは、ローラに両手で口をふさがれたからだ。キャルはローラの手首をつかんで引きはがした。「アーチーは知ってる」と言い聞かせる。「話したんだ」

「キャル！　そんなはずない！　だめよ――」

ぼくはローラの肘をつかんでこっちを向かせた。「うまくやりたいなら」ぼくは言った。「キャルの首に腕を回して、泣き声をあげろよ。ぼくがあばらを突ついたら、警官が来たって合図だ。そしたら、声を大きくして、振り向いて悲鳴をあげるんだ。警官たちが近く、そうだな、十フィートくらいまで来たら、飛びかかって、顔を引っかけ。警官が気をとられた隙に、キャルはテラスまで走っていって飛び降りられる。おい、きみの頭には空気しか入ってないのか？　ぼくが殺人があったって知らせたときに、キャルを見つけようと飛び出していった理由を訊かれたら、なんて答えるんだ？　真っ先にお祝いしたかったからとでも？」

ローラは唇を嚙んでいた。それをやめて頭を回し、キャルを見て、戻してもう一度ぼくを見てから、動いた。ゆっくりと一歩を踏み出し、離れていく。ぎりぎりだった。ローラが最初の常緑樹の前を通り過ぎたとき、ペントハウスの裏口の扉が閉まる音がして、重たい足音が聞こえた。ぼくは挨拶しようと振り向いた。警官が到着したのだ。

第三章

一日の睡眠の割りあて時間すべてとなる八時間を確保したときでも、ぼくは自分のコーヒーカップを空にするまで、個人的な朝靄を追い払えない。あの夜のように、ぼくの手に負えない事情で八時間が五時間に短縮されると、化粧室まで手探りで歩いていかなくちゃならない。午前五時に帰宅して、朝食は十時四十五分にするとフリッツにメモを残し、ぼくは十時に目覚ましを合わせた。いいやりかたに思えたが、目覚まし時計が厄介なのは、合わせたときにはいいと思えるのに鳴りだしたらふざけるなと言いたくなるところだ。まぶたをこじ開ける前に、ぼくはしばらく横になったまま、他の選肢を見つけようとしたが、ウルフが十一時に植物室からおりてくることを思い出せるまで頭がはっきりした時点で、あきらめなければならなかった。四十分後、ぼくは三階から一階におりて厨房に入り、フリッツにおはようと声をかけ、冷蔵庫からオレンジジュースを出して、ぼく用の『タイムズ』紙が新聞受けに入っているテーブルについた。フリッツはぼく自身と同じぐらい個人的朝靄を承知していて、決してごちゃごちゃ言おうとしない。ソーセージの蓋をとり、パンケーキ用のフライパンに火をつけてくれた。

リリー・ローワンのペントハウスで投げ縄を使って絞殺されたウェイド・アイスラーの事件は、『タイムズ』紙でさえ一面に載せるほどの大事件だった。新聞記事には、ぼくにとってのニュースはなかった。犯行現場で殺人課の刑事たちと五時間、地方検事局で三時間、リリーの頼みで一緒にペントハウスに戻って三時間、そのあとでは知らない情報は一つもなかったのだ。キャル・バローは重要参考人として勾留された。地方検事は、火曜の夜に行われるロデオ大会に間に合うように釈放するかどうか、明言できなかった。アーチー・グッドウィンは弊紙『タイムズ』の記者に対して、ペントハウスにいたのは私立探偵としてではないと語った。同氏とネロ・ウルフは単なる客だった。警察は動機をつかんでいないか、公表していないかだ。ウェイド・アイスラーは独身で、スポーツ界及び演劇界では名を知られた人物だった。弊紙『タイムズ』では、アイスラーが若い女性に対して常に広い心で受け入れる趣味の持ち主だったとは表現しないが、タブロイド紙は確実にそう評するだろう。などなど。

三枚目のパンケーキに蜂蜜を塗っているとき、エレベーターが音を立てて停止し、ウルフの足音が廊下を横切って事務所へ向かうのが聞こえた。ぼくがいるとは思っていないだろう。フリッツが朝食の盆を寝室へ運んでいったとき、ぼくのメモの話もしたはずだ。だからパンケーキと蜂蜜をのんびり味わい、コーヒーのお代わりを注いだ。飲んでいる最中に玄関のベルが鳴り、ぼくは確認のため立ちあがって廊下に出た。玄関のドアのマジックミラー越しに、大きな幅広の体と大きな赤ら顔が見えた。どっちも嫌と言うほど見慣れている。古い褐色砂岩の家の一階にある廊下は長くて広い。クルミ材の洋服掛け、エレベーター、階段、食堂のドアが片側にある。表の応接室と事務所のドアが反対側にあり、奥に厨房がある。ぼくは開けっ放しの事務所のドアに近づき、声をかけた。「おはようございます、クレイマーです」

ウルフは机の奥にある特大の椅子に納まっていて、こちらを向き、顔をしかめた。「おはよう。情報はなにも持っていないと、昨晩電話で話したのだが」

二杯のコーヒーを飲んで、靄は晴れていた。「じゃあ、隣の家に行ってみるように言いますよ」

「いや」ウルフは唇を引き結んだ。「けしからんな。そんなことをすれば、なにか隠していると思いこませるだけだろう。通せ」

ぼくは玄関に行ってドアを開け、質問を投げかけた。「やれやれ、あなたって人は眠らないんですか?」

めざましい活躍のおかげでクレイマーは二十年間殺人課の責任者を務めてきたのだが、絶好調のところをぼくは絶対に見られないだろう。ぼくが見るには、その場にいなければならないからだ。ぼくがいれば、クレイマーの調子は狂う。その責任はぼくには一部しかない。主な原因は、ぼくからウルフを連想するせいなのだ。ウルフを思い浮かべると、クレイマーは自分を持て余してしまう。ぼくら二人が一緒にいると、クレイマーの顔は余計に赤くなり、だみ声は余計にがらがらする。その日の朝もそうだった。クレイマーはウルフの机の端に近い赤革の椅子に腰をおろし、前屈みになって椅子の腕に肘をついていた。そして、口を開いた。「質問を一つしにきた。なぜ昨日あそこにいたんだ? 昨日の夜の電話じゃ、ライチョウを食いにいったって話だったし、グッドウィンも同じことを言った。サイン入りの供述書にもそう記載されてる。ばかにするな。グッドウィンにライチョウを運ばせて、フリッツに料理させることもできただろうが」

ウルフは唸った。「入手困難な鳥を食する席へ招待されれば、承知するか断るかだ。その鳥を自分の家まで送ってくれとは言わない。王さまでもない限りは」

「王さまのつもりだろ。王さまにちなんだ名前だしな」

「それは間違いだ。暴君ネロことネロ・クラウディウス・カエサルは、ローマ帝国の皇帝であって王ではない。だいたい、わたしはその皇帝に名前をもらったのではない。山にちなんで名付けられた」

「たしかに山みたいな図体だよ。それでも、あの連中とあそこにいた理由は知りたい。仕事では絶対に家を離れないから、依頼人のためじゃない。グッドウィンが頼んだから一緒に行ったんだろう。頼んだ理由は？　昼食のときウェイド・アイスラーの隣に座ったのはなぜだ？　あんたを車で連れて帰る直前に、グッドウィンが客の一人、キャル・バローと内緒話をしたのはなぜだ？　バローが死体を見つけてグッドウィンのところへ行った理由は？　ミス・ローワンに通報させる前に、グッドウィンが二十分も待ったのはどういうわけだ？」

ウルフは椅子にもたれ、目を半分閉じて、辛抱していた。「あなたはグッドウィン君を一晩中いいだけ尋問した。答えは得られなかったんですか？」

クレイマーは鼻を鳴らした。「答えはあったさ、ちゃんとな。グッドウィンは答えかたを心得てる。アイスラーがあの世に行くことを、グッドウィンかあんたが知ってたとは言わない。だれがやったか、理由はなにかを知ってるとも言わない。おれが睨んでるのは、なにか厄介事があって、ミス・ローワンがそれに巻きこまれてるか、少なくともそのごたごたを知っていて、グッドウィンがあんたを行かせたって線だ。昨日の晩の話じゃ、あんたはミス・ローワン以外に現場にいた連中についてはなに一つ知らなくて、ミス・ローワンとの付き合いもごく浅いってことだったな。信じられるか」

「クレイマー警視」ウルフの目が開いた。「わたしが嘘をつくのは利益があるときだけです。単に便利だからということは絶対にない」

ぼくは割って入った。「失礼」ぼくの机は、ウルフの机から直角の位置にある。クレイマーはこちらを向いた。「協力できるものならしたいんです」ぼくは言った。「ミス・ローワンのために。先週は二回、ロデオの裏方にいたので、手がかりになるなにかを見聞きした可能性はなくもないんです。事件の状況次第ですね。キャル・バローを勾留してるのは知ってます。起訴されたんですか？」

「いや、重要参考人だ。凶器はバローの縄で、死体の第一発見者だった」

「わたしは関係ないが」ウルフが怒鳴った。「言わせてもらえば、そういうことならむしろ他の人間を勾留するほうが正しい」

「こっちにはあんたの脳みそはないんでね」クレイマーは怒鳴り返した。そしてぼくに訊く。「ロデオの舞台裏でなにを見聞きしたんだ？」

「事件についてもっとわかれば、記憶が蘇るかもしれません。ぼくが四時に戻ったとき、アイスラーの姿がなかったのはわかっています。ただ、いつ、だれが被害者を最後に見たのかは知りません。昼食のときあの家にいた人間以外は、全員容疑からはずれてるんですか？」

「ああ。ミス・ローワンが台所にコーヒーをとりにいったとき、アイスラーはちゃんといた。それが三時二十分で、おまえが出ていった八分後だ。こっちで突きとめられたのはそれが限界だった。そのあと被害者を見たことを覚えているものはいない、という話だ。被害者がテラスを出ていくのに気づいたものもいない、という話だ。アイスラーは二時五十五分に昼食のテーブルを離れた。三時二十分にコーヒーを飲み干した。胃の内容物から、そのあと二十分以内に死亡したものと思われる。三時四十五分まで、他の招待客は一人も到着していなかった。つまり、いたのは、カウボーイが三人。ハーヴェイ・グリーブ、キャル・バロー、メル・フォックス。カウガールが三人。アンナ・カサド、ナン・カーリン、ローラ・ジェイ。ロジャー・ダニングと奥さんもいた。おまえとウルフはいなかった。

ミス・ローワンもいたが、容疑をかけるようななにかを見聞きしていたところで、おまえの記憶は蘇らないだろうな。ロデオでは、おまえと一緒だったのか？」

「記憶が蘇りません。そこは除外で。犯行時間を三時二十分から四十分までの二十分間に狭めたんですね。その時間、他に姿がなかった人はいないいんですか？」

「いたと言えるやつらは、なにも言わない。いまいましいのはそこだ。アイスラーに好意を持っていたやつはいない。殺人犯が捕まるのを見るために、だれ一人曲がった五セント硬貨一枚出そうとしないんだ。殺人犯が逃げおおせるのを見るためなら、ピカピカの五セント硬貨を出そうとするやつもいそうだ。ときに、これでおまえが見聞きしたことの記憶が蘇るかもしれないな。日曜の夜、アイスラーは女を一人自宅マンションへ連れてった。カウガールの一人の可能性がある。人相はよくわかっていないが、指紋係がそこを調べてる最中だ。日曜の夜、おまえはマディソン・スクエア・ガーデンにいたのか？」

ぼくは首を振った。「水曜と土曜でした。物置の指紋はどうだったんです？」

「手がかりになりそうなのはない」

「昨日の夜、物入れのステンレス製の支柱が一本、横向きになってたと教えたんですが」

「ああ。言われなくても、こっちもいずれ気づいただろうがな。支柱は拭かれてた。被害者はそいつで後頭部を殴られたんだ。その件は夕刊で読めるだろう。一緒に来て、見てみたいか？」

「そんな言いかたをする必要はありませんよ」ぼくは気を悪くした。「協力したいって言いましたし、それは嘘じゃありません。あなたは助けを必要としてる、途方に暮れてる。じゃなきゃ、ここにはいなかったでしょう。ぼくがロデオで見聞きしたことについてですが、殺人が起こるなんて知りませんでしたからね。頭を整理する必要があります。なにか記憶から掘りだしたら、知らせるようにします。思ったんですが、もしかしたらあなたは――」

「なんだと、ふざけるな！」クレイマーは立ちあがった。「このおれを待たせるだと？　おまえがなにか知ってることは、わかってるんだ。そいつで喉を詰まらせてしまえ！」クレイマーは一歩前に出た。「公式に訊くぞ、グッドウィン。おまえはウェイド・アイスラーの殺人犯を特定するのに役立つ事実を知っているのか？」

「いえ」

ウルフに向かって。「あんたは？」

「知りません」

「あの連中となんらかの関わりを持ってるのか？」

「いいえ」

「ちょっと待った」ぼくは口を挟んだ。「将来に誤解が生じる可能性を排除します」ポケットから紙入れをとり出し、書類を一枚引き抜いてウルフに見せた。「五千ドルの小切手です。受取人はあなたで、サインしたのはリリー・ローワンです」

「なんのために？」ウルフが追及した。「ミス・ローワンはわたしになに一つ借りはない」

「ミス・ローワンが借りたがってるんです。これは手付け金です。昨日の夜、地方検事局での用がすんだら、家まで来てくれと頼まれたので、行ったんです。ミス・ローワンは他の人に負けず劣らずウェイド・アイスラーに好意を持っていませんでしたが、二つのことで気分を害していたんです。第一に、自分が家に招いただれかがその場でアイスラーを殺害したこと。おもてなしの乱用だと言っていて、あなたも同意見だと考えました。賛成しませんか？」

「賛成だ」

「その点に議論はなしと。第二に、ボウエン地方検事の娘は、ミス・ローワンの友人なんです。一緒の学校だったそうで。だから、ボウエンとは昔からの知り合いです。ミス・ローワンの自宅にも、田舎の別荘にも、客として訪れたことがあります。昨日の真夜中、地方検事補がミス・ローワンに電話をかけてきて、今日の午前十時に刑事裁判所のビル内にある事務所まで来いと言ったんです。で、ミス・ローワンがボウエンに電話をかけたところ、自分の個人的な友情で部下の職務を妨げるわけにはいかないと言われたそうです。というわけで、ミス・ローワンは地方検事補に電話をかけなおし、今日お伺いして自分のマンションで面会するのに都合のいい時間をお知らせするって言ったんです」

「そんなやつらが多すぎる」クレイマーが呟いた。

「ただ、筋は通ってます」ぼくは反対した。「ミス・ローワンは知っていることを全部あなたに話して、質問に全部答えて、供述書にサインした。なのに、なぜ十時なんです？」続けてウルフに言った。

「とにかく、小切手はここにあります。警察が捕まえる前に殺人犯をあなたに捕まえさせて、地方検事に引きとりにこいと電話するつもりなんです。それか、ぼくと二人で犯人を地方検事局に引っ張っていくか。どちらかですね。もちろん、あなたがそんな条件では引き受けないだろうと、説明はしました。それでも、客の一人によるおもてなしの乱用の調査を検討する余地はあるかもしれないと。あなたの報酬が高いことも話しましたが、それはもう知ってました。今この問題を持ち出したのは、自分は関係ないとちょうどあなたがクレイマー警視に言ったからで、この手付け金を受けとれば関係することになってしまいます。今年は九十パーセントの税率区分に入ってしまっているし、働くのが嫌いだから、あなたはきっと引き受けないだろうとミス・ローワンには話したんですが」

ウルフはぼくを睨んでいた。クレイマーが目の前にいるときに断ったりしないのを、ぼくが知っていることを、ウルフは知っているのだ。「傷つけられた自尊心を満足させるには高くつくぞ」との答えが返ってきた。

「そう言いました。ミス・ローワンにはそれだけの余裕があるので」

「これまでの経験のなかで、ミス・ローワンがわたしを雇う理由はもっとも気まぐれだ。とはいえ、わたしはパンと塩で歓待されただけでなく、アオライチョウも食べた。ミス・ローワンには借りがある。クレイマー警視。最後の質問への答えを変えます。たしかにわたしは関わりがある。他の答えは変わりません。あなたへの情報はありません」

クレイマーは歯を食いしばっていた。「法律はわかってるな」そして、背を向けてドアへ歩いていった。

客が事務所を出るとき、ぼくは先回りして廊下から玄関のドアまで行って、送り出すことにしている。ただし、客がクレイマーで、怒ってずかずか出ていった場合、先回りには大慌てで飛び出さなければならなくて、不体裁だ。そこで、あとから行って、クレイマーがぼくらの帽子を棚からとって踏んづけたりしないように見張るだけにする。ぼくが事務所から出たとき、クレイマーは廊下を半分ほど進んだところだったが、ちらっと見ただけで、ぼくは大慌てで飛び出した。外のポーチで、ローラ・ジェイが呼び鈴のボタンに指を伸ばしていたのだ。

ぼくはいつだってクレイマーの先回りができるのだが、このときは距離がありすぎて、追いついたときには玄関のドアは開けられていた。ダウンタウンまで引っ張っていく口実を与えたくなかったので、ぼくはぶつかったりはせずに、立ちどまった。クレイマーが声をかけていた。「おはよう、ミス・ジェイ。どうぞ」

ぼくはローラの視線をとらえて、言った。「クレイマー警視はちょうど帰るところで」

「急ぎじゃないんだ」クレイマーは一歩さがって、ローラが通れるようにした。「どうぞ、ミス・ジェイ」

ローラの目に浮かぶのがわかった……つまり、なにかが浮かんできたのだ。それはクレイマー向けで、ぼく向けではなかったが、ローラはなにかを思いついて急に目を鋭く光らせ、その思いつきどおりに行動した。たしかに入ってはきた。ただし、クレイマーの顔めがけて伸ばした両手を先に、まっすぐ飛びかかってきたのだ。クレイマーは本能的には飛びのくところだったが、経験が本能に勝った。体を沈めてローラの手をかわし、伸びあがるときに両腕をローラに巻きつけてしっかりと抱えこみ、空気しか引っかくことができないようにした。ぼくは後ろからローラの手首をつかんで引き寄せ、背中で腕を交差させて押さえた。

「いいですよ」ぼくは言った。「手をほどいてください」

クレイマーはローラの腕の下から手を引き抜いて、さがった。「さて、ミス・ジェイ」と声をかける。「どういうつもりかな？」

ローラは首を回そうとしていた。「放してよ」と要求する。「腕が折れるでしょ」

「お行儀よくするかい？」

「する」

ぼくが手を放すと、ローラは震えはじめた。が、やがて身を固くして、肩を張った。「頭に血がのぼったみたい」とクレイマーに言う。「こんなとこで出くわすと思ってなかったから。ときどきあるのよね、ぱっと頭に血がのぼるの」

「悪い癖だな、ミス・ジェイ。ネロ・ウルフとの面会の約束は何時だ?」

「約束はしてないけど」

「なんの用でウルフに会いたいんだ?」

「ウルフに会いたいわけじゃない。アーチー・グッドウィンに会いにきたんだし」

「どんな用件だ?」

ローラが答える前に、クレイマーの背後から声が聞こえた。「今度はなんだ?」ウルフが事務所の戸口に立っていた。

クレイマーはウルフを無視して、追及した。「どんな用でグッドウィンに会いたいんだ?」

「わかってます」ぼくは口を挟んだ。「個人的な用件です。完全に個人的な」

「そう、それ」ローラが答えた。「個人的よ」

クレイマーはぼくに目を向け、ローラに戻した。もちろん、ぼくらをダウンタウンに引っ張っていって専門家たちに引き渡したら、用件を吐かせられるかどうかと考えているのだ。クレイマーは無理だと判断した。ぼくに言う。「ウルフに法律はわかってるなと念を押したのを聞いただろ。おまえも同じだ」大股に進んでドアを開け、クレイマーは帰っていった。

「それで?」ウルフが訊いた。

ドアが閉まっていることを確認したうえで、ぼくは振り向いた。「ミス・ジェイはぼくに会いにきたんです。表の応接室に通します」

「いや。事務所だ」ウルフは背を向けて、厨房へ向かった。

ぼくは内心にやりと笑うことにした。クレイマーの目の前でリリーの依頼の小切手を持ち出しておいたおかげで、ウルフは本当に働いている。ローラとぼくが事務所に入ったら、厨房から出てきて覗き穴の前に陣どるつもりなのだ。事務所内から見ると、ウルフの机の右側の壁、目の高さの位置にかかっている滝の絵で、穴は隠されている。裏側は廊下の突きあたりにある小さなアルコーブになっていて、そこにスライド式のパネルがあり、引き開けると、滝の絵を通して会話を聞くだけでなく事務所内の様子も見ることができる。ぼくは昔、ノートを持って三時間そこにいて、ウルフと横領犯の会話の内容を記録したことがある。

ローラはクレイマーに向かっていったときに落とした大きな灰色の革製ハンドバッグを床から拾いあげていた。事務所へ通し、上着を預かって長椅子に置き、ぼくの机に向かい合う位置に椅子を用意してやった。それからぼくは自分の椅子の向きを変え、腰をおろした。ローラを眺めた。ひどい有様で、本人とわからないほどだった。前に見たときはカウガールの正装だったから、なおさらだ。今は無地の灰色のワンピースに黒いベルトを締めている。頬はさがり、髪はもつれ、目は赤く腫れている。威勢のいいカウガールがこんな状態になれるだなんて、想像もできないだろう。

「最初に」ぼくは言った。「理由を訊きたい。なぜ警視を襲ったんだ?」

ローラは唾をのみこんだ。「頭に血がのぼっただけ」また、唾をのむ。「助けてもらったお礼を言わなきゃね。なんのためにここへ来たって訊かれたとき、どう答えたらいいか、わからなかった」

「どういたしまして。ぼくがその質問をしたら、なんて答える?」

「はっきりさせておきたいことがあった。キャルが昨日話したことをだれかに話したか、知りたくて。

話したはず、キャルは逮捕されたんだから」

ぼくは首を振った。「キャルは重要参考人として勾留されているんだ。凶器はキャルの縄だったし、死体の第一発見者だったからね。キャルが話したことは口外しないって約束したし、話してないよ。もし話してたら、動機があることになるから、検察はもう文句なしでキャルを殺人罪で起訴しただろうね」

「話してないの？　誓える？」

「誓うのは証言台に立ったときだけだし、まだ立ってない。だれにも話してはいないけど、一つ問題ができた。ミス・ローワンが殺人事件の捜査にネロ・ウルフを雇ったんだ。ウルフさんは昨日現場でなにが起こったか、一つ残らず報告しろって言うだろう。キャルとの話の内容はウルフさんに話せない、約束があるからだ。だからウルフさんには話さないことがあるって断らなきゃならない。ウルフさんは機嫌を損ねるだろう。キャルと連絡がつくならウルフさんに話す許可をもらうだろうけど、つかないしな」

「じゃあ、ネロ・ウルフにも話してないの？」

「話してない」

「警察に話さないって約束してくれる？　なにがあっても話さないって」

「それは無理だ」ぼくはローラを見つめた。「頭から血がさがったら、もう一度使ってみるんだな。検察は、ぼく次第でキャルを殺人罪で起訴するわけじゃない。アイスラーが日曜の夜に女をマンションに連れこんだことは警察も知っていて、指紋採取のために部屋を念入りに調べてる。きみの指紋が見つかって、きみとキャルの仲がよかったことを突きとめられれば、キャルは絶体絶命だ。警察はきっと突きとめる。検察の連中が宣誓のもとぼくを証言台に立たせるまで黙って待っていたら、とんだばかだよ」

ぼくは片手をあげた。「わかるかい、ぼくときみが話していて一つ面倒なのは、キャルがアイスラーを殺したときみは思っていて、ぼくは殺さなかったことを知っているってところだ。心がけを改めたほうがいい。キャルとは二年の付き合いがあるんだろ、ぼくは先週会ったばかりだけど、きみよりキャルをよくわかってるよ。ぼくだって、だまされることはあるし、だまされてるかもしれない。ただ、昨日ぼくを引っ張っていって、ヒキガエルの化けの皮をはがしにかかる方法を訊いたとき、キャルには殺人を犯す気持ちなんてなかった。ウェイド・アイスラーの殺害は、だれであれ、キャルの縄を盗んだ犯人に前もって念入りに計画されていた。キャルがぼくに死体を見せたときの様子や話しぶりだって、当然ものを言ってるよ。キャルが犯人だっていう可能性があると思えば、ウルフさんに報告するときなに一つ隠さなかっただろうね。それでも、なにが起こっても頑張るって約束はできない」

「その気があればできるでしょ」ローラは言った。「あたし、キャルがアイスラーを殺したなんて思ってない。わかってるもの。あたしがやった」

ぼくは目を見開いた。「なにをしたって？　アイスラーを殺した？」

「そう」ローラは唾をのんだ。「話がみえない？　もちろん、やったって警察に言わなきゃいけなかったんだけど、あたしが逮捕されたら、キャルは日曜の夜の話を聞いて自分がアイスラーを殺したって言い出すでしょ。でも、あたしは日曜の夜のことはキャルに話さなかったって言うつもり。キャルとあたしの言い分が食い違ったら、キャルはあたしを守ろうとしてるだけだって警察は思うはずだし。

だから、あなた次第なのよ。キャルが昨日なにを話したか、警察には言わないって約束してもらわなくちゃ。あたしが殺したんだから、あたしを守る理由なんてないでしょ？　人を殺したんだから、あたしがどうなっても気にする理由はないでしょ？」

ぼくはローラを見つめた。「いいかい」と言い聞かせる。「少なくともぼくの質問には答えたね。なぜクレイマーに飛びかかったか。自分が手に負えない危険人物だって考えを植えつけたかったんだろう。そんなに悪い手じゃない、それどころか、半分いけてる。ただし、きみの話に注意を向けてみようか。自分が殺したって話を警察には売りこめるかもしれない。最低でも、しばらくは混乱させることができるかもしれない。でも、ぼくには通じないよ。昨日物置まで行って、きみがキャルといるところを見つけただろ。そのとき、真っ先にキャルは言ったじゃないか、きみに犯人だと思いこまれてるって。で、今きみは――」

「キャルは間違ってた。自分がやったってわかってるのに、どうしてキャルが殺したと思うのよ？」

「ばか言うなって。ぼくはキャルの言葉を聞いただけじゃなく、顔も見たんだし、おまけにきみの顔も見た。きみはまだ、キャルがアイスラーを殺したと思っていて、ろくでもないまねをしてる」

ローラはうつむき、両手をあげて顔を覆った。両肘で胸を挟み、肩を震わせている。

ぼくは口調を厳しくした。「きみに打てるまさに最悪の手は、自分がアイスラーを殺したって警察に自白しようとすることだよ。つじつまが合わないのを警察が見つけるまでに、十分ぐらいかな。そうしたら、キャルはどうなる？　でも、日曜の夜の話は警察に教えるべきかもしれないな。もちろん、キャルに話したことはしゃべっちゃだめだけど。アイスラーのマンションできみの指紋が見つかれば、警察に説明しなけりゃならなくなる。説明を求められる前に、先手を打っておいたほうがいい。難しいことじゃないよ。ありのままを話すだけでいいんだ」

「あたしの指紋なんて見つからない」ローラが言った。いや、ぼくがそう思っただけかもしれない。両手がまだ顔を覆ったままで、声ははっきりしなかった。

「きみの指紋は見つからないだろうって言ったのかい？」ぼくは確認した。

「そう。絶対にない」

ぼくは目を剝いた。言葉よりは、その口調に。いや、声がはっきりしなかったから口調じゃないか。ともかく、なにかがぴんときたのだ。現実離れした勘と言ってもかまわない。なにが勘を働かせるのか、はっきりとはわからないものだ。あんまりむちゃくちゃすぎて無視しようと思ったが、勘を無視して得をすることはない。「絶対なんて言えないさ」ぼくは言った。「なにかに触ったはずだ。あの家のパーティーには行ったことがある。入ったとき、大理石の像がある廊下で立ちどまったろ？」

「止まってない。アイスラーは……二人で通り抜けただけ」

「で、居間に入った。そこでは立ちどまった？」

「そうね」

「奥の鳥かごを見せようとしなかったかい？　アイスラーはいつもそうする。鳥かごはステンレス製だ、指紋にはもってこいだよ。一切触らなかった？」

「触ってない、絶対」ローラは両手をおろし、顔をあげていた。

「どれくらい近くまで行った？」

「そんな……あんまり近くじゃない。絶対に触ってないから」

「ぼくもそう思う。それに、きみがとんでもない嘘つきなのも、絶対だ。アイスラーのマンションに大理石像も鳥かごもない。きみはあの家には行ったことがないんだ。おいおい、どれだけ腹黒いばかなんだ？　おもしろ半分に嘘をしゃべりまくるのか？」

当然、なにか効果があるだろうと思ったが、ぼくの期待していたものではなかった。ローラは座ったまま背筋を伸ばし、まっすぐこちらを見た。ひたむきで、揺るぎのない視線だった。

「嘘つきなんかじゃない」ローラは言った。「ばかでもない。キャル・バロー関係のことを除いてね。あたし、女の子は男の人につれない態度をとるんだって育てられた。それか、どっちみち、そういうたちだった。ちょっかいいなんて出さない。柵を高く作って、鞍帯をしっかり締めておく。そんなとき、キャルに会って、別の考えも出てきた。しばらくしたら、恋をしたって言われる感じになったと思うけど、他の人になんて言われようと、自分の感じかたはわかってる。キャルがどう感じてるかもわかってると思ったけど、向こうはなんにも言わない。もちろん、あたしだって言わない。ときどき会うだけで、キャルはほとんど北部にいたし。で、このロデオのためにニューヨークへ来たら、キャルがいた。キャルはあたしに会えて喜んでる気がしたし、あたしも会えて喜んでることは伝えたんだけど、それでもキャルはなんにも言わない。二週間経って、もうすぐばらばらになるから、自分で言おうって決心しかけてた。そしたら、日曜の夜にナンがウェイド・アイスラーの話をして、あいつが——」

「ナン・カーリン？」

「そう。アイスラーが自分の家でパーティーをするって言うから一緒に行ったら、そんなのなくて、暴力を振るおうとしたんで、ナンも暴力を振るって逃げた」

「日曜の夜にナンがそう話したんだね？」

「そう。ナンはホテルに戻ってきて、あたしの部屋に来た。隣だから。で、この耳ね」ローラは片手で左耳の上の髪をかきあげた。「全部白状する。日曜の夜、野生馬といるときに油断して、留め具であざをつけられた。馬とちゃんと距離を保つこともわからなかったって、キャルには認めたくなかった。で、昨日の朝食で顔を合わせたとき、話した。内容はわかってるでしょ。それを聞いたら、男があたしを押し倒そうとしたって話を聞いたら、なにか言うべきときだって気がつくと思ったの、きっと。ばかだった、わかってる。キャル・バローのことになると、あたしはばかだって言ったでしょ。でも、自分で思ってるほど、キャルをわかってなかったみたい。キャルは絶対に自分から面倒を起こす人じゃないの。あたしのこと、しっかり見張るだけだと思った。それだったらよかった、そうしてほしかったんだから。まさか殺すなんて思わなかった」

「キャルは殺ってない。何回言えばいいんだ？　ナンは他にはだれにしゃべった？」

「ロジャーに話すつもりだって言ってた。ロジャー・ダニング。話したほうがいいと思うかって訊かれたから、思うって答えた。アイスラーを手加減して扱ってくれ、しかたがないとき以外は締めあげるな、って頼まれてたから、ロジャーは知ってたほうがいいと思って。ナンはすぐ話すって言ってた」

「その他にはだれに？」

「だれにも話してないと思う。あたしにはメルに話さないって約束させたし」

「メル・フォックス？」

「そう。ナンとメルは結婚するつもりだから、メルがなにかするんじゃないかって心配してた。絶対に話してないと思う」

「きみは話したのか？」

「まさか。話さないって約束したんだから」

「そうか」ぼくは両手をあげて、おろした。「ぼくが出くわしたなかで、きみは一番に近い珍しい人種だよ。ぼくは天才のことは多少心得てる。雇い主だからね。だけどきみは新種だ、天才の反対だな。きみに言い聞かせようとしても無駄――」

電話が鳴った。ぼくは椅子を回して受話器をとった。『ガゼット』紙のロン・コーエンだった。だれがウェイド・アイスラーを絞め殺したかとその理由についての独占記事をいくらで引き受けるか知りたがったので、犯人はぼくで、自白をタイプしたら写しを作ってやるつもりだが、今のところ忙しいと答えた。

受話器を戻そうと手を伸ばしたとき、背後からウルフの声が聞こえた。大きくはないが、穴を隠している滝の絵越しのわりには、はっきり聞きとれた。「アーチー、動くな。振り返るな。この女はバッグから銃を出して、きみを狙っている。ミス・ジェイ。あなたの目的は言うまでもない。グッドウィン君が死ねば、あなたが昨日の朝食時になにを話したか暴露する人間は、バロー氏本人以外に一人もいなくなる。そして、あなたはその事実を否定するつもりなのだ。グッドウィン君を殺害した当然の刑罰を逃れることは望めないのだから、もちろんあなたは破滅の運命をたどる。だが、自分の軽挙妄動がバロー氏の破滅の運命を招いたと考え、救助のために代役を受け入れたのだ。自暴自棄の方便だが、一定の評価はできる。しかし、今となっては役に立たない。わたしがあなたの話を聞いてしまった。わたしまで殺すことは不可能だ。どこにいるか知らないのだから。銃をおろしなさい。ついでに言っておくが、グッドウィン君は長年わたしの助手として働いてきた。わたしは彼をよく知っている。従って、バロー氏がウェイド・アイスラー氏を殺さなかったというグッドウィン君の結論を受け入れる。グッドウィン君は簡単にだまされたりはしない。銃をおろしなさい」

ぼくはじっとしていたが、簡単ではなかった。もちろん、ゾクゾクする感覚が背骨を上下に走った。ただ、もっと悪いのは自分をとんだまぬけに感じたことだった。ウルフが演説をする間、ローラに背を向けて座っているなんて。ウルフの言葉が途切れたとき、もう限界だった。ぼくは振り返った。銃を持った手は膝に置かれていて、ローラはなぜそんなところにあるのかと不思議がっているみたいに見つめていた。ぼくは立ちあがって銃をとりあげた。短銃身の古いグレイバーで、回転弾倉を出してみた。全弾装填してあった。

銃を振って弾薬を出していると、ウルフが廊下から入ってきた。こちらに近づきながら、ぼくに声をかけた。「アーチー。バロー氏はこの女に想いを寄せているのか？」

「そのとおりです。この一件で、告白する気になることもありえます」

「困ったものだ」ウルフはローラを睨みつけた。「マダム。あなたは世にも危険な生物だ。しかし、目の前にいるのだし、必要になるかもしれない」頭の向きを変えて、大声で呼んだ。「フリッツ！」

フリッツは廊下にいたにちがいない、一瞬で現れた。「こちらはミス・ローラ・ジェイだ」ウルフは教えた。「南の部屋へ案内してくれ。昼食ができたら、盆を持っていくように」

「あたし、出ていきます」ローラは言った。「出て……ともかく出ていきます」

「だめです。一時間以内に悪さをしでかすでしょう。わたしは殺人犯の正体を暴くつもりです。それがバロー氏ではないというグッドウィン君の結論を受け入れましたから、おそらくあなたが必要になるでしょう。こちらはフリッツ・ブレンナーさんです。一緒に行きなさい」

「でも、あたしはどうしても――」

「けしからん、出ていくつもりか？　あなたがなぜグッドウィン君に会いにきたのか、クレイマー警視は理由を知りたがるだろう。電話をかけて、通報してほしいのか？」

ローラは行った。ぼくは長椅子から上着をとりあげてフリッツに渡し、フリッツはローラを外のエレベーターへと護送していった。ウルフはぼくに命じた。「ダニング氏に連絡をとれ」そして、自分の机まで移動して腰をおろした。ぼくはグレイバーと弾薬を引き出しにしまって、〈パラゴン・ホテル〉の番号を電話帳で探し、電話に手を伸ばしてダイヤルした。若い女の声がダニングの部屋から応答はないと言ったので、呼び出しをかけるように頼んだ。見つけられなかったため、伝言を残し、マディソン・スクエア・ガーデンを試してみたら、ようやくつかまった。

ウルフは自分の受話器をとった。ぼくはそのまま聞いていた。「ダニングさんですか？　こちらはネロ・ウルフです。昨日ミス・リリー・ローワンの家でお会いしました。ミス・ローワンの言うおもてなしの乱用――客の一人が起こした暴行死――を調査するために雇われまして、あなたにお目にかかりたいのです。よろしければ事務所までご足労願います。そうですな、二時十五分では？」

「無理だ」ダニングが答えた。「行けない。どっちにしても、知っていることはすべて警察に話した。ミス・ローワンが望むのなら探偵を雇う権利はあると思うが、わたしには理由がわからないな……いずれにしても、行けない。これは悪夢だ、まさに悪夢だ。それでも、今夜はロデオを行うつもりなのでね。生きていればの話だが」

「殺人が悪夢を生むのですよ。日曜の夜にミス・カーリンがアイスラー氏のマンションを訪問したことも、警察に話しましたか？」

沈黙。五秒間だった。

「どうです？」

「なんの話かわからない」

「それは通りませんよ、ダニングさん。どうしようもなくなれば、今の質問を警察にすることもできますが、あまり気は進みませんな。あなたと話し合うほうが望ましい。ミス・カーリンとフォックス氏も同席のうえで。よろしければ一緒に二時十五分にここへ来てくれますか？　イエスかノーかで結構。電話で議論してもはじまりませんから」

また沈黙。六秒だった。

「行こう」

「ミス・カーリンとフォックス氏も一緒ですか？」

「ああ」

「結構。お待ちしています」ウルフは電話を切り、ぼくを見た。「アーチー。あの女は窓から逃げ出そうとするか？」

「いえ。釣りあげられましたから」

「結構だ」ウルフは壁の時計を見やった。「四十分で昼食になる。報告を」

第四章

一行が到着したとき、ぼくはその場にいて迎えいれることができなかった。着いたのは五分早い二時十分で、ぼくは三階でローラ・ジェイと一緒にいた。南の部屋はぼくの部屋と同じ三階で、ウルフの部屋の上にあたる奥側にある。ウルフがコーヒーを飲みおえる前にぼくは昼食のテーブルを離れ、階段を二階分あがった。ローラがまだ部屋にいるか確かめたかったし、フリッツが持っていった盆からなにか食べたかも見たかったし、ナンとメルとロジャー・ダニングが来る予定でウルフが後ほど参加を求めればぼくが迎えに来るかフリッツを迎えに寄こすと説明もしておきたかった。その三つの目的はすべて達成できた。ローラは部屋にいて窓際に立ち、太陽が蜂蜜色の髪を炎のように染めていた。皿にはクレオールふう揚げ物(フリッター)が一個しか残っていなかったし、サラダボウルは空だった。呼び出しを待つのではなく一緒に行くと言い張るだろうと思っていたが、そうではなかった。ほんの参考までに、ぼくが電話を切ったときに引き金を引くつもりだったのか、振り返るまで待つつもりだったのかと訊いたら、人の背中を撃ったりしないことくらい承知しておくべきだと言われた。

ぼくが事務所へおりていくと、三人はいた。ロジャー・ダニングが赤革の椅子で、ナン・カーリンとメル・フォックスはウルフの机の正面にある黄色い二脚の椅子に座っていた。ぼくが入っていって、三人の後ろを迂回していっても、だれも目を向けなかった。話をしているウルフに集中していたのだ。

「――情報源は重要ではありません。あくまでも否定するのであれば、苦境に陥るのを先延ばしにしているだけとなるでしょう。わたしからではありませんが、日曜の夜アイスラー氏が女性を自宅マンションへ連れていった事実を、警察はすでにつかんでいます。指紋を徹底的に調べているところです。ほぼ確実にあなたの指紋を見つけるでしょうな、ミス・カーリン。グッドウィン君によれば、昨夜あなたがた全員が指紋の採取を許可したそうではないですか。あなたがたは追い詰められている。わたしとの話し合いを拒むのであれば、今すぐ警察に指紋の件を話すことをお勧めします。警察から突きつけられる前に」

ナンは顔の向きを変えてメルを見た。で、ぼくは正面からナンの顔を見ることになった。ピンクの絹のシャツにリーバイスとブーツという格好ではなく、ブラウスにスカートにパンプスなのだが、ニューヨーク市民ならだれでもよそ者と言いあてただろう。週末を海岸で過ごしたとしても、たとえ後払いで二週間のバミューダ旅行に出かけたとしても、女の子の顔の色があそこまで黒くなることはない。

メル・フォックスはナンと視線を合わせた。「しょうがないな」

ナンは視線をウルフに戻した。「ローラがしゃべったんでしょ。ローラ・ジェイ。ロジャー・ダニング以外で知ってるのはローラだけだし、ロジャーはしゃべってないから」

「ロジャーはしゃべらなかったって言ってるんだ」メルが口を出した。ダニングを見やる。「だれかの鞍帯をはずしたりしないよな、ロジャー?」

「もちろんだ」ダニングは答えた。ちょっと声がうわずり、咳払いをする。骨張った細面はさらに細長くなった。緊張すると、丸い顔はますます丸く、長い顔はますます長くなるのを、ぼくは何度も目にしたことがある。ダニングはウルフに尋ねた。「わたしがしゃべったか?」

「いいえ」ウルフは続けてナンに質問した。「例の件を知っているのは、ミス・ジェイとダニングさん二人だけだと言いましたね。話したのはいつです?」

「日曜の夜、ホテルに戻ったとき。ローラの部屋はあたしの隣なんで、行って話した。ロジャーに話すべきだと思ったし、ローラも賛成だったから、部屋に戻って電話をかけて、来てくれたロジャーに話した」

「なぜ、ダニングさんなのです? 特に親しい間柄ですか?」

「ロジャーと? まさか? この人と?」

「問題が一つ持ちあがりました。ダニングさんが怒りをかきたてられてアイスラー氏の殺害を決意したとも考えられます。おそらく秘めた情熱に突き動かされたのです。ちがいますか?」

「当人の顔を見てみたら」ナンは言った。

ぼくらはダニングを見た。悪口を言うつもりはないが、秘めたにしろ秘めてないにしろ、情熱で燃えあがるような男にはみえないと認めるしかなかった。

「まだ人を殺したことは一度もない」ダニングは答えた。「ナンが話した理由は、そうするべきだと思ったからだし、まさにそれが正解だ。ナンがアイスラーのマンションへ行ったのは、わたしにも責任がある。アイスラーが羽目をはずさない限り多少自由にさせてやってくれとカウガールたちに頼んだんだ。みんなが自分の面倒はみられるとわたしもわかっていたが、ナンとしてはアイスラーがまた近寄ってくることがあったら引っかき傷じゃすまないとわたしに言っておきたかったんだよ。無理もないね」

「なぜ自由にさせろと頼んだんです?」

「それは」ダニングは唇を舐めた。「ある意味、縛りがあったというかな。アイスラーが金を出してなかったら、今年はロデオの会場をニューヨークにはしなかっただろう、いずれにしても、簡単じゃなかった。最初に契約をしたときは、金を持っていること以外にさほどアイスラーのことは知らなくてね。ともかく、女関係以外はなんともなかったし、そんな男だとはわからなかった。控えめにしてくれなきゃ面倒があるかもしれないのは承知していたが、本人に言ったところでどうにもならないと思ったんだ。わたしになにができた? アイスラーを出入り禁止にするわけにはいかなかった。日曜の夜の話をナンから聞かされたとき、これで手を出すのはやめるだろうと思った。野生の馬をうまく扱える女はアイスラーみたいな男もうまく扱えるとわかっただろうとね」

「本人にそう言ったのですか?」

「いや、言わない。その必要がなくなればいいと思ってた。それでも、目配りはきちんとしようと決めた。昨日ミス・リリー・ローワンの家で、テラスにアイスラーがいないことに気づいたときは、部屋のなかや外を少し探してみた。見つけられなかったが、カウガールたちが全員揃っていたから、急に帰ったんだなと思った。それならそれで、結構だった」

「それは何時でしたか? アイスラー氏を探して見つけられなかった時間は?」

ダニングは首を振った。「正確な時間は無理だ。警察からも頼まれたし、できるだけ頑張ったが、ミス・ローワンがコーヒーのお代わりをとりに家に入ったあと、そんなに経ってなかった……三分とか、もう少しあとかな。外を見て戻ってきたら、キャル・バローに縄がなくなったんで探していると言われた。アイスラーが盗ったのかなと思ったが、理由は思いつけなかった」

「アイスラー氏のマンションでのミス・カーリンの経験について、何人に話しましたか?」

「何人?」ダニングは眉を寄せた。「だれにも言ってない。なんの役に立つって言うんだ?」

「だれにも話していない?」

「ああ」

「で、警察にも話さなかった?」

「ああ」ダニングは唇を舐めた。「ナンに警察をけしかけるだけだろうと思ったんでね。そんなことをしても、意味があるとは思えなかった。ナンにわたしとの関係について質問していたが、なにもない。ナンはカウガールの一人というだけだ。ただ、ナンのことはよく知っている。手を出してきただけで男を殺したりはしない。こちらも一つ質問がある。ミス・ローワンが捜査のためにあんたを雇ったと言っていたな?」

「はい」

「事件が起こったとき、あんたは現場にいなかった。グッドウィンもな。それで間違いないか?」

「はい」

「だが、ミス・ローワンはいた。で、あんたを雇った。金を出すわけだ。だから、むろんあんたはミ、ミ、ミス・ローワンを調べたりはしない。昨日あそこにいたとき、ミス・ローワンはあんまりアイスラーに好意を持っていないようだったぞ。その点にあんたは目を向けていないと思うが? 犯人はわたしたちのだれか、カウボーイか、カウガールか、わたしでなければいけないと思っているんだろう?」

ウルフは唸った。頭の向きを変える。「アーチー。きみに確認していなかった。ミス・ローワンがアイスラー氏を殺したのか?」

「いいえ」

「では、決着だ。ダニングさん、犯人は明らかにあなたがたの一人です。ところでミス・カーリン。あなたに質問していませんでした。アイスラー氏を殺しましたか?」

「いいえ」

「フォックスさん。あなたがやったのですか?」

「いや」

「日曜の夜にミス・カーリンがアイスラー氏のマンションを訪ねたことを、最初に知ったのはいつですか?」

「今日だ。二時間前。あんたからの電話のあと、ロジャーが教えてくれた。日曜の夜か昨日の朝おれが知ってたら、昨日アイスラーはあの家で殺されずにすんだろうな。あそこにはいなかっただろうから。ベッドに寝てるか、ことによっちゃ病院送りだったろうよ」

「では、知らなかったのは残念ですな」

「ああ。あんたがおれを連れてこいって言ったから、ロジャーは教えてくれたんだ。連れてこいっていう理由についちゃロジャーは知らなかったし、おれも知らない。ただ、見当はつく。あんたはハーヴェイ・グリーブの友達だな」

「友人なのはグッドウィン君です」

「そうか。だったら、ハーヴェイはグッドウィンにあれこれ話すな。ナンとおれのこともしゃべった。一緒になるつもりだってことも。たしかにそうで、あんたは――」

「ハーヴェイじゃない」ナンが口を挟んだ。「ローラよ。ローラがしゃべったのよ。警察がキャルを逮捕したから」

「わかった。ローラかもしれない」メルはウルフを見たままだった。「だったら、よくできた状況みたいだな。アイスラーはおれの女を追っかけ回して、おれがあいつを殺した。だから、ロジャーにおれを連れてこいって言ったんだろう。あんたがとびきり器用なのはわかってる。投げ縄なら曲がり角の先まで届くくらいにな。それでも、やれるもんならやってみろ、ってところだよ。ナンがアイスラーの家に行ったことを、ロジャーはだれにもしゃべらなかったって言ってる。ナンはローラとロジャー以外にはだれにもしゃべってないって言ってる。だから、おれはそのことを知らなかった。アイスラーが自分からしゃべらない限りはな。ありそうもない話だし、アイスラーは死んだ。さあどうだ、お次はあんたの番だぞ」

「知ってたくせに！」

ローラ・ジェイの声が、穴を隠している滝から聞こえてきた。ロジャー・ダニングから腕二本分くらいしか離れていない。ダニングはさっと振り向いた。ぼくは椅子を蹴って廊下に向かったが、半分しか進まないうちに、ローラが姿を現した。

ローラはメルにまっすぐ近づいていって足を止め、面と向かってこう言った。「知ってた、あたしが話したんだから」ウルフに向き直る。「昨日よ。昨日の朝、話した。あたし、思ったん――」

邪魔が入った。ナンが飛んでいって、ローラの横っ面をひっぱたいたのだ。

どういうわけか、女二人が取っ組み合っている場合、男二人よりも分けるのが難しい。できれば女性を傷つけたくないと思うだけじゃない。女二人のほうが実際にじたばたするので、引っかかれたり嚙みつかれたりしやすいのだ。それが体力満点の二人のカウガールとなると、正真正銘の難題だ。それでも、ぼくには加勢がいた。ロジャーとメルのほうが近くにいて、ぼくが行ったときには、ロジャーがローラの肩をつかみ、メルがナンの腰に腕を回していた。男二人が思い切り引っ張って、ぼくは間に入るだけですんだ。ローラはもがいてロジャーを振り放したが、ぼくがいた。メルはナンを押さえこんでしまっていた。

「くだらん」ウルフが言った。「ミス・ジェイ。大混乱を起こすあなたの才能は並外れていますな。アーチー。ミス・ジェイを外へ――」

「嘘つき」ナンが言った。少し息が乱れ、目は炎のようだった。「ローラだってわかってた。わかってたんだ――」

「よせ、ナン」メルが制した。ウルフに向けた目を細める。「じゃあ、あんたが仕組んだんだな、ええ？　あんたがローラに入れ知恵したんだ、だろ？」

「そうではない」ウルフは断言した。「茶番めいてきましたな。ミス・カーリン、ある点まではあなたの言うとおりだ。ミス・ジェイはバロー氏を心配して、アイスラー氏のマンションであなたに起こったことを話すために、グッドウィン君に会いにきたのです。フォックスさんには話さないとあなたに約束させられ、約束を守ったと言っていました。わたしはミス・ジェイを手近に置いておいたほうがよいと考えて、上階の部屋に案内し、そこにいるように言い聞かせたのです。ミス・ジェイがいきなり入ってきたことには、あなたに負けず劣らず驚きました。ミス・ジェイ。フォックスさんには話さなかったとグッドウィン君に言いましたね?」

「そうね」ローラは顎をあげていた。

「なのに、今は話したと言うのですか?」

「そう」

「正確には、いつ、どこで?」

「昨日の朝、ホテルで。朝ごはんのあとのロビー」

「朝食はバロー氏と一緒でしたね。バロー氏もいたのですか?」

「いない。たばこを買いにいってた。メルを見かけたんで、近寄って話した」

「待て、ローラ」メルが声をかけた。「こっちを見ろ」

ローラの頭がゆっくりと向きを変えた。まっすぐに目を合わせる。

「そうじゃないって、自分が一番よくわかってるだろ」メルは言った。「この口のうまいやつに丸めこまれたんだな。キャルを厄介事から助ける方法だって教えられたんだろ、ちがうか?」

「ちがう」

「てことは、おまえはそこに立っておれの目を見て、こんな嘘をつけるってのか?」

「知らない。やってみたことがないもの、メル」

「いいか、ローラ」ロジャー・ダニングがローラの背中に向かって話しかけた。「キャルのためなら、そんな必要はないと思う。弁護士を雇ったから、すぐに保釈で出してもらえる。三万ドルだ。もう保釈されたかもしれない。アイスラーを殺したいと思う理由を検察が示せない限り、キャルを殺人罪で起訴することはできない。そもそも、理由はないんだ」

「ローラだけじゃない」メルはナンを後ろに移動させ、自分が前に出た。そしてぼくに向き直る。

「あんたも口がうまいな、ええ？」

「それほどじゃない」ぼくは答えた。「なんとかしのいでるんだ」

「そうだろうとも。間違いないさ、あんたは質問に答えるのがうまい。昨日だれかがアイスラーを殺したときどこにいたかって訊いたら、なんて答える？」

「簡単だ。運転中だった。ウルフさんを車で家まで送り届けて、六十三丁目まで戻った」

「だれか一緒にいたか？」

「いや。二人だけだ」

「途中で知り合いに会ったか？」

「いや」

「ウルフ以外の家のだれかがあんたを見たか？」

「いや。家には入らなかった。縄を使う——投げ縄競技会のことで、アイスラーに使うって意味じゃない——時間までに戻りたかったんでね。あんたはすばらしくいい質問をしてる。ただし、ぼくならキャルと同じ障害にぶつかるね。ぼくがアイスラーを殺したがった理由を示す必要がある」

「そうだな。それか、あんたの雇い主、ウルフがあんたに殺させたがった理由だ。じゃなきゃ、ミス・ローワンの理由。ウルフを雇った女だからな」メルはウルフに向き直った。「このローラ・ジェイには気をつけたほうがいい。嘘つきにはできてない」今度はローラのほうを向く。「話がある、ローラ。二人で」そして、ロジャー・ダニングに言う。「あんたがキャルを保釈させるのに雇った弁護士だが、腕はいいのか?」

ロジャーの長い細面がさらに長くなった。「問題ないと思う。手の打ちかたはちゃんとわかっているようだ」

「その弁護士に会いたい。来るんだ、ナン。一緒に行こう。おれたちはべつに――」

玄関のベルが鳴った。メルがナンを監督しているので、ぼくは出ていった。玄関のマジックミラーを一目見ただけで、ポーチに体重百九十ポンドの巡査がいるのがわかった。殺人課のパーリー・ステビンズ巡査部長だ。ぼくは近づいていって、チェーンをかけて二インチしか隙間ができないようにしてからドアを開け、丁寧に声をかけた。「本日、手がかりはありません。品切れです」

「開けろ、グッドウィン」いかにも警官らしい言いかただった。「ナン・カーリンに用がある」

「まあねえ。とっても素敵なお嬢さんだから――」

「うるさい。開けろ。逮捕状を持ってる、ここにいるのはわかってるんだ」

つまらないことで言い争ってもはじまらない。クレイマーが帰ってからずっと、見張りがついていただろうから。逮捕状については、もちろんアイスラーのマンションに残してきた指紋が残念な結果をもたらしたのだ。ただ、ウルフは自分の家から警察がだれかを連行することをよく思わない。それがだれであっても、だ。「間違った逮捕状を持ってきたとしたら?」ぼくは訊いてみた。

ステビンズはポケットから逮捕状を出し、隙間に突っこんできた。ぼくは受けとって目を通した。「間違いないな」ぼくは答えた。「ただし、気をつけろよ。嚙みつくかもしれない」チェーンをはずし、ドアを開くと、入ってきたステビンズに逮捕状を返し、後ろについて事務所へ入った。ステビンズは形式張ったまねはしなかった。大股でナンに近づいて逮捕状を示し、こう言った。「令状だ。ウェイド・アイスラー殺害事件の重要参考人として連行する。逮捕だ。来い」

ぼくの関心の的はローラだった。きっと自分が事情をばらしたのだからメルも連れていくべきだとわめくと思って、すぐさまそばに行ったが、ローラは声一つあげなかった。石像みたいに突っ立って、唇を嚙んでいた。ウルフは一声唸ったが、なにも言わなかった。ナンはメルの腕をつかんだ。メルは逮捕状を受けとって、読んでからステビンズに言った。「なんの重要参考人か書いてない」

「入手した情報に基づく」

「どこへ連れていく?」

「地方検事局で訊け」

「今から弁護士を雇う」

「いいとも。だれでも弁護士をつける権利はある」

「同行する」

「一緒はだめだ。来てもらおうか、ミス・カーリン」

ウルフが口を開いた。「ミス・カーリン。あなたは当然自分の判断と決定権に従うでしょうな。わたしはなんの提案もしません。弁護士と相談するまでは供述を強制されないことだけお知らせしておきます」

ステビンズとメルが同時に答えた。ステビンズは、「ミス・カーリンはあんたになにも訊いてない」と言った。メルは、「このペテン師め」と言った。ステビンズがナンの肘に触れ、ナンは歩きだした。ナンとステビンズが先に、メルとロジャーが後ろになって出ていく間、ぼくはローラのそばにいた。みんなが出ていったら、ローラがかっとするんじゃないかと思ったのだ。ローラはまだ唇を嚙んでいた。玄関のドアが閉まる音を聞いて、ぼくは事務所から出て確認したうえで、戻った。

ウルフがローラを睨みつけているだろうと思ったが、そうではなかった。ウルフは目を閉じて椅子にもたれ、唇を動かしていた。唇を突き出してすぼめ、引っこめる……出しては引っこめ、出しては引っこめ。ウルフがこれをやるのは決まったときだけで、必ずやる。どこかに綻びを見つけ、あるいは見つけたと思って、そこから事件を見通そうとしているのだ。ぼくはその進行を邪魔しないことになっているので、自分の机に向かったが、座りはしなかった。ローラが立ったままだったからだ。レディ、もしくは山猫が立っているとき、紳士は腰をおろすべきじゃない。

ウルフが目を開けた。「アーチー」

「はい」

「ミス・ジェイがフォックス氏に話したかどうかがわかれば、役に立つだろう。見極めをつけるのに考えられる手はあるか？」

ぼくは片方の眉をあげた。それが見通そうとしていた綻びなら、ウルフは本気で綻びを求めているのだ。「丸腰では無理です」ぼくは答えた。「科学者が必要になるでしょう。嘘発見器を持った科学者をつかまえられる場所は知ってますよ。じゃなければ、催眠術師を試してみますか」

「くだらん。ミス・ジェイ、ミス・カーリンが逮捕された今の答えはどちらですか？　フォックス氏に話したのですか?」

「話した」

「昨日の朝、ホテルのロビーで?」

「そう」

「おわかりかと思うが、それで自分がどんな面倒に巻きこまれるか……いや、逆にわかっていないようですな。あなたは――」

電話が鳴って、ぼくが出た。「ネロ・ウルフ探偵事務所。こちらはアーチー・グッドウィンです」

「キャルだ、アーチー。ローラがどこにいるか知ってるか?」

「見当はつくかもしれません。今どこに?」

「ホテルだ。保釈された。ローラは今朝出ていって戻ってないって話なんだが、マディソン・スクエア・ガーデンにはいなかった。あんたに会いにいったんじゃないかと思って」

「ちょっとお待ちください。場所を変えますので」

ぼくはメモ帳を出して、書いた。〝キャル・バローが保釈されてローラを探してます。ここに連れてきたら、ご自分で話の真偽を確認できます〟メモを破ってウルフに渡す。ウルフは読んだうえで時計に目をやった。午後の蘭とのデートは四時だ。

「だめだ」ウルフは言った。「きみが確認できる。ミス・ジェイをここから連れ出せ。もちろん、きみが一番に先方に会う必要がある」

ぼくは電話に戻った。「どこで見つかるかわかると思います。少々込みいっているので、一番いいのは――」

「どこにいる?」

「連れていきます。部屋の番号は?」

「五二二。どこにいるんだ?」

「三十分で行きます。もっと早いかもしれません。部屋から出ないように」

ぼくは電話を切って、ローラに向き直った。「キャルからだ。保釈されてきみに会いたがっている。ぼくが連れて――」

「キャルが！　どこにいるの?」

「連れていくけど、先にぼくが会う。約束しろとは言わない、きみはなんでも安請け合いだからな。ただ、おかしなことをしようとしたら、子牛を扱うのに新しい方法を見せてやるよ。上着はどこだ?」

「上の部屋」

「とってきてくれ。ぼくが行くと、戻ってきたらきみはいないっておちかもしれないから」

第六章

八番街と五十四丁目の角近くにある〈パラゴン・ホテル〉は、みすぼらしいとまではいかないが、〈ウォルドーフ・アストリア〉のような高級ホテルでは絶対にない。マディソン・スクエア・ガーデンの催しの出演者には便利だ……もちろん、一流芸能人は除く。ローラとぼくがホテルに入ると、二十人以上のカウボーイやカウガールたちがロビーにいた。ウェスタンウェアを着ている人もいれば、そうでない人もいる。エレベーターに向かったところ、意外にもローラはタクシーで合意した計画をちゃんと守り、四階で降りて自分の部屋に向かった。ぼくはそのままあがって、五階で降り、五二二号室を見つけてノックした。ノックが終わらないうちに、ドアは開いた。

「おや」キャルが言った。「ローラはどこだ?」

キャルはまだ昨日と同じ格好をしていた。真っ青なシャツにジーンズ、ウェスタンブーツ。顔も服とどっこいどっこいで、ぱりっとはしていない。

「自分の部屋だ」ぼくは答えた。「髪を直したがってた。ローラが来る前に、訊きたいことがある。あそこの椅子、いいかな?」

「もちろん。入って、座ってくれ」キャルが体を引いて、ぼくは部屋へ入った。椅子が二脚あり、ベッドやら引き出しやら小さなテーブルやらでほぼ一杯だった。ぼくは腰をおろした。キャルは立ったまま大きなあくびをした。

「失礼」キャルは言った。「ちょっと寝不足で」

「ぼくも同じだ。いろいろあってね。ま、それはローラが話すだろう。ミス・ローワンはネロ・ウルフを事件の捜査に雇った。で、きみが昨日ぼくに打ち明けた話だけど、ウルフさんも知ってる。どうやって知ったのかは、ローラが説明できる。ぼくは警察や他の人には話してない」

キャルは頷いた。「そうだろうと思った。じゃなきゃ、事情聴取で訊かれただろうから。あんたは自分の舌をちゃんとしといてくれたんだと思ってる。すごく助かった。相談するのに正しい相手を選んだな」

「正直なところ、きみはもっとまずい手を打ってたかもしれない。とにかく、他に教えてほしいことがある。昨日の朝、ローラと一階で会って、一緒に食事しただろ。覚えてるかい？」

「もちろん、覚えてる」

「メル・フォックスによれば、きみはローラとの朝食のあとロビーに出て、一人で売り場までたばこを買いにいったが、そのときメルもそこに来てちょっと話をしたと。覚えてるかい？」

「覚えてないみたいだな」キャルは眉を寄せた。「たばこなんて買わなかった。この部屋に一カートンある。メルは勘違いをしてるはずだ」

「そこのところを確認しておきたいんだ、キャル。立ち戻って考えてくれ、つい昨日のことだ。きみとローラは喫茶室で朝食をとった？」

「そうだ」

「それから一緒にホテルのロビーへ行った。たばこを買いにローラと別れたんじゃなければ、新聞を買いにいったのかもしれない。新聞売り場は――」

「ちょっと待った。ロビーには行ってない。通り側のドアから喫茶室を出た。で、二人でマディソン・スクエア・ガーデンまで様子を見にいった」

「だったら、戻ってきたときかもしれないな。そのときロビーに入った」

「戻ってない。マディソン・スクエア・ガーデンを出て、ミス・ローワンの家へ行ったんだ。こんなにうるさく言われる理由を教えてくれてもいいんじゃないか？　おれたちがなんの話をしたって、メルは言ってるんだ？」

「じきにわかるよ。ぼくは確認する必要が――」

ノックの音がした。キャルはすかさずドアへ向かった。ローラだった。相変わらずだ。十五分で話をつけてあったのに、まだ十分しか経っていない。再会はすばらしく劇的だった。キャルは言った。「ああ、こんにちは」ローラは言った。「こんにちは、キャル」キャルは脇によって立っていたので、ローラは部屋に入ってくるとき、触れあう必要はなかった。ぼくは立ちあがって声をかけた。「ちょっと時間をごまかしてるけど、どうせそんなことだろうと思ったよ」キャルはドアを閉め、こちらへ来て言った。「おいおい、らくだから放り出されたみたいだな」

ぼくは主導権を握った。「聞いてくれ」と二人に言う。「ぼくが出ていったら、時間は全部二人のものだ。だけど今は話があるし、きみたちはそれを聞ける。座ってくれ」

「話ならもうしたでしょ」ローラが言った。「キャルになにを言ったの？」

「まだなにも言ってないけど、これから言うつもりだ。きみたちが聞きたくないんなら、他にあてがある。電話をかけて全部白状する気になったって言ったら、クレイマー警視が聞いてくれるさ。座れって!」

ローラはもう一つの椅子に座った。キャルはベッドの端に腰をおろした。「なんだか偉そうだな、アーチー」キャルが言った。「口ほど嫌な感じでなきゃいいがな」

「嫌な感じなんてまったくないさ」ぼくは座った。「愛の物語を話そうとしてるんだ。貴重な時間を割いて話すのは、そうしなけりゃローラが次になにをしでかすか見当もつかないからだ。昨日、ローラはきみにとんでもない嘘をついた。今日、ローラはぼくにアイスラーを殺したと言った。それから……二人ともうるさい! それからローラはぼくの背中に装塡した拳銃を突きつけて、邪魔が入らなければ撃ち殺すつもりでいた。次にローラはまた別の嘘をついて、メル・フォックスに殺人罪を着せようとした。それは――」

「ちがう!」ローラが叫んだ。「あれはほんとの話だから!」

「言ってろ。きみとキャルは朝食後にロビーには行かなかった。マディソン・スクエア・ガーデンに行って、そこからミス・ローワンの家に行ったんだ。メル・フォックスにナンとアイスラーのことをしゃべったって言うが、そうじゃなかった。メルに罪を着せた、というか、着せようとしてたんだ」

「しゃべるのが早すぎる」キャルが口を出した。「ゆっくり話して、少し証拠も出したらいいだろ。出せたらの話だが。ローラがおれに昨日話したって嘘はなんだ?」

「日曜の夜にアイスラーのマンションに行ったたって話だ。ローラは行ってない。一度も行ったことがないんだ。アイスラーが日曜の夜に連れていったのはナン・カーリンで、ナンはホテルに戻ってからローラにその話をしたんだ。ローラは、自分がそこに行ったたってきみに話した。理由は二つある。馬を相手に不注意で耳にあざをつけられたってことを認めたくなかったから。それと、肝心なほうの理由は、手綱を離れるときだってきみが気づくだろうって思ったせいだ。なにもかも愛のためさ。きみはローラの王子さまなんだ。ローラはきみを釣りあげたがってる。よりよき半身だか悪いんだかは知らないけど、きみに迎えいれてもらいたがっている。で、事態をさらに悪くするために最悪のことをしてきてるんだ」

「そんなこと言ってない！」ローラが叫んだ。

「言葉では言ってないさ。キャルにあんな嘘をついたのは、それが理由だったんだろ、ちがうのか？一度くらい本当のことを言ってみたらどうなんだ？」

「もういい、そうよ！」

キャルが立ちあがった。「しばらく二人きりにしてくれ。戻ってきてかまわないから」

「ここは立派なホテルなんでね。紳士は自分の部屋でレディと二人きりにならないことになってる。じき出ていくって、もう少し細かい話をしたらな。座れよ。ローラは今日ぼくのところへ来て、自分がアイスラーを殺したって言ったんだ。きみが殺ったと思ったんだよ、今でもそうだ。自分のせいだからって、責任をとりたがったわけだ。それが受けつけられないとなったら、バッグから銃をとり出して——念のため持ってきてたんだ——ぼくが背を向けたら、撃つ気で構えていた。きみに動機があることを知っているのはぼくだけだっていう考えだ。どうしてうまくいかなかったかも、ローラが説明するだろう。それから——」

「ローラは撃たなかったはずだ」キャルが言った。

「撃たないが聞いて呆れるね。それから、メルとナンとロジャーが来て、ローラは別の考えを思いついた。ナンが日曜の夜にアイスラーの家に行ったことをメルに話したって宣言したんだ。メルにアイスラーを殺す動機を与えるっていう考えだ。昨日の朝食後にきみと二人でロビーに行って、きみがたばこを買いにいった間にメルに話したって言い張った。もうその言い分は踏んづけちまったけどね」ぼくはローラに向き直った。「メルに会って説明したほうがいい。発作を起こしたんだって言えよ」

ぼくはキャルに視線を戻した。「もちろん、いくらなんでもひどすぎる。殺人罪をおっかぶせようとしたんだから。ただ、なんだかんだ言っても、できることなら自分におっかぶせただろうな。最初にローラはそうしようとしたし、大目にみてやるべきだってことは認めるよ。ぼくが洗いざらいぶちまけたのには、三つの理由がある。その一。ローラにどんなことができるか、これできみにものみこめるだろうし、止められるだろう。他のだれにもローラは止められない。このまま考えを思いつき続けると、信じられないほどつけがたまって、きっときみが払う羽目になる。その二。アイスラーを殺したのがだれであっても逮捕されるって、きみたち二人にちゃんと理解してもらいたかった。どうせ捕まえるなら早いほうがいい。犯人は六人のなかの一人だ。ナン・カーリン、アンナ・カサド、ハーヴェイ・グリーブ、メル・フォックス、ロジャー・ダニングと奥さん。どんなことでもいいから、そのうちのだれかがアイスラーの死を望む可能性のある理由を知っているなら、ぼくに話してほしい。それも今」

「ローラはまだおれが犯人だと思ってるって言ったな」キャルが言った。

「その考えにしがみつく態度を少しは改めたかもしれない。他の考えがだめになったんだから、その考えもぐらついてるはずだ」ぼくはローラを見やった。「仮定の話にしよう、ローラ。キャルがやらなかったとしたら、犯人は？」

「さあ」

「ハーヴェイ・グリーブはどうだ？　ハーヴェイはぼくの友達だけど、犯人ならその点には目をつぶる。動機があるとは考えられるかい？」

「さあ」

「ロジャー・ダニングはどうだ？　アイスラーはあの人の奥さんにちょっかいを出したかな？」

「そうだとしても、一度も見たことない。他の人が手を出したところもね。あの人は――その、自分で見たでしょ――どうしてアイスラーが手を出すの？　若い女の子が一杯いるのに。あの人、五十近いはず」

エレン・ダニングはたぶん四十歳を一日も超えてはいないだろう。ただ、たしかに少し色褪せた感じはした。ぼくはキャルに向き直った。「きみの番だ。自分で殺してないなら、だれがやった？」

キャルは首を振った。「なんとも言えない。あの六人のうちの一人じゃなくちゃいけないのか？」

「そうだ」

「じゃあ、お手上げだ。見当もつかない」

「見当以上の答えが必要になる。そっちの時間だけじゃなく、ぼくのも割いている三つ目の理由。きみを見直して、もう少し話を聞きたかったんだ。きみははっきりした動機を持つ唯一の人物で、ぼくはそのことを知っている人物だ。きみが犯人じゃないっていうぼくの結論をネロ・ウルフは買ってくれてるし、ぼくは警察にはなにも話してない。もし間違ってたら、おしまいだ。それに、ローラが最後にぼくの鼻を明かすことになる。それだけは嫌だ。きみはアイスラーを殺したのか？」

「言っておく、アーチー」まさかと思うかもしれないが、キャルはニヤニヤ笑っていた。キャルと殺人事件の裁判の間に立ちはだかるのは、ぼくだけしかいないのに。「ローラが最後におれの鼻を明かすことになるのも嫌だね。だから、そうはならない」

「わかった」ぼくは立ちあがった。「ローラから目を離さないでくれ、頼むよ。ハーヴェイの部屋の番号は知ってるか？」

「もちろん。廊下の奥だ。五三一」

ぼくは部屋を出た。

五三一号室のドアをノックした。最初は普通に、次に強くやってみたが、返事はなかった。ぼくはハーヴェイにどうしても会うつもりだった。ロビーにいるかもしれない、いなければマディソン・スクエア・ガーデンに行ってみよう。事務所に戻るのに急ぐ必要はなかった。まだ四時半で、ウルフは六時まで植物室からおりてこない。エレベーターで下に向かったところ、ロビーは到着時よりも人が増えていた。見てまわったが、ハーヴェイはいなかった。ただ、知り合いを見つけた。隅でカウボーイ二人と立ち話をしている。フレッド・ダーキンだ。フレッドはフリーランスの私立探偵で、仕事で手伝いが必要になったときに任せても安心な実力の持ち主とウルフが考えている三人の探偵のうち、二番目の腕利きだ。ぼくは腕時計を確認した。四時三十二分。ぼくがローラと一緒に事務所を出てから、一時間半近く経っている。ウルフがフレッドを電話でつかまえて要点を説明し、仕事にとりかからせるのには充分な時間だ。そうしたのだろうか？　もちろん、フレッドを使う他の事務所からの仕事でここにいることもありうるが、なかなかの偶然の一致だろうし、ぼくは偶然の一致が好きじゃない。

答えは待つしかないだろう。ハーヴェイが手近にあるなら酒好きなのを知っていたので、ぼくはロビーを抜けてバーに入ってみた。ロビーより人は少ないが、もっと騒々しかった。ハーヴェイは見あたらない。ただ、壁際にボックス席があったので、ぶらぶらと歩いていったら、見つかった。ボックス席で男と話しこんでいた。二人ともこちらを見なかったし、ぼくは通過して、ぐるりと一周したあとロビーに戻り、通りに出た。

ハーヴェイといた男は、ソール・パンザーだった。ソールは、ウルフが仕事で使う三人の探偵のなかで一番の腕利きなだけじゃなく、北極以南で最高の調査員だ。これで答えが出た。フレッドは偶然いた可能性もあるが、二人ともはない。ぼくが家を出た瞬間か、その直後から、ウルフは電話にかかりきりだったんだ。なにがウルフを刺激したんだろう？　答えは出なかった。九番街で、ぼくはタクシーを停めた。運転手に西三十五丁目の住所を告げると、こう言われた。「すごいな。本物のアーチー・グッドウィンじゃないか。名前がまた新聞に出てたけど、今回写真はなかったぞ。パーク・アベニューのすぐ近くで男が投げ縄で絞め殺されたんだろ、その謎を解けるのか？　犯人はだれだ？」

人気者になるのは大歓迎だが、考えるのに忙しくてにんまりする暇はなかった。

運転手にはもう一つすごいことがあった。古い褐色砂岩の家の前でタクシーが停止し、ぼくが降りると、駐まっていた車の陰から男が現れて、話しかけたのだ。パーリー・ステビンズ巡査部長だった。運転手に声をかける。「運転手さん、そのままで。警察だ」そして、ぼくに言う。「逮捕する。令状はある」ポケットから出した書類を、こちらへ差し出す。

ステビンズは楽しそうだった。ぼくが尻込みするのを見れば、もっと喜ぶだろうから、尻込みはしなかった。書類を見もしなかった。「入手した情報に基づいて、かい？」ぼくは丁寧に質問した。「それとも、通則に基づいただけかい？」

「警視が説明する。このタクシーを使うぞ。乗れ」

ぼくは言われたとおりにした。ステビンズは隣に乗りこんできて、運転手に言った。「西二十丁目二三〇番地」車は動きだした。

ぼくはステビンズを相手にしないことにした。向こうは当然ぼくがなにか適当な冗談を言うと思っているだろうから、当然言わなかった。タクシーに乗りこんだときから黙りを決めこんだまま、クレイマー警視の事務室に連行された。分署も兼ねた薄汚い建物の三階だ。そこでもぼくは口をきかなかった。クレイマーの机の端にある椅子に座り、相手が口を開くまで待った。「グッドウィン。おまえの供述書を読み返してみたんだが、昨日の午後の行動についてもっと知りたい。地方検事も同じだそうだが、こっちで先にあたってみることになった。ウルフを車で自宅に送り届けるために、三時十二分に一緒に現場を出た。そうだな?」

ぼくは口を開いた。「全部供述書に書いてありますし、質問には千くらい答えました。一つにつき十回以上答えたこともあります。充分ですよ。ぼくはもう黙ります。なぜぼくが急に捕まる羽目になったのか、教えてくれるまでは。それに、そうしない限り答えません。なにか掘りあてたつもりなら、それはなんです?」

「話が進めばわかる。ウルフと一緒に三時十二分に現場を離れたな?」

ぼくは椅子に寄りかかって、あくびをした。

クレイマーはぼくをじっと見つめた。そして、立っているステビンズに視線をあげた。ステビンズは言った。「こいつのことはおわかりでしょう。連行してから一切口を開きません」

クレイマーはぼくに視線を戻した。「今日の午後、女が本部に電話してきて、昨日の三時半にペントハウスの奥のテラスでおまえを見たと言った。時間は間違いないそうだ。名乗らなかった。ウルフがタクシーで家に帰ったのなら、運転手を探し出すことくらいは言わなくてもわかるだろう。三時十二分にウルフと帰ったんだな？」

「警告、ありがとうございます。その女が電話してきたのは何時です？」

「三時三十九分」

ぼくは考えてみた。ローラとぼくはホテルに三時三十五分くらいに着いた。自由の身になったら、ぼくの予定の筆頭項目はローラの首をひねって川に投げこむことだ。「わかりました」ぼくは応じた。「もちろん、好奇心を刺激されたわけですね。地方検事も同じだと言ってましたから、時間のかかる議論になるでしょう。電話をかけたあとで話します。お借りしても？」

「聞かせてもらうぞ」

「いいですとも、あなたの電話ですから」

クレイマーが電話を押しやり、ぼくはダイヤルした。応答したフリッツに、植物室を呼び出してくれと頼んだ。しばらくして不機嫌そうなウルフの声がした。植物室で邪魔が入るといつもこうだ。

「はい？」

「ぼくです。警視の事務室で警視と一緒です。帰宅したら、令状を持ったステビンズがぼくを表で待ちかまえていました。名前のわからない女が、昨日の午後三時半にミス・ローワンの家のテラスでぼくを見かけた、と警察に通報してきたそうです。明日ぼくが必要だと思うなら、パーカーをつかまえたほうがいいでしょう。ぼくを確認に出した二つの矛盾する証言についてですが、最初のほうが真実です。フリッツに仔牛の膝肉を少し残しておいてくれと伝えてください。明日、温めなおせるはずなので」

「昨日の午後三時半なら、きみはわたしと一緒に車に乗っていた」

「わかってます。でも、警察はわからずやなので。ぼくが乗ってなかったことを証明するためなら、クレイマーは一か月分の給料を差し出すでしょうね」

ぼくは電話を切り、椅子にもたれた。「どこまで話しましたっけ。ああ、そうだ。ぼくは三時十二分にウルフさんと帰りました。次の質問は？」

第七章

水曜の午前十時三十九分、レナード・ストリートの歩道際に立って空車を待ちながら、ぼくは弁護士のナサニエル・パーカーに言った。「ひどい侮辱だ。五百ドルって言ったよな？」

パーカーは頷いた。「なかなか失礼だよな？　ま、きみの弁護士として、もっと高い金額を提案することは事実上無理でね。もちろん、その費用はずっと……来たぞ」パーカーは歩道からおりて片手をあげ、近づいてくるタクシーを停めた。

ぼくの保釈金がたったの五百ドル、キャル・バローの六十分の一だったのは侮辱だが、単なる侮辱にすぎない。不当な扱いはいつか仕返しをする、できれば今回の一件も。ぼくは暑すぎて空気の足りない留置室で十四時間も過ごした。コンビーフのサンドイッチを頼んだら、ハムとゴムみたいなチーズを与えられた。揃いも揃ってユーモア感覚のない四人のちがう郡と市の役人から同じことを何度も何度も訊かれた。生ぬるいコーヒーを穴のある紙コップで出された。電話の使用を許されなかった。がたがたの長椅子で三度仮眠をとるように言われ、うとうとしかけると尋問の続きで起こされた。内容に四か所、綴りに三か所、タイプ上の間違いが五か所ある供述書にサインしろと言われた。挙げ句の果てに、納税者の負担は諸経費含めて最低でも千ドルにはなったはずなのに、警察は出発地点から一歩も前進していないのだった。

古い褐色砂岩の家の前でタクシーを降り、パーカーに送ってもらった礼を言ったあと、ぼくはポーチへあがって、家に入り、事務所に向かった。シャワーを浴びて、ひげを剃り、歯を磨いて、爪をきれいにして、髪をとかし、着替えをして、朝食をすませたら、ぼくの準備が整うとウルフに言うつもりだった。十一時を五分過ぎていたから、植物室からおりてきているはずだ。

が、いなかった。机の奥のばかでかい椅子は空っぽだった。机の正面に向かい合う形で四脚の黄色い椅子が並べられていて、表の応接室から現れたフリッツが、さらに二脚運んできた。部屋の奥、ぼくの机から直角の位置にあたる長椅子の上では、二人の人間が手を握りあっていた。キャル・バローとローラ・ジェイだ。ぼくが入っていくと、キャルは手を引っこ抜いて立ちあがった。

「少し早く着いた」キャルは言った。「どうなってるのか、あんたが説明してくれるんじゃないかと思ったんだ」

「投げ縄競技会だよ」ぼくは答えた。「ぼくが一ブロック走るから、きみがポーチから縄でつかまえる。賞品は蘭だ」そして、フリッツに向き直る。「流しに人魚がいたぞ」ぼくは背を向けて厨房に入った。すぐにフリッツも来た。

「どこにいる?」ぼくは訊いた。

「自分の部屋で、ソールとフレッドが一緒だ。ネクタイが曲がってるよ、アーチー。それに――」

「馬から落ちたんだ。パーティーを開くのか?」

「そう。ウルフさんは――」

「何時に?」

「十一時半に集まってくるって言われた。長椅子のレディと紳士は――」

「手をつなぐために早く来たんだ。態度が悪くてすまないな。一晩野蛮人と過ごして、感染した。洗い流さなきゃいけない。できればトーストとコーヒーを八分で持ってきてくれるかな？」

「いいとも。七分だ。オレンジジュースが冷蔵庫にあるよ」フリッツはガス台に向かった。

ぼくは冷蔵庫からオレンジジュースのコップを出し、スプーンでかき混ぜ、ごくごく飲んで、廊下から階段に向かった。一階上の左手にウルフの部屋のドアがあるが、そのままもう一階あがって、正面側の右手にある自分の部屋へ入った。

ぼくの個人的朝靄のせいで、普通なら一日の身支度を整えるのには四十分くらいかかるのだが、そのときはジュースとトーストとジャムとコーヒーのための小休止を含めて、三十分で片づけた。フリッツが盆を持ってきたとき、ウルフにぼくが帰っていると伝えてくれと頼んだ。フリッツは、あがってくる途中で伝えた、ウルフさんは喜んでいると言った。喜んでいるとウルフが言ったわけじゃない。ウルフが喜んでいると、フリッツが言ったのだ。フリッツは自分を如才ない外交家だと思っている。十一時四十二分、清潔度も身だしなみもましになったが、気分は明るくならないまま、ぼくは事務所へおりていった。

全員揃っていた。ウェイド・アイスラーを除いたリリーの月曜の昼食の客たちだ。リリーは赤革の椅子に座っている。キャルとローラはまだ長椅子にいたが、手はつないでいなかった。残りの六人が黄色い椅子で、メル・フォックス、ナン・カーリン、ハーヴェイ・グリーブが前の列、ロジャー・ダニングと妻、アンナ・カサドが後ろの列にいた。ソール・パンザーとフレッド・ダーキンは脇の離れたところ、大型地球儀の近くにいた。

ウルフは自分の机にいて、ぼくが入っていったときには話している最中だった。言葉を切って、こっちにちらりと視線を向ける。ぼくは足を止めて、丁寧に尋ねた。「お邪魔でしたか？」

リリーが言った。「一晩牢屋にいたわりには、こぎれいじゃない」

ウルフが言った。「きみが遅れている理由を話していた。出てきたのだから、進めよう」ぼくは客の椅子をよけて自分の机に向かい、ウルフは話を続けた。「繰り返しますが、わたしはミス・ローワンに雇われており、その利益のために行動しています。しかし、これから話す内容については、わたし一人にその責任があります。名誉毀損となれば、責めを負うのはわたしのみであり、ミス・ローワンは含まれません。あなたがたはわたしの招きによってここへ来たわけですが、もちろん目的はわたしの歓心を買うことではなく、話を聞くことです。必要以上に引き留めるつもりはありません」

「一時十五分までにマディソン・スクエア・ガーデンに着いてなきゃならない」ロジャー・ダニングが言った。「ショーは二時開始だ」

「ええ、わかっています」ウルフの目が右に向けられ、左に動いた。「一人欠員が出る可能性が高いと思いますな。あなたがたの一人に対し、『ウェイド・アイスラーを殺したのはあなただ、証明もできる』と告げる準備はできていません。ただし、示唆することはできます。あなたがた全員に機会と手段があった。現場にいましたし、鉄の支柱、縄は現場にありました。行動確認の結果、確実に除外される人物は一人もいない。わたしが確認したわけではありませんが、警察がしています。そういったことにかけては、警察の右に出るものはありません。従って、動機の問題となります。よくあることです」

ウルフは親指と人差し指で鼻をつまみ、ぼくは笑いをかみ殺した。女が同席しているとき、ましてや四人もいるときには、空気が香水で汚染されていると信じているのだ。もちろん、そういうときもあるが、今この場はちがう。ぼくは鼻がいいけれど、カウガールたちはなんの匂いもしなかったし、リリーの香りに気づくにはウルフの場所よりずっと近寄る必要がある。それなのに、鼻をつまんだのだ。

ウルフは話を続けた。「警察の視点からすれば、二つの事実がバローさんを指し示していました。凶器はバローさんの縄で、死体の第一発見者だった。わたしからすれば、その二点はむしろバローさん以外を指しているように思われますが、それはおきましょう。バローさんには動機がありましたが、それを知っていたのはミス・ジェイとグッドウィン君だけでした。警察がそのことを把握していれば、バローさんは殺人罪で起訴されていたでしょうな。わたしがその動機を知ったのはつい昨日ですが、グッドウィン君の意見により、無視しました。バローさんは無実だとグッドウィン君は確信しており、グッドウィン君を確信させるのは並大抵のことではないのです。バローさん、あなたとわたしはグッドウィン君に借りがあります。あなたはグッドウィン君のおかげで命にかかわる危難から救われたのですし、わたしはあなたに時間と手間を浪費せずにすんだ」

「そのとおりだ」キャルは言った。「借りはそれだけじゃない」とローラを見やる。ぼくは一瞬、キャルがみんなの前でローラの手を握るんじゃないかと思ったが、我慢したようだ。

「もう一つ、昨日知ったことですが」ウルフは続けた。「ミス・カーリンには動機があったのです。ミス・ジェイによればフォックスさんにもあるとのことでしたが、後ほど撤回しています。ミス・ジェイ、あなたはアイスラー氏のマンションでミス・カーリンに起こったことをフォックスさんに話したのですか？」

「話してない。あたしはきっと――」

「『話してない』だけで結構。ですが、月曜の午後三時半にミス・ローワンの家のテラスでグッドウィン君を見たと、昨日警察に電話をかけましたね?」

「はあ?」ローラは目を見張った。「警察に電話なんてかけてない!」

「かけたはずです。今となっては重要なことではありませんが——」

「警察に通報したのはわたしです」エレン・ダニングが言った。「わたしが電話をして、話しました。本当のことですから。警察は把握しておくべきだと思ったんです」

「それなのに、身元は明かさなかった?」

「そうです。怖かったんです。もっと早く話さなかったせいで、どう思われるかと。でも、警察はちゃんと把握しておくべきだと考えたんです」

ローラに謝らなければならない日が来るとは、ぼくは夢にも思っていなかった。

「まあ」ウルフが言った。「感謝はされないでしょうな。わたしとグッドウィン君は確実にありがたく思っていません。フォックスさんに話を戻しましょう。ところでミス・カーリン。あなたは今朝保釈されたんですな?」

「そうです」ナンは答えた。

「根掘り葉掘り質問されたのですか?」

「そんな感じ」

「アイスラー氏のマンションへの訪問についてフォックスさんに話したことを、警察はあなたから聞き出したのですか?」

「そんなはずないでしょ! メルには話さなかった! メルは昨日まで知らなかったのよ!」

ウルフは視線を移した。「裏書きしますか、フォックスさん?」

「もちろんだ」メルは椅子の端に腰かけ、膝に肘をついて身を乗り出すような格好で顔をあげていた。

「あんたの言ってた示唆ってやつがこれなら、どっか別のところでやってくれ」

「そうではない。物事を整理しているだけです。たとえあなたとミス・カーリンが嘘をついているのだとしても、実際はしゃべっていたとしても、証明はできない。従ってあなたに動機があったと証明することは不可能だ。そう、それはわたしの示唆ではない。わたしはただ――」

「ちょっと待った」ロジャー・ダニングが口を挟んだ。「今まで黙っていたが、永遠に黙っているのは無理だとわかっているべきだった。わたしがメルに話した。ナンがアイスラーのマンションに行って、やつがなにをしたか」

「いつですか?」

「日曜の夜だ。知っておくべきだと思ったんだ、というのも――」

「汚い嘘つきめ。立て」メルが立ちあがった。ダニングの席は真後ろだったので、メルは振り返ってダニングと向き合った。

「すまない、メル」ダニングは言った。「本当にすまないが、まさかわたしに――」

「立て!」

「そんなことしてもなんの役にも立たない、メル。無駄――」

メルは開いた右手でダニングの顎をひっぱたき、頭がかしいだところで左手を繰りだしたが、ソール・パンザーとフレッド・ダーキンが部屋にいた。ぼくも立ちあがったが、二人のほうが近かった。二人はメルの腕をつかんで引っ張り、向きを変えさせた。ウルフが声をかけた。

ますから」

「失礼、フォックスさん。わたしが相手をします。ダニングさんが嘘をついていることはわかってい

メルは目を細めた。「やつが嘘つきだって、どうしてあんたにわかるんだ？」

「追い詰められたネズミは見ればわかります。椅子をずらして、座ってください。ソール、ダニングさんが武器を身につけていないか確認してくれ。芝居がかった騒ぎは必要ない」

ダニングは立ちあがり、ウルフをじっと見つめていた。「ミス・ローワンに責任はないと言ってたな」必要以上に大きな声だった。「自分にあると」そして、リリーに向き直る。「雇い主はそちらだ。とっとと首にするようお勧めする」

リリーはぼくを見た。ぼくは首を振った。フレッドがダニングの後ろに移動して両腕をとり、ソールが身体検査をした。メル・フォックスは椅子を離して腰をおろした。キャルはローラになにか言い、アンナ・カサドはハーヴェイ・グリーブに話しかけた。ソールが体の向きを変えて、ウルフに告げた。「銃はありません」ダニングは奥さんに声をかけた。「来い、エレン。帰るぞ」ミセス・ダニングは手を伸ばして、夫の袖をつかんだ。

ウルフが口を開いた。「帰れません、ダニングさん。出ていくときは護送されることになります。繰り返しになりますが、『あなたがウェイド・アイスラーを殺した、証拠は示せる』と言うことはできません。ですが、あなたの有罪の可能性はきわめて高く、このわたしの名声を賭けてもいいと断言します。ことの運びが性急なのは認めざるをえませんが、動機はあなたへの警告抜きで確立できないものなので。また、わたしの依頼人、忘れがたい食事の席へ招待してくれたミス・ローワンの気まぐれを満足させたいと思います。ミス・ローワンはあなたを地方検事に送り届けたいそうです。パンザ

ー君とダーキン君が同行して、収集した情報を提供します。あなたは否応なしに行くことになります。今ここでわたしに異議を申し立てたいですか?」

ダニングは頭を回して椅子の場所を確かめ、座った。肩をそびやかし、顎をあげる。「どんな情報だ?」

「その性質をお話ししましょう」ウルフは言った。「あなたに細かい情報を知らせることを地方検事が望むとは思えませんので。ともかく、まずなにがあなたに注意をひきつけたのか? 昨日の午前中、ここにいるときのあなたの行動、つまり、発言です。あなたは月曜日にミス・ローワンの家でアイスラー氏がテラスにいないことに気づいて家のなかや外を探し回った、と自分から話した。無理に聞き出したのではない。わたしが時間を尋ねると、こう答えた。あなたの言葉をそのまま引用します。『ミス・ローワンがコーヒーのお代わりをとりに家に入ったあと、そんなに経ってなかった……三分とか、もう少しあとかな』あまりにもうまくできすぎですよ、ダニングさん。だれかに気づかれていた場合に備えて、不在だった理由を説明していたのですな。さらに重要なのは、目撃されていた場合に備えて、ペントハウスの裏にいたことも説明していた。必要もないのに。わたしは説明を求めてはいなかった」

「本当のことだから話したんだ」ダニングは唇を舐めた。

「たしかに。ただし、一つ疑問が持ちあがる。アイスラー氏を探していたのではなく、殺していたのならどうか? 物入れで縄を入手し、上着の下に隠したうえ、なんらかの口実でアイスラー氏があなたと一緒に物置へ行くように、もしくはそこで落ち合うように仕向けたとしたら? その考えがわたしをひきつけたのです。現場にいた人のなかで、あなたは問題の時間帯に所在がわからなかったことを証明できる唯一の人物でした。あなた自身がそれを明言したのです。が、さらに疑問が持ちあがる。わざわざ明言せざるをえなかった理由は？　もっともな動機があるのか？　ミス・カーリンもしくは他の女性、あるいは女性たちに対する不行跡に仕返しをするためか？」

ウルフは首を振った。「可能性はゼロではないが、ありそうにない。アイスラー氏とあなたとの関係における他の要因の可能性のほうが高い。しかし、パンザー君とダーキン君にあなたの行動を洗わせたとき、二人には捜索の範囲を限定しないように伝え、そのような形で調査は行われました。アイスラー氏が悩ませていた若い女性たちのだれかにあなたが個人的な関心を持っていたという手がかりは一切見つかりませんでしたが、きわめて示唆に富む他の事実を集めてきたのです。ところで、細かいことを一つ。昨夜電話でミス・ローワンにペントハウスの裏にある例の物置小屋をあなたが知っていたかと尋ねてみたところ、知っていただけでなく、入ったことがあるという答えでした。投げ縄の障害物がテラスから撤去されていることを確認するため、日曜にミス・ローワンの家に出向き、案内されて物置小屋に行き、ぶら下がっているアオライチョウを見た。間違いありませんか、ミス・ローワン？」

リリーは間違いないと答えた。上機嫌にはみえなかった。自分の金の元がとれそうな雲行きになってきたのだから、満足そうにしているはずなのに、そんな様子はなかった。

「嘘だ」ダニングは言った。「物置小屋のことは知らなかった。見たこともなかった」

ウルフは頷いた。「あなたも必死ですからな。なにか重要な発見がない限り、わたしがこの集まりを手配しないだろうと承知しているから、悪あがきをはじめた。あなたはフォックスさんを巻きこもうとしている。あなたの証言はフォックスさんの証言とは食い違っている。あなたは物置小屋を知っていたことを否定している。ミス・ローワンの証言とは食い違っている。それどころか、あなたの悪あがきは昨日からはじまっていた。グッドウィン君を巻きこもうとして、奥さんに警察へ電話をさせた。おそらく、ホテルの部屋から持ち去られたものがあることに気づいているのでしょう。昨夜十時以降にスーツケースの中身を改めましたか？　鍵をかけていた物入れ内の、古い茶色のスーツケースですが？」

「見ていない」ダニングは唾をのんだ。「どこにそんな必要がある？」

「改めたと思います。今わたしの金庫に保管してある封筒がそのスーツケースから出てきたと信じる理由があるので。内容を確認しましたが、あなたがウェイド・アイスラーを殺した証明にはならないものの、動機となりうることを強く示唆しています。わたしは握っている情報の性質は話すが、詳細は控えると言いました。ただ、一つは教えてもかまいません」ウルフの頭が向きを変えた。「グリーブさん。あなたはこの二年間で三百頭ほどの馬、二百頭の雄の子牛と成牛、百五十頭の子牛をダニングさんのために購入したとパンザー君に話しましたね、合っていますか？」

ハーヴェイも上機嫌にはみえなかった。「だいたい合ってる」と答えた。「大雑把な数字だけどな」

「何人くらいの相手から購入したのですか？」

「百人、もっとかな。あちこち回ってるんで」

「支払いはどのように？」

「小切手で払うこともあったが、だいたい現金かな。そのほうが喜ばれるんだ」

「あなた自身の小切手ですか？」

「そう。ロジャーがおれの口座に金を入れてくれる。一度に八千から一万ドルくらい。そこから払った」

「家畜に支払った金額を明かさないように、ダニングさんから言われましたか?」

ハーヴェイは口を尖らせた。「おもしろくないな」

「同感です。わたしは報酬を稼いでいるのです。あなたは、詐欺の片棒を担がせたうえにほぼ確実に殺人を犯した男の正体を暴いているのですよ。ダニングさんは金額を明かさないように言いましたか?」

「ああ。言った」

「金額をだれかに尋ねられましたか?」

「ああ。ウェイド・アイスラーにな。十日くらい前だ。ロジャーが全部の記録を持ってるから、当人に訊くように言った」

「アイスラー氏に尋ねられたことを、ダニングさんに話しましたか?」

「ああ」

「嘘だ」ダニングが言った。

ウルフは頷いた。「またしてもあなたの言葉とは食い違う証言だ。しかし、わたしの手元には例の封筒があり、同じような取り決めであなたのために家畜を購入した他の三人の名前を把握しています。ダーキン君とパンザー君はその三人と話をしました。そのうち二人はグリーブさんと同じく、最近ウェイド・アイスラー氏に数字を尋ねられたそうです。アイスラー氏からどのくらい詐取したのかはわかりません。しかし、封筒の中身から判断すると何千ドル単位になりそうだ」ウルフの頭が向きを変えた。「ソール、フレッド。ダニングさんを地方検事局に護送して、封筒と集めた情報を届けてくれ。

アーチー、封筒を金庫から出せ」

ぼくは席を立った。ダニングの椅子の後ろを通過したとき、ダニングは立ちあがろうとしたが、ソールの手が片方の肩に、フレッドの手がもう一方に置かれて、押さえられた。金庫の扉を開けると、ウルフの声がした。「ソールに渡してくれ。ミス・ローワン、グッドウィン君から地方検事局に電話をかけて、あなたが出向くことを伝えたほうがよろしいですか？」

こんなに完全に参っているリリーは見たことがなかった。「無理」リリーは言った。「わかってなかった。わたしを引っ張りだすのはだめ。こんなことしなければ……そうじゃない……でも、わたしわかってなかった。どんなに……どんなに辛いことかって」

「行かないのですか？」

「もちろんよ！」

「あなたはどうです、グリーブさん？　あなたでもかまいません。行かなくても、後ほど呼び出されるでしょう」

「じゃあ、あとで行くさ」ハーヴェイは立ちあがった。「ロデオのショーがあるんでね」キャルとメルを見やる。「どうだ？　おれが尻尾をつかまえてたら、子牛を扱えそうか？」

「でも、無理よ」ナン・カーリンが言った。「このまま行くなんて……無理よ！」

「無理なんてことあるか」キャル・バローが言った。「行くぞ、ローラ」

第八章

一月。雪の降るある朝、ぼくはキャル・バローから手紙を受けとった。

アーチーへ：

あんたがタイプライターで手紙を寄こすとき、こんなふうに点を二つ打ってたな。あんたがいいなら、おれもいいだろう。今日ロジャー・ダニングが有罪になったって新聞で読んだ。おれが手紙を書くべきだってローラが言って、ローラが書くべきだっておれが言って、ローラはおれの代わりに結婚してもよかった男に手紙を書いてほしいのかって言って、こうなった。おれが起こしたくなかった騒ぎのことを話したのを覚えてるか。まあ、文句のつけようのない騒ぎになっちまったな。おれたちはここテキサスですごくうまくやってる。ただ寒くて雄の子牛の乳首が凍りそうだ、あればだが。ローラはあんたに愛してるって伝えてくれって言うけど、本気にするな。

敬具
キャル

外出を巡る名言集

ネロ・ウルフ

「わたしはもちろん超強度の固着型の人間だ」

（『腰抜け連盟』より）

「不動ではありませんが、わたしの贅肉は突発的、暴力的、もしくは継続的移動に対して本質的に抵抗を有しているのです」

（『赤い箱』より）

「外へ出て、階段をおりるのか？」（中略）「アーチー。きみがそんな狂気じみた突撃にわたしを追いこもうとしつこくせまる理由がわからん」

（『毒蛇』より）

「機関車には二千三百九個の動く部品があるんだ！」

（『料理長が多すぎる』より）

「わたしを町中の交通の大混乱を通行するという狂気じみた突撃へ暴走させるつもりですか……タクシーで！　報酬としてナイル川の貨物すべてとスフィンクスの最大の謎を解く機会が与えられても、

わたしはタクシーに乗るつもりはありません」

（『赤い箱』より）

「動いている乗り物が制御に従うようにみえるのは錯覚であり、遅かれ早かれ勝手気ままに動く可能性があるという絶対的確信に、わたしの不信感と嫌悪感の一定程度は基づいているのだ」

（『シーザーの埋葬』より）

「わたしが飛行機に乗るなどと思うのは、まさに突拍子もない」

（『シーザーの埋葬』より）

「雨を話題にしたときは、きみ自身の便宜と安楽を考えていたのだ」

（『毒蛇』より）

アーチー・グッドウィン

「ぼくは行動の人間ですよ」

（『腰抜け連盟』より）

ウルフ本人はといえば、仮に探偵業があがったりになれば、不動の物体として物理学研究所で雇ってもらえるくらいだ。

（「黒い蘭」より）

ウルフは昔からの友人か一流の料理人がお目当てでない限り、一歩たりとも家から出ない。

（「ようこそ、死のパーティーへ」より）

クフ王のピラミッドをエジプトからエンパイアー・ステート・ビルの天辺まで、水着を着て素手で移動するという契約に入札する心構えができる。

（『料理長が多すぎる』より。ウルフを列車に乗せたあとの気分を表して）

「ウルフさんはイングランド銀行の鍵を受けとるためでも通りを渡ったりしませんよ」

（『我が屍を乗り越えよ』より）

「ぼくが運転していなければ車は死の危険をはらむ陥穽（かんせい）だという、あなたの考えは根拠薄弱です」

（「クリスマス・パーティー」より。ウルフに向かって）

「背中が凝ってるのはわかりますよ、マンハッタンの三十五丁目からアディロンダック山地まで三百二十八マイル、ぼくが運転席にいるっていうのに、あなたは後部座席でガチガチになっていつでも飛び出せるように身構えてたんですから。あなたに必要なのは運動ですよ、例えば食堂まできっちり歩いていくとかね」

（「殺人はもう御免」より。ウルフに向かって）

ぼくが片手で運転しているのは、右手を彼女の肩に回したいからだと思われているのはかまわなかったが、それは勘違いだ。ぼくはとっくにそんな初心者じゃなくなってる。ただ、後部座席のネロ・ウルフは動く乗り物にものすごい不信感を持っていて、ぼくが運転しない限り車に乗るのを忌み嫌っている。だからウルフがもっとスリルを味わえるように、片手で運転できる口実があるのが嬉しかったのだ。

（「独立記念日の殺人」より）

ウルフが大嫌いなことの一覧の一番上からそう遠くないところには、裁判で証人になることがあげられている。

（「男性、生存」より）

「裁判となれば、あなたは帽子と手袋を身につけ、家から出て、車まで歩いていき、はるばるホワイト・プレインズまで乗車して、証言の順番を待ちながら法廷で時間を潰さなきゃならない。（中略）あなたは特異な出来事にすばらしい感性を持っているので、座ったまま責任を膝の上に載せておける」

（『毒蛇』より。ウルフに向かって）

家を出ることはいつだって不愉快で危険な行為だとウルフは思っているが、雨のなか外出するのは暴挙に等しい。

（『毒蛇』より）

ウルフは絶対にアメリカン・ヒーローではない。早撃ちの名手でもなければ、空手の達人でもない。それどころか、ウルフは物理学的なこととなると、臆病だ。移動が怖いのだ。

（『語らぬ講演者』より）

訳者あとがき

〈ネロ・ウルフ〉シリーズはもう百年近く前の話になるのですが、ストーリーに関しては、それほど古さを感じないのではないでしょうか。そうは言っても、随所にクラシカルな場面が出てきて、作品発表当時の雰囲気を味わうこともできます。エレベーターにはまだ専門の係がいて操作することのほうが多く、車はスターターボタンでエンジンをかけます。本書での重要な小道具、電話の交換台は目にしたことのある方のほうが少ないでしょうし、最近はあまり見かけなくなった公衆電話ボックスは探偵業に欠かせない連絡手段としてしょっちゅう利用します。「次の証人」では、ゴッホの絵を月給取りの若い女性が購入しています。たしかに当時でも奇異なことのようですが、今なら実際に購入できたとしたら、世界クラスのニュースになってしまうことでしょう。

さて、論創社のウルフ短編集の第二シリーズは〝ウルフの苦手なもの〟をテーマにしていますが、一巻目の〝女性〟に続き、本書は〝外出〟をとりあげてみました。体重七分の一トンの巨漢ウルフは、動くのが大嫌いで自宅にある特注特大の椅子をこよなく愛する本物の安楽椅子探偵（アームチェア・デテクティブ）です。歩くのはもちろん日常動作も必要最低限、乗り物はすべて動くという理由で信用せず、飛行機などもってのほか。ただ、意外なことに、実際には事件の半分ほどでウルフは外出しているのです。代表作の長編『料理長が多すぎる』では、ウルフの弱みの一つ、美食のために十四時間の列車旅行をします。四日間の旅行のためにトランク三つ、スーツケース二つ、オーバー二着の大荷物を持ち、出発の際にはフリッツたちと今生の別れのような騒ぎを演じ、列車に乗ってからは半狂乱でアーチーに当たり散らす。おもり役のアーチーが愚痴をこぼすのも無理はありません。『シーザーの埋葬』では、蘭を品評会に展示するためにアーチーの運転で泊まりがけの旅行に出たところ、車がパンクで立木に衝突してしまい、「役に立たなくなった悪魔」とウルフは罵っています。そこまでの大旅行ではなく比較的近所に出かける場合も、外出は毎回毎回大騒ぎの末に決死の覚悟で確定し、ウルフは信じられないほどの重装備で身をかため、車の場合は乗りこむとグリップを死んでも放すまいと握りしめ、唇を引き結んだ必死の形相で、事故の際にはいつでも飛び出せるように後部座席に浅く座っています。アーチーではありませんが、とても名探偵とは思えない姿に思わず笑いたくなってしまいます。

ウルフはクーラーなど機械全般に不信感を抱いているのですが、車輪のついた乗り物には異常なほど反感を持っています。必ず故障するか、衝突すると信じこんでいるのです。〝無分別な行為〟としてかろうじて妥協できるのはアーチーの運転する自家用車に乗ることだけで、それ以外はほとんど我慢の限界を超えています。とはいえ、アーチーは社交家で個人的な用があったりもしますので、ウルフの身勝手な送迎命令が原因で子供のような喧嘩になったりします。まあ、アーチーはアーチーでウルフは自分の置いてきた場所にそのままいると信じこんでいて、ウルフが勝手に移動してしまうと、動転して探し回るのですが。

ウルフが出かけるのはほとんど美食か蘭のため、あるいはアーチーをはじめとする〝家族〟のためです。特にアーチーを助けるためなら、タクシーに乗ることもいといません。おかげで危難に陥ったようにみせかけたアーチーにまんまとだまされ、殺人現場まで引っ張りだされたこともあります。また、長編『黒い山』では、幼なじみのマルコ・ヴクチッチを殺した犯人を捕まえるために、家の外へ出るどころか、飛行機や船を乗り継ぎ、バルカン半島の故国モンテネグロまで渡り、見事に犯人を捕らえています。今回の作品内でも少し触れられていますが、モンテネグロの国名は〝黒い山〟という意味で、ネロはその故国にあるロブチェン山にちなんでつけられた名前です。

本書では、ウルフは蘭やグルメを目的に、あるいはどうにもならない事情で出かけているのですが、まあ、出かけるたびにこれだけ踏んだり蹴ったりの目に遭えば、外出嫌いもやむをえないのかもしれません。

収録作三編は車での移動がメインですが、登場するヘロンという車種は実在しません。スタウトは他にもウェザーシルという車やマーリーという実在しない銃などをシリーズ内で登場させています。ちなみにウルフは故障が心配で、一年ごとにアーチーが選んだ新車に買い換えています。ウルフの快適な生活にはやはりお金がかかるようです。

ウルフが事件を解決しようと試みるときに、アーチーはよく事件を箱に例えます。真相がなかに入っているわけですが、もちろん簡単に中身はわかりません。どこかにあるはずの裂け目、綻び、隙間を探すのがウルフの真骨頂であり、仕事であるわけです。また、アーチーはウルフの事件すべてを発表しているのではなく、シャーロック・ホームズの〝パセリがバターに沈んだ事件〟のように物語化されていないものもかなりあります。今回収録した「死への扉」で言及されている〝ファシャルト事件〟も詳細はわかりません。どんな事件だったのか、一ウルフファンとしては、気になるところでした。

以下、収録作品について簡単に解説していきます。

死への扉（Door to Death）

「死への扉」を収録した短編集の原書
"Three Doors to Death"
（1995,Crimeline,Reprint）

ウルフの蘭栽培係、ホルストマンが突如休職することになった。快適な生活と蘭を守るため、ウルフは決死の覚悟を決めて、アーチーの運転する車でウェストチェスター郡まで出かけ、ピトケアン家の優秀な庭師、アンディ・クラシツキの引き抜きにとりかかる。幸い、アンディは申し出を承知し、ウルフは上機嫌で温室の見学に出向く。燻蒸消毒の終わったばかりの温室には、アンディの恋人ディニが変わり果てた姿で倒れていた。アンディは犯人として逮捕されてしまうが、潔白を信じるウルフは、事件に早々に幕をおろそうとする地元警察やピトケアン家との対決を決意し、猛吹雪のなか、原野を踏み越え、大河を渡る……気分で、自宅での夕食を断念してまで捜査に乗り出す。

アーチーも嘆いていますが、ウルフが稀に決死の覚悟で外出すると行く先々で事件に巻きこまれます。蘭との生活が危機に瀕する事態に、お気に入りの椅子もビールもないまま、追い詰められたウルフは自宅に帰りたい思いと戦いつつ（帰ってしまえば出たくなくなるという自覚はあるので）事件解決を目指します。本作で触れられたルイス・ヒューイットは短編「黒い蘭」で活躍した希少な蘭や美食を愛する、ウルフの数少ない友人です。他の作品ではウルフが自宅へ遊びにいったり（！）しています。

次の証人（The Next Witness）

「次の証人」を収録した短編集の原書
“Three at Wolfe's Door”
(1995,Crimeline,Reissue)

外出嫌いのウルフがとりわけ嫌っているのは、裁判所に呼びつけられて証言台に立つことだ。今回、殺人事件の容疑者アッシュの依頼を断ったことがあったせいで、法廷で証言する羽目になり、ウルフは鬱々として順番を待っていた。ぎゅうぎゅう詰めの傍聴人席、背もたれのない硬いベンチ椅子、隣には香水をぷんぷんさせた女がくっつくように座っている。ついにウルフは我慢できずに法廷から逃げ出した。そうアーチーは思ったのだが、ウルフは被告人アッシュの有罪に疑念が生じたため独自の捜査をはじめると宣言する。法廷侮辱罪の容疑で逮捕状が発行され、警察から追われる身となったウルフとアーチー。逃げ回るのにも限界があり、翌朝十時の開廷までにはなんとか申し開きができるようにする必要がある。自宅も見張られて戻れず、ウルフはアーチーの運転する車で自ら移動して捜査を進めていく。

〝お尋ね者〟になったウルフは、アーチーにつぐ仕事上の優秀な協力者、ソール・パンザーの家にはじめて泊まることになります。アーチーにはリリー・ローワンの家を勧められますが、さすがに無理だったようです。

ロデオ殺人事件（The Rodeo Murder）

アーチーの恋人に一番近い存在、リリー・ローワンからアオライチョウの絶品料理の席へ招待され、ウルフは欲望に打ち勝てず、出かけていく。その日、リリーのペントハウスではカウボーイたちによる投げ縄競技会が開かれることになっていた。食事会が終了すると、ウルフはアーチーの運転する車で競技会を待たずにさっさと帰宅する。しばらくしてアーチーがペントハウスに戻ってくると、客の一人、ウェイド・アイスラーが、カウボーイのキャル・バローの縄で絞殺されていた。アーチーを介して『おもてなしを乱用』した犯人を突きとめるようリリーから依頼され、ウルフは食事の恩義もあって捜査に乗り出す。

「ロデオ殺人事件」を収録した短編集の原書
"Three Witnesses"
(1976,Bantam,7th Printing edition)

「次の証人」にも名前が出たリリー・ローワンは、ウルフも内心認めるアーチーの〝本命〟です。『シーザーの埋葬』に初登場して以来、ちょこちょこ顔を出す金髪のすばらしい美人で、成金の父親の遺産で大金持ち、頭の回転の速い皮肉屋で結婚願望は薄く、アーチーにはまさにお似合いの女性です。とはいえ、女嫌いのウルフのことですから、なにかと小競り合いを繰り返していますが、今回は最終的に食欲に負けて招待に応じ、殺人事件に巻きこまれてしまいます。

読者の皆さまからのご意見、ご感想をいつもありがたく拝見し、励みにしております。反映できる点はぜひ取り入れたいと思っております。ご要望にお応えし、今回は各作品にも主要登場人物一覧をつけることにしました。次は短編集を一休みし、〈ネロ・ウルフ〉シリーズの未訳長編をお届けする予定です。どうぞご期待ください。なにより、ウルフを愛していてくださっている方々に心から感謝を申し上げます。

〔著者〕
レックス・スタウト
本名レックス・トッドハンター・スタウト。1886年、アメリカ、インディアナ州ノーブルズヴィル生まれ。1906年から二年間、アメリカ海軍に下士官として所属した。数多くの職を経て専業作家となり、58年にはアメリカ探偵作家クラブの会長を務めた。59年にアメリカ探偵作家クラブ巨匠賞、69年には英国推理作家協会シルバー・ダガー賞を受賞している。1975年死去。

〔編訳者〕
鬼頭玲子（きとう・れいこ）
藤女子大学文学部英文学科卒業。インターカレッジ札幌在籍。札幌市在住。訳書に『四十面相クリークの事件簿』、「ネロ・ウルフの事件簿」全3巻、『ロードシップ・レーンの謎』（いずれも論創社）など。

ネロ・ウルフの災難（さいなん）　外出編（がいしゅつへん）
——論創海外ミステリ 268

2021年6月20日　初版第1刷印刷
2021年6月30日　初版第1刷発行

著　者　レックス・スタウト
編訳者　鬼頭玲子
装　丁　奥定泰之
発行人　森下紀夫
発行所　論 創 社
〒101-0051 東京都千代田区神田神保町2-23 北井ビル
TEL:03-3264-5254　FAX:03-3264-5232　振替口座 00160-1-155266
WEB:https://www.ronso.co.jp

組版　フレックスアート
印刷・製本　中央精版印刷

ISBN978-4-8460-2036-1
落丁・乱丁本はお取り替えいたします